이상적인 기둥서방 생활 ②

「여동생 파티마입니다」
푸죠르 장군은 아름다운 소녀를 젠지로에게 소개했다.

「측실」로 떠넘기기 위해……

渡辺 恒彦
와타나베 츠네히코
illustration 아야쿠라 쥬

아우라는 곁에 푸죠르 기젠 장군을 대동하고

눈앞에 정렬한 백 기가 넘는 기병들에게 시선을 향했다.

주룡이라고 불리는 대형 파충류에 올라탄

왕국군 최정예

「용궁기병단」

의 면면이었다.

어색한 자세로 자신의 아이를 안는 남편에게,
여왕 아우라는 미소를 보냈다.

대망의 왕자 탄생이었다.

「잘 먹겠습니다」

페, 레테, 돌로레스
문제아 3인방은
기쁨에 겨워하며
테이블에 앉았다.

「페짱, 설탕 좀 줘」

「쫌, 레테……」

화기애애한 분위기 속에 간식 시간은 흘러가는데.

이상적인
기둥서방생활 ②

이상적인 기둥서방 생활 2

INTRODUCTION

흐르는 대로 사는 것도 나쁘지 않잖아!?

흐름에 맡기는 인생…… 그런 인생도 나쁘지 않잖아!?

어쩐지 줄곧 흐름에 떠밀리고 있는 젠지로였지만, 거기에는 비애도 네거티브도 없었다.

처음 만난 여성과 결혼해, 그리고 아이까지 낳았다.

전혀 모르던 세계에 와서, 아무리 이상형 중의 이상형인 미녀라고는 해도

그렇다, 「왕자」가 탄생한 것이다.

라는 말을 듣던 그에게 아이가 태어났다.

「아이만 만들어 준다면 다른 것은 아무것도 하지 않아도 된다」

갑자기 이세계에 소환돼 여왕과 결혼하게 된 야마이 젠지로.

이상적인 기둥서방 생활

②

와타나베 츠네히코

길찾기

CONTENTS

일러스트 아야쿠라 쥬 **장정·본문 디자인** 5GAS DESIGN STUDIO
교정 아이카와 카오리(도쿄출판서비스센터) **편집** 다카하라 히데키(주부의 벗)
한국어판 번역 이기진 **표지** 박재성 **교정** 정성학 **마케팅** 김정훈 **편집·주간** 박관형

[프롤로그] 각자의 속마음

젠지로의 사교계 데뷔가 정해진 며칠 뒤, 옥타비아는 왕궁에서 가까운 마르케스 백작가의 저택으로 오랜만에 돌아왔다.

하얀 대리석같은 석재를 아낌없이 사용하고 아치를 많이 적용한 그 건축물은 문외한이 보더라도 왕궁과 같은 시대에 지어진 것임을 알 수 있었다.

왕궁과 같은 세월 동안 존재해 온, 왕궁에 한없이 가까운 위치에 지어진 저택. 평범한 귀족이 소유할 수 있는 물건이 아니었다.

그 저택의 존재 자체가 마르케스 백작가가 왕국에서 차지하는 지위를 단적으로 보여주고 있었다.

"여기에 세워 주세요. 좀 걷겠어요."

두 마리의 훌륭한 주룡이 이끄는 용차로 저택의 대문을 들어선 옥타비아는 용차 안에서 시종에게 그렇게 말했다.

"알겠습니다."

호위를 겸하고 있는 중년의 시종은 그렇게 짧게 대답하고 익숙한 솜씨로 조용히 용차를 세웠다.

"발밑을 조심하십시오, 옥타비아 님."

"고마워. 자네도."

옥타비아는 나이 어린 시녀의 손에 의지해 용차에서 내렸다.

지금은 1년 중에서 가장 더운 계절이다. 공격적일 정도의 햇빛에 무심코 눈을 가늘게 뜬 옥타비아였지만, 대문 안쪽은 바깥과 비교하면 5도 이상 기온이 낮았다.

정원 여기저기에 물을 담은 인공 연못을 조성해 수면에서 저택을 향해 바람이 불도록 나무를 심어 놓았기 때문이다.

이 정도라면 현대 일본인이라면 몰라도 카파 왕국에서 나고 자란 옥타비아가 견딜 수 없을 정도의 기온은 아니었다.

옥타비아는 전후좌우로 짧은 창을 손에 든 호위병과 몸종으로 둘러싸인 상태를 지극히 자연스럽게 받아들이는 모습으로, 문에서 저택 정면의 현관까지 짧은 거리를 조용한 걸음으로 나아갔다.

문에서 현관까지 낸 길은 빛이 반사되지 않도록 적갈색 디딤돌이 깔렸고, 길의 양 옆에는 색상도 선명한 꽃을 피운 수목들이 줄지어 있었다. 히비스커스를 떠올리게 하는 빨강과 노란색을 띤 커다란 꽃이었다.

카파 왕국의 색채는 자연 환경만이 아니라 다른 부분에서도 화려한 것이 많았다.

옥타비아가 지금 입고 있는 옷도 광택이 있는 밝은 파란색이었다. 카파 왕국의 전통 민족의상인 그 옷은 몸의 라인을 그다지 드러내지 않는 차분한 디자인이었지만, 색깔은 현대 일본인의 감각에서 본다면 요란하다고 할 만한 부류에 속할 것이다. 적어도 옥타비아와 같은 20대 중반의 기혼자가 일상적으로 입을 만한 옷은 아니다.

이윽고 옥타비아가 저택 정면 현관에 다다르자, 커다란 양문형 현관이 천천히 안에서부터 열렸다.

건장한 남성 둘이 밀어서 연 문의 건너편에는 품위 있는 초로의 남자가 서 있었다.

"어서 오십시오. 옥타비아 님."

언제나 변함없이 침착한 목소리로 맞아 준 저택의 노집사에게 젊은 백작부인은 미소로 답했다.

"다녀왔어요, 세르리오. 그 사람은 늘 있는 그 방인가요?"

"네. 주인님은 2층에서 기다리고 계십니다."

백작부인의 말에 충직한 노집사는 조아리며 작게 끄덕였다.

"그래요? 그러면 옷을 갈아입고 먼지를 털어낸 다음에 곧 간다고 전해 주세요."

"네, 알겠습니다."

"잘 부탁해요."

공손하게 절하는 노집사를 격려하듯이 옥타비아는 환하게 웃고는 시녀를 이끌고 가벼운 걸음걸이로 저택의 안쪽으로 사라졌다.

그리고 약 30분 뒤, 옥타비아는 저택의 한 방에서 남편인 마누엘 마르케스 백작과 반년만의 대면을 이루고 있었다.

"어서 와, 옥타비아."

세월이 느껴지는 소파에서 일어난 마르케스 백작은 양팔을 펼쳐 20살 이상 연하인 후처를 맞았다.

마르케스 백작은 풍채 좋은 중년 귀족이었다.

나이는 50대 중반쯤일까?

키는 그다지 큰 편은 아니었다. 172센티미터의 젠지로와 나란히 서면 아마도 거의 차이가 없을 것이다. 배 둘레는 중년의 나이에 걸맞게 뚱뚱했지만 짧게 쳐올린 머리카락과 멋지게 다듬은 수염이 윤기 흐르는 검은색을 유지하고 있는 덕택에 실제 나이보다는 조금 젊어 보였다.

"오랜만이에요, 여보."

꾸미지 않은 수수한 미소를 남편에게 보인 옥타비아는 그대로 남편의 포옹을 받아들였다.

"…………"

"…………"

풍채 좋은 남편과 가냘픈 아내는 잠시 포옹을 나눈 후, 한 편에 놓인 자리에 마주 보며 앉았다.

창문으로 들어오는 햇볕은 여전히 뜨거웠지만, 창 아래로 물이 흐르는 수로가 지나가기 때문에 방으로 들어오는 바람은 의외로 시원했다.

마르케스 백작은 시녀가 가져온 냉차로 목을 축이고는 조금 진지한 표정으로 이야기를 시작했다.

"고생 많았군, 옥타비아. 급하게 부탁해서 미안했소."

"아니에요, 높으신 분의 교육 담당이라는 큰 임무를 맡겨주신 걸요. 분에 넘치는 영예였어요."

"그래? 응, 그렇지. 그대는 그런 사람이지."

변함없이 독기라고는 눈곱만큼도 없는 처의 대답에 마르케스 백작은 표정을 감추지도 않고 쓴웃음을 흘렸다.

일반적으로 이쪽 세계에서 상류사회의 여성이라는 인종은 말과 표정을 꾸미는 데 탁월한 능력을 보여주는 존재였지만, 이 젊은 후처는 조금 예외였다.

만약 자신에게 보여주고 있는 아내의 언동이 전부 연기였다고 하면 마르케스 백작은 심각한 여성 불신에 빠졌을 것이다.

"그래서, 젠지로 님은 어떤 분이었지? 그대의 기탄없는 의견을 들려주게."

남편의 질문에 옥타비아 부인은 막힘없는 어조로 확실하게 대답했다.

"네, 매우 느낌이 좋은 분이었어요. 학습의욕도 높고, 인간적으로도 신뢰할 수 있는 분이라고 생각해요."

"흠, 과연."

마르케스 백작은 한 마디 한 마디에 고개를 끄덕이며 한동안 아내에게 여왕의 반려된 자의 사람됨에 대해 물었다.

옥타비아의 사람 보는 눈은 마냥 좋게만 본다는 결점을 제외하면 웬만큼 신뢰할 수 있었다. 그녀가 말하는 장점을 10분의 1 정도로 축소하고, 결점은 10배 정도 확대해서 생각하면 대략 그 인물을 짐작할 수 있었다.

'지나칠 만큼 아랫사람에게 관대'하고 '패기나 향상심과 같은 남자다운 미덕은 눈곱만큼도 없'으며, '자신의 처지를 이해할 정도의 지능은 있는' 인간이라는 얘기였다.

솔직히 왕가에 트집을 잡을 빌미로서는 그다지 적당하지 않은 인물이었다.

야심이 없고 보수적이면서도 이성적인 사람을 음모에 휘말리게 하기란 쉽지 않다.

그렇다고는 해도 젠지로는 사실상 카파 왕가의 유일한 남자였다. 손대기 쉽지 않다고 해서 잠자코 보고만 있기는 아까운 존재였다.

잠시 생각에 잠겼던 마르케스 백작은 솔직하게 아내의 의견을 구했다.

"그러면, 옥타비아. 만약 젠지로 님께 측실을 들인다고 하면 그대는 어떤 인물이 좋다고 생각하오?"

옥타비아도 어쨌거나 상류 귀족 출신이었다. 그러나 이런 대화에 익숙할 리 없는 젊은 귀부인은 놀란 듯이 한 번 눈을 크게 뜨고는, 작게 쓴웃음을 비치고 고개를 가로저었다.

"그건…… 당분간 관두는 편이 좋다고 생각해요. 제가 직접 아우라 폐하와 젠지로 님이 함께 계시는 걸 본 건 몇 번 없지만, 젠지로 님의 평소의 언동이나 후궁에서 일하는 시녀들의 이야기만으로도, 두 분 사이가 돈독하다는 걸 느낄 수 있었어요. 지금 후궁에 측실이 될 분이 들어간다고 해도 아마 자리를 잡기 어려우실 거예요."

당연한 얘기지만 일반적으로 측실의 지위라는 건 정실에 비교하면 압도적으로 낮았다. 게다가 이번 경우는 '왕'과 '왕비'와 '측실'이 아니라 '여왕'과 '그 반려자'와 '측실'이다.

정실과 측실의 신분 차이만 해도 대단한데, '여왕'과 '측실'이 되면 비교조차 할 수 없다.

일반적으로 정실과 비교하면 공적인 지위가 약하고 신분도 낮은 경우가 많은 측실이 유일하게 정실과 겨룰 수 있는 것은 왕의 애정이다.

그 애정이라는 점에서 젠지로와 여왕 아우라의 사이에 끼어들 여지가 없다고 한다면, 확실히 그곳에 내던져진 측실에게는 참혹한 미래가 기다리고 있을 뿐일 것이다.

"흠, 그 정도인가……"

"네."

딱 잘라 말하는 아내의 말에, 마르케스 백작은 여전히 납득이 가지 않는다는 듯이 고개를 갸웃했다.

마르케스 백작은 결코 우둔하지도 사고가 딱딱한 사람도 아니었지만, 카파 왕국의 남자로서는 지극히 일반적인 시각밖에 갖고 있지 못했다.

그런 마르케스 백작의 가치관으로 보면 그 '여왕 아우라'를 그렇게까지 사랑할 수 있는 남자가 있다는 사실은 약간 상상을 넘어서는 일이었다.

카파 왕국의 남자가 뇌리에 떠올리는 이상적인 여자라는 것은 대체로 지금 눈앞에 있는 후처와 같은 여자다.

즉, 나대지 않고 남자를 받들고, 잠자코 뒤에서 조신하게 있는 여자가 '좋은 여자'의 기준이다.

총기는 있어야 하지만 똑똑할 필요는 없으며, 일을 잘하는 것은 미덕이지만 지나치게 뛰어난 것은 악덕으로 여겨지고 있었다.

마르케스 백작이 봤을 때 아우라 카파라는 사람은 왕으로서는 '여자로 태어난 것이 아까울 정도의 여걸'이지만, 한 사람의 여자로서는 전혀라고는 말 못해도 매력적이라고 하기는 어려웠다. 물론 아우라가 미인인 것도 고혹적인 몸매를 가진 것도 인정한 뒤의 감상이었다.

혹시나 해서 확인하듯이 마르케스 백작은 다시 한 번 물었다.

"젠지로 님은 진심으로 아우라 폐하에게 애정을 쏟고 있다고?"

남편의 확인에 옥타비아 부인은 자신의 생각을 흩트리는 일 없이 단호하게 대답했다.

"네. 틀림없어요. 애초에 그런 야심도 권력욕도 없는 분이, 태어나고 자란 세계를 버리면서까지 이쪽 세계로 온 이유란 폐하에 대한 애정밖에 없지 않을까요?"

정확하게 말하면 젠지로가 아우라와의 결혼을 받아들인 이유는 아우라에 대한 애정이 반, 노동 착취 회사에서 탈출하고픈 생각이 반이었지만, 그렇게까지 자세한 내용은 젠지로 본인밖에 몰랐다.

그러나 어쨌든 여왕 아우라가 젠지로가 좋아하는 타입이라고 한다면, 마르케스 백작의 예상은 다소 빗나갔다고 할 수밖에 없었다.

카파 왕국은 남대륙 서부의 패권을 장악한 대국이었지만, 아우라 같은 여자는 아우라밖에 없었다. 적어도 마르케스 백작의 수하에는 없었다. 이래서는 '후궁에 국서가 좋아하는 타입의 여자를 들여보낸다'는 가장 일반적인 수법은 불가능했다.

마르케스 백작은 어려운 표정으로 잠시 생각에 잠겼다.

"흐음…… 그렇다면, 한동안은 두 폐하의 관계를 옹호하는 방향으로 처신하는 편이 상책인가."

이윽고 마르케스 백작이 내린 결론은 현상 유지를 우선한 것이었다.

원래 마르케스 백작가는 현 정권에서 충분한 권세를 떨치고 있는 명문가다. 일족의 번영과, 더 나아가 영지 확대를 위해 권모술수를 꾀하는 것은 고위 귀족의 본능과도 같은 것이지만 위험을 감수하면서까지 내기를 걸어야 할 위치에 있지는 않았다.

여왕과 국서 사이가 그렇게 좋다고 한다면 당면한 동안에는 두 사람의 밀월을 응원함으로써 여왕의 환심을 사는 데 주력하는 편이 좋을지도 몰랐다.

실제로 왕국을 지탱하는 중진이라는 처지에서 본다면 여왕이 국서와 아이를 만드는 것이 국서가 측실을 들여서 왕가의 혈통을 확산시키는 것보다 우선이라는 것은 틀림없는 사실이었다.

"네. 저도 그게 좋다고 생각해요."

남편이 내린 결론에 옥타비아는 진심으로 기뻐하는 웃음을 지으며 끄덕였다.

옥타비아도 귀족과 왕족의 혼인이 당사자들의 감정보다는 혈통의 존속이나 집안끼리의 맺어짐을 우선한다는 것은 알고 있었다.

그러나 그런 현실을 인지하더라도 역시 감정적으로는 서로 사랑하는 남녀가 방해를 받지 않고 행복한 가정을 이루었으면 좋겠다고 생각했다.

만면의 미소를 보고 애처의 속마음을 정확히 읽은 마르케스 백작은 작게 쓴웃음을 떠올리며 중얼거렸다.

"그건 그렇다 해도 젠지로 님의 취향은 이해할 수가 없군……"

아우라의 귀에 들어가면 불경죄에 해당할 수도 있는 그 중얼거림은 마르케스 백작의 본심에서 나온 말이었다.

———◆———

그 무렵, 여왕 아우라는 오랜만에 왕국 수도를 벗어난 곳에 있는 왕국군 연습장을 찾았다.

남대륙 서부의 식물은 비상식적일 정도로 성장이 빨라서 손질을 게을리 하면 금세 밭이 잡초투성이가 되는 것으로 유명했는데, 이곳은 천 명 단위의 무장한 사람과 몇백 두의 주룡이 항상 달리는 연습장이었다.

특별히 손질이라고 할 만한 것은 아무것도 하지 않았는데도 시야에는 벌거벗은 적토만이 펼쳐져 있었다.

오늘 연습장을 사용하고 있는 것은 왕국군의 최정예라고 할 수 있는 '용궁기병단(竜弓騎兵団)'의 병사들이었다.

일반적으로 이곳 남대륙에서 가장 보편적인 기승 동물은 주룡이라고 부르는 대형 파충류의 일종이다.

주룡은 북대륙에서 일반적인 '말'에 비하면 속도 면에서는 뒤처지지만 말의 두 배가 넘는 덩치를 자랑하고 있으며, 그 파워와 스태미나는 말과 비교할 수준이 아니었다. 북대륙의 나라들에서 군마로 사용하는 대형 말과 비교해도 대략 세 배에서 다섯 배의 파워라고 알려졌다.

변온동물의 특성상 일정 온도 이하가 되면 갑자기 활동이 둔해진다는 치명적인 약점도 있긴 하지만, 이곳 남대륙에서는 거의 드러나지 않는 약점이었다.

연습장을 찾은 아우라는 곁에 푸죠르 기젠 장군을 대동하고 눈앞에 정렬한 백 기가 넘는 기병들에게 시선을 향했다.

지금 아우라는 군복을 걸치고 있었다. 카파 왕가의 상징색인 빨강을 기조로 한 그 군복은 옷깃과 소매에 금실로 장식 문양을 수놓았지만, 원칙적으로 편한 움직임을 추구한 것이었다.

하지만 '촌스럽다'고 말해도 좋을 그 군복도 아우라가 입으면 완전히 다른 인상을 주었다.

군복의 두꺼운 옷감도 아우라의 풍만한 가슴이나 커다란 엉덩이를 감추지는 못했다. 오히려 허리에 검을 차느라 두꺼운 벨트로 허리를 꽉 조이고 있었고, 덕분에 쏙 들어간 허리가 상대적으로 가슴과 엉덩이의 풍만함을 강조하는 격이었다.

그곳에 젠지로가 있었다면 아마도 '눈이 호강'이라며 기뻐했을 것이다.

그러나 잘 훈련된 왕국의 기병단이 연습 중에 여왕에게 발칙한 시선을 향할 리는 없었다.

드넓은 연습장은 물을 끼얹은 것처럼 적막했다.

"…………"

그리고 그 적막함은 이 기병들의 높은 훈련 수준을 말해 주고 있었다. 사람뿐이라면 몰라도, 이 눈앞의 기병들은 전원 주룡을 타고 있었던 것이다.

백 마리가 넘는 주룡이 한 장소에 집합한 가운데, 누구 하나 대열을 흩트리는 자도 없으며, 주룡을 흥분시켜 울게 하거나 하는 일이 없다는 것은 좀처럼 가능한 일이 아니었다.

그 결과에 만족했는지 아우라는 한 번 끄덕이고는 오른손에 든 짧은 채찍으로 '짝' 하고 가볍게 왼손을 치며 명령을 내렸다.

"시작해라."

"네. 그러면, 연습 시작!"

아우라의 말에 옆에 선 푸죠르 장군이 그 당당한 체구에 어울리는 커다란 목소리로 기병단에게 명령을 날렸다.

"오우!"

기병단은 노호와 같은 소리를 지르고는 평소 수련의 성과를 보여 주고자 용을 채찍질했다.

그리고서 용기사들은 기세 좋게 여왕과 장군 앞에서 훈련의 성과를 펼쳐 보였다.

손에 긴 창을 들고 돌격하는 자. 진흙탕이나 벤 나무를 늘어놓아 만든 험악한 길을 솜씨 좋게 주룡을 타고 돌파하는 자. 그리고 하이라이트라고 할 만한 기승 궁술을 펼치며 용의 등에 탄 채로 멀리 있는 표적을 맞히는 자.

아우라는 일어나는 흙먼지로 얼굴과 머리가 더러워지는 것을 전혀 개의치 않고, 곁에 선 푸죠르 장군에게 말을 건넸다.

"훌륭하군. 멋지게 단련시켰어."

여왕의 말에 야심가인 장군은 공손하게 머리를 숙였다.

"네. 감사합니다. 현재 기병의 충족률은 겨우 80퍼센트를 넘었을 뿐입니다만. 올해나 내년 안에는 예정했던 수를 갖추리라고."

"5년 만에 80퍼센트까지 회복한 건가. 잘해 주었소. 장군."

드물게도 아우라는 푸죠르 장군을 노골적으로 칭찬했다. 실제로 푸죠르 장군의 공적은 충분히 상찬할 만했다.

지난 대전에서 가장 심각한 피해를 본 것이 왕국군의 기둥이라고 할 이 기병단이었다.

기병을 보충하는 데는 막대한 돈과 시간이 든다. 용을 기르고 조련하는 것과 동시에 그 용에 탈 인재를 육성하지 않으면 안 되었다.

6, 7년 안에 원래 규모로 회복하는 것이 가능하다고 한다면 확실히 그것은 충분한 공적이라고 하지 않을 수 없었다. 그러나 보충된 기사는 실전 경험이 없는 젊은이들뿐. 숫자는 회복했지만, 질적으로는 전쟁 중의 기사단에는 훨씬 못 미치리라.

여왕의 찬사에 푸죠르 장군은 엄숙한 표정을 무너뜨리지 않은 채 고개를 옆으로 저으며 대답했다.

"그 말씀은 용구사(용을 키우는 곳)의 사육사들에게 해 주십시오. 그들이야말로 최대의 공로자입니다."

궁정에서는 노골적인 야심가인 푸죠르 기젠도 전장과 연습장에서는 부하를 돌보며 그 공적을 정당하게 상신하는 좋은 상관이었다.

"그렇군. 그렇게 하지."

푸죠르 장군의 바른말에 아우라는 순순히 긍정했다.

사람이 키워내는 기승 동물로서 주룡이 말에 크게 미치지 못하는 점을 들자면 그 수명이다.

일반적인 말의 수명이 20년에서 30년인 것에 비해 주룡의 수명은 50년 안팎이나 되었다.

수명이 길다는 것은 전장에서 활약할 수 있는 기간이 길다는 것이 기도 하지만, 동시에 막 태어난 용을 실전에 투입할 수 있을 때까지 그만큼 긴 시간이 걸린다는 것을 의미했다.

말이 태어나서 4년이나 5년만 지나면 군마로서 어느 정도 형태를 갖추는 것에 비해, 주룡은 최소한 10년은 걸렸다.

요컨대 이 5년 안에 새롭게 군에 편성된 주룡들은 종전 직후에는 이미 5살 이상 10살 미만이었다는 얘기다. 즉, 이 주룡들은 모두 '전쟁 중에 알에서 부화했다'는 것을 의미했다.

대전을 치르는 중이라 예산이 많이 줄어든 와중에 말보다도 훨씬 큰 몸집에 대식가인 용의 먹이를 확보하고, 죽이는 일 없이 키워낸 사

육사들의 노고는 남달랐을 것이다.

어쨌거나 국군의 근간을 책임지는 기병이 건재하다는 것은 아우라에게도 커다란 낭보였다.

"그러고 보니, 내년부터 약간이긴 하지만 군사비도 늘릴 수 있을 것 같소. 나중에 상세한 금액을 알릴 테니 용도를 생각해 두도록."

기분이 좋아진 아우라는 문득 생각난 듯이 푸죠르 장군에게 그렇게 통달했다.

증액할 수 있는 군사비라는 것은 다름 아니라 젠지로의 재계산으로 발각된 지방귀족의 탈세 금액이었다.

지방귀족들과 며칠에 걸쳐 격렬한 회담을 펼친 결과, 국고에 납부하는 세금을 어느 정도 늘리는 데 성공한 아우라는 그 대부분을 군사비에 충당하기로 했다.

원래 지방 귀족들은 그 돈을 지방군의 군사비에 사용했었다. 본래의 용도가 있는 예산을 군사비 이외의 곳에 충당한다는 것은 단순하게 생각해도 국내의 군사력을 떨어뜨리는 결과를 불러온다고 할 수 있다.

현재 주변 각국과의 관계는 소강상태를 유지하고 있다고는 해도 군비 축소 방침으로 키를 전환할 만큼 평화를 확신할 수 있는 상태는 아니었다.

아우라의 말에 푸죠르 장군은 오늘 처음으로 조금 입매가 누그러졌다.

"호오, 그렇습니까. 알겠습니다. 금액을 확인하는 대로 주요 책임자들로부터 의견을 수렴해 군의 요망을 모아 두겠습니다."

"응. 그렇게 하시오."

아우라는 시선을 연습 중인 기병단에게 향한 채 대답을 돌려줬다.

"알겠습니다. 다행히 모레 열릴 파티에 참석하기 위해 군의 주요 책임자들도 대부분 수도에 모여 있으니까요. 그다지 시간을 들이지 않고 보고할 수 있을 겁니다."

"응?"

푸죠르 장군의 말에 아우라는 채찍을 든 오른손을 움찔 떨었다.

모레의 파티란 것은 다름 아닌, 젠지로의 사교계 데뷔 자리였다.

알고는 있었지만 역시 이 야심가 장군은 적극적으로 여왕의 남편과 연줄을 만들려 하고 있었다.

(과연, 어떻게 되려나.)

저 털끝만큼의 야심도 없는 서방님과 이 야심으로 똘똘 뭉친 장군은 일견 물과 기름처럼 보이지만, 그런 사람들이 마음을 터놓는 절친한 친구가 되기도 하는 것이 인간 세상의 재미있는 점이기도 하다.

(이 야심가에게 묘한 영향을 받지 않으면 좋으련만, 남자끼리의 교우관계까지 참견하는 것은 '아내'의 영역을 넘어서는 것이겠지.)

아우라로서는 지켜볼 수밖에 없는 일이지만, 그다지 불안을 느끼지 않는 것은 그만큼 젠지로를 신뢰하기 시작했다는 증거일 것이다.

"여동생도 무척 기대하고 있습니다. 꼭 젠지로 님에게 여동생을 소개해 드리고 싶습니다."

"그런가. 내 쪽에서도 서방님께 그렇게 전해 두도록 하지."

변함도 없이 노골적으로 야심을 드러내는 푸죠르 장군에게 아우라는 딱히 마음이 흔들리지도 않고 침착한 목소리로 그렇게 대답하는 것이었다.

[제1장] **사교계 데뷔**

　왕궁이 주최하는 저녁 뷔페 파티.

　정기적으로 열리는 그 행사는 상류계급의 사교장이면서 동시에 왕국과 왕실의 권세를 국내에 과시할 수 있는 절호의 기회이기도 했다.

　분위기를 깨는 얘기긴 하지만, 야간에 열리는 행사라는 것은 그만큼 굉장한 돈이 든다.

　넓은 대형 홀을 비추는 것은 높은 천장에 매달린 크고 작은 여러 개의 샹들리에였지만, 거기에서 타고 있는 촛불은 귀족의 금전감각으로 봐도 결코 값싼 것이 아니었다.

　'밀랍'은 카파 왕국에서도 나는 물건이었지만, 현대의 지구에서처럼 꿀벌 양식에 성공한 것은 아니기에, 보통 원재료는 동방제국에 채취를 의뢰해 수입해 오는 '목랍'이었는데, 운송비가 드는 만큼 아무래도 꽤 가격이 높을 수밖에 없었다.

　덧붙이자면 샹들리에 그 자체도 이쪽 세계에서는 엄청난 고가품이다. 그도 그럴 것이, 유리 제조법이 존재하지 않는 세계였기 때문에 샹들리에는 모두 은과 천연 수정으로 만들었다. 작은 것이라도 그 하나하나가 충분한 재산 가치를 가졌다.

　게다가 넓은 방 전체에 빼곡히 깔린 빨간 양탄자는 전문 장인이 3

세대에 걸쳐 짜낸 한 장의 작품이었고, 음식물이 놓여 있는 높은 테이블은 숙련된 장인이 한 그루의 나무를 깎아서 만든 사치스러운 물건이었다.

평민은 물론 중급 이하의 귀족이라도 눈이 휘둥그래질 법한 호화로운 공간이었다.

실제로 중간 이하 클래스의 귀족들은 '어젯밤, 왕궁 대형 홀에서 열린 뷔페 파티에 참가하고 왔다'는 화제만으로 다음날 종일 떠들썩한 일도 있다고 한다.

그런 밤의 대형 홀에 처음으로 발을 내디딘 젠지로는 샹들리에의 불빛 아래 귀족들의 인사 공세를 형식적인 미소와 함께 필사적으로 받아내고 있었다.

"젠지로, 소개하지. 이 남성은 팬튼 남작이오. 지난 대전에서 기사대장으로서 무훈을 떨치고 지금은 영주로서 수완을 발휘해 주고 있소."

젠지로의 오른팔에 왼팔을 낀 아우라가 눈앞에 선 중년 남성을 소개했다.

"처음 뵙겠습니다. 젠지로 님. 폐하로부터 분에 넘치는 남작 작위를 하사받은 토마스 팬튼이라고 합니다."

"음, 몸소 인사를, 수고가 크오."

"네엣."

의젓하게 끄덕여 보이는 젠지로 앞에서 팬튼 남작이라고 자신을 칭한 중년 남자는 숙였던 머리를 들었다.

오렌지색 민소매 드레스를 입은 아우라가 왼쪽 가슴에 단 커다란 꽃 장식을 고치는 사이에 팬튼 남작은 여왕 부처 앞에서 물러났다.

(이건, 피곤하네……)

자세를 바르게 하고 미소를 잃지 않으며 말실수를 하지 않는다. 단지 그것뿐인데도 엄청난 중노동으로 느껴지는 건, 익숙하지 않은 복장과 주위의 시선에서 오는 중압감 탓일까.

다행스럽게도 이 나라의 귀족들이 왕족인 주인공에게 쉴 틈도 주지 않고 인사 공세를 펼칠 정도로 예의가 없지는 않았기 때문에 지금까지는 어떻게든 견디고 있었지만, 페이스 조절을 제대로 하지 않으면 치명적인 실수를 저지를 터였다.

젠지로의 오늘 복장은 카파 왕국 왕족의 정장으로 정해져 있는 희고 통이 넓은 바지와 장식 끈이 대량으로 달린, 기모노처럼 앞섶을 여미는 타입의 상의. 그리고 그 위에 걸치는 소매 없는 붉은 조끼 같은 옷이었다.

남국인 카파 왕국답게 정장이라 해도 옷 자체는 그다지 덥지 않았지만, 허리에 매단 장식 동검은 무거웠고 머리카락을 딱 붙여 고정한 향유는 냄새는 둘째 치고 가려웠다.

장식 동검도 향유도 지난 결혼식에서 한 번 체험했지만, 그렇게 쉽게 적응할 수 있는 것이 아니었다. 익숙하지 않은 젠지로에게 있어서는 양쪽 모두 시간이 지날수록 고통이 쌓이는 괴로운 존재였다.

주변의 배려로 잠시 쉴 틈이 생긴 동안 젠지로는 방금 인사를 해

온 사람의 용모와 인상을 머릿속 한구석에 기억해 두었다.

(중간 체구 중간키의 40대 남자, 흑발. 이름은 팬튼 남작. 시선이 노골적으로 아첨을 떨고 있는 느낌. 어느 쪽이냐고 하면 나쁜 인상…… 아~, 명함을 주면 좋은데, 명함.)

표정은 미소를 잃지 않은 채, 젠지로는 속으로 비명을 질렀다.

샐러리맨 시절에도 거래처 사람의 얼굴과 이름을 기억할 필요가 있는 경험을 했던 젠지로였지만, 그 수는 많아도 한 번에 5명 정도였다.

그에 비해 오늘 소개받은 귀족들은 수십 명에 이르렀다. 게다가 이쪽에는 현대 일본과는 달리 '명함 교환'이라는 풍습이 없었다.

그나마 위안은 수트 차림의 샐러리맨과는 달리 카파 왕국의 귀족들은 특징적인 복장을 한 사람이 많았기에 다소 개체 식별이 쉽다는 것 정도일까.

카파 왕국의 복식 문화는 크게 두 종류로 나뉜다. 옛날부터 카파 왕국에 전해 내려오는 '전통적인 민족의상'과, 비교적 근년에 북대륙에서 전해진 것으로 보이는 '양복'에 가까운 의상이었다.

게다가 긴 시간에 걸쳐 그 두 종류의 복식이 서로 영향을 주고받아 섞였기 때문에 한 마디로 '정장'이라고 해도 뷔페 파티와 같이 어느 정도 자유로운 자리에서는 실로 다종다양한 복장을 볼 수 있었다.

그리고 남국답게 남녀 공히 색채도 원색에 가까운 컬러풀한 것이 많았다.

덕분에 젠지로의 뇌리에는 '뚱뚱한 꽃무늬 셔츠 아저씨'라거나 '보라색 바다사자 아줌마'라는 등의 무례하기 그지없는 키워드가 난무하고 있었다.

옆에 선 아우라의 모습으로 판단하건대, 아직 젠지로는 큰 문제 없이 대응하는 것 같았다. 원래 이 뷔페 파티라는 이벤트는 무도회처럼 특정 기술을 갖춰야 할 필요도 없었고, 공적인 행사처럼 지키지 않으면 안 되는 규율이 많은 것도 아니었다.

그렇게 생각하면 벼락치기 인스턴트 왕족이 사교계 데뷔를 하기에는 나쁘지 않은 선택이었다고 할 수 있었다. 다만, 그만큼 일반 귀족들과의 거리가 가까워서 대응에 분주할 수밖에 없다는 건 허용 범위 내의 단점이었다.

젠지로가 그런 것을 생각하고 있을 때, 살짝 곁을 떠났던 아우라가 테이블 위에서 은잔을 들고 젠지로에게 돌아왔다.

"젠지로."

"아, 고마워. 아우라."

아우라가 내민 은잔을 받아든 젠지로는 꽤 목이 말랐다는 사실을 자각했다.

잔에 든 것은 이 나라에서 주조한 과실주였다. 알코올 도수가 낮은 데다 떫은맛이 강하고, 무엇보다 미지근한 그 술은 그다지 젠지로의 취향은 아니었지만, 열대야의 공기 속에서 칼칼해진 목을 적시는 데는 충분했다.

"치우겠습니다."

"으응, 부탁할게."

젠지로가 은잔의 내용물을 다 마신 것을 본 아우라가 가까운 곳에서 있던 시녀에게 시선을 주자, 그 시녀는 재빨리 이쪽으로 다가와 젠지로의 손에서 빈 은잔을 받아들고 물러났다.

그 타이밍을 관찰하고 있던 것인지, 목을 축인 젠지로의 긴장이 조금 풀린 시점에서 아우라는 멀리서 대기하고 있던 귀족에게 말을 걸었다.

남녀 한 쌍, 두 사람의 귀족이었다.

여자 쪽과는 젠지로도 안면이 있었다. 이쪽 세계에 온 뒤로 줄곧 후궁에 틀어박혀 있던 젠지로와 안면이 있는 여자란, 아내인 아우라와 후궁의 사용인들을 제외하면 단 한 명뿐이었다.

마르케스 백작 부인 옥타비아다. 요즘 유행하는 것인지 여성 참석자의 대부분이 아우라와 같은 북대륙 느낌을 살린 드레스 타입의 의상을 입고 있는 것에 반해, 그녀는 예스러운 민족의상을 걸치고 있었기 때문에 오히려 눈에 띄었다.

그렇다는 것은 그 옆에 선 뚱뚱한 중년 남자가 마누엘 마르케스 백작이라는 것일까.

아우라의 전 신랑 후보 라파엘로 마르케스의 아버지이기도 한, 카파 왕국에서 손꼽히는 대 귀족.

젠지로는 가능한 한 시선을 눈치채이지 않도록 조심하면서 그 남자를 관찰했다.

(우왓, 얘기는 들었지만 정말 부녀지간만큼 나이 차이가 나는 부부구나. 미인 후처라는 것도 남자의 로망 중 하나이긴 하지.)

불손한 생각을 하고 있던 젠지로의 오른팔에 갑자기 아우라가 꽉 힘을 주었다.

순간 속마음을 들킨 건가 하고 깜짝 놀란 젠지로였지만, 곧 그것이 사전에 말을 맞췄던 신호라는 것을 생각해 냈다. 즉, '가능한 한 얼굴과 이름과 첫인상을 기억해 두었으면 하는 중요 인물'이라는 신호다.

"오랜만에 뵙습니다, 아우라 전하. 그리고 처음 뵙겠습니다, 젠지로 님."

"오늘은 초대해주셔서 감사합니다, 두 분 폐하."

정중하게 머리를 숙이는 나이 차이 나는 부부에게 아우라는 언제나처럼 박력 있는 미소로 답하고 젠지로에게 두 사람을 소개했다.

"잘 와 주었소, 마르케스 백작, 옥타비아 부인. 소개하지, 젠지로. 우리나라 중진 중의 한 명인 마르케스 백작 마누엘 경이오. 옆의 옥타비아 부인은 소개할 필요도 없겠지?"

"귀공이 마르케스 백작인가. 말씀은 들었네. 부인에게는 신세를 졌소."

의식적으로 가슴을 펴고 대답하는 젠지로에게 마르케스 부처는 동시에 다시 한 번 머리를 숙였다.

"네. 제 처가 젠지로 님의 도움이 되었다면 다행입니다."

"황송한 말씀입니다, 젠지로 님."

언제부터인가 주위의 귀족들도 흥미진진한 표정으로 이쪽의 상황을 엿보고 있는 것이 느껴졌다.

가장 가까운 사람이라고 해도 수십 미터 이상 떨어져 있었기 때문에 대화가 그대로 들리지는 않겠지만, 항상 주목을 받고 있다는 의식을 가질 필요가 있을 것 같았다.

상황이 익숙하지 않은 서방님을 방패막이로 세워 창피를 당하게 할 생각은 털끝만큼도 없었던 아우라는, 젠지로의 오른팔에 왼팔을 낀 채 적극적으로 지원사격을 했다.

"겸손한 말씀이군, 백작. 부인의 재색겸비함은 소문에 듣던 대로 훌륭했소. 앞으로도 백작과 함께 그 힘을 우리 왕국을 위해 써주길 바라는 바이오."

"네, 과분한 칭찬의 말씀, 감사합니다."

"네, 폐하. 제가 필요한 일이라면 앞으로도 미력이나마 다하겠습니다."

원칙적으로 아우라에게 응대를 맡기고 있는 젠지로는 관심이 자신을 향할 때마다 "호오, 그런가." 라거나 "흐음, 그렇군." 이라는 식으로 맞장구를 칠뿐이었다.

좋은 인상을 남기는 것보다 나쁜 인상을 남기지 않는 것이 중요했다. 아니, 여왕의 반려라는 미묘한 처지를 생각한다면, 오히려 전혀 인상을 남기지 않는 것이 최선이라고 할 수 있었다.

그러나 무난하게 막을 연 파티가 끝까지 평온할 것이라는 보장은 없었다.

애초에 이 파티의 최대 목적은 군중에게 아우라와 젠지로의 관계가 문제없다는 것을 보여주기 위한 것이었다.

그런 목적을 생각하면 언제까지나 아우라가 젠지로의 팔을 잡고 감싸주고 있을 수만은 없는 노릇이었다.

그런 상태가 계속되면 "아우라가 남편의 자유를 속박하고 있다."는 세평이 나올 근거를 제공하게 될 것이었다.

그래서 한차례 인사가 끝난 시점에서 아우라와 젠지로가 잠시 개별 행동을 취한 것은 처음부터 예정된 일이었다.

"……후우."

아우라와 떨어진 젠지로는 혼자서 천천히 대형 홀을 걸었다. 주위에서는 호기심의 시선이 날아왔지만, 왕족인 젠지로에게 말을 거는 사람은 없었다.

기본적으로 이 나라의 예의범절에서는 아랫사람이 윗사람에게 말을 거는 건 '불경'한 것으로 여겼기 때문이다. 파티처럼 어느 정도 자유로운 자리에서는 다소의 무례라면 눈을 감아 주겠지만, 그렇다고 해도 직계 왕족인 젠지로에게 말을 걸 사람은 적었다.

젠지로에게 말을 걸어도 무례하다고 여겨지지 않을 만한 건 대영주나 대신급 문관, 혹은 장군들 정도일까. 그러나 그런 중책을 맡은 사람은 대개 상식이나 분위기를 감지하는 능력이 탁월했기 때문에, 일부러 나서서 왕족에게 말을 거는 모험을 하는 자는 거의 없다고 해도 무방했다.

그런 모험에 나서는 대영주나 장군이 있다고 한다면 그 사람은 좋은 의미에서든 나쁜 의미에서든 예의나 규율을 경시하는 호걸이거나, 혹은 그만큼 고위직에 있으면서도 더욱 탐욕스럽게 윗자리를 노리는 대단한 야심가이거나 둘 중 하나일 것이다.

(할 수 없네. 내 쪽이 먼저 말을 걸 수밖에.)

원래 중소기업의 샐러리맨으로 사내 업무만이 아니라 외근이나 대외 교섭 업무도 겸하고 있던 젠지로는 처음 만나는 사람에게 말을 거는 것을 어려워하는 타입은 아니었다.

왕족이 직접 말을 걸어도 문제가 없을 것 같은 무난한 사람을 찾아 젠지로가 천천히 파티장 전체를 둘러보던 그때였다.

"실례합니다, 젠지로 님. 조금 시간을 내 주실 수 있겠습니까?"

불현듯 옆쪽에서 쑥 나타난 체격 좋은 장년의 남자가 한쪽 무릎을 꿇고 젠지로에게 그렇게 말했다.

(어, 어, 어어? 뭐야, 저쪽에서 먼저 말을 걸어왔어? 어이, 누구냐?)

젠지로가 배운 매너에서는 '있을 수 없다'고 했던 상황에 직면한 젠지로는 내심 패닉을 일으키면서도 반사적으로 표정을 가다듬고 천천히 무릎을 꿇은 남자 쪽을 향했다.

"뭔가……?"

돌아본 젠지로의 시야에 양탄자 위에 한쪽 무릎을 꿇은 한 남자의 모습이 비쳤다.

젠지로는 새삼스레 그 남자를 관찰했다.

무릎을 꿇고 있지만 한눈에 '크다'는 것을 알 수 있을 정도로 잘 단련된 거구. 그 몸에 걸친 옷은 뷔페 파티에는 약간 어울리지 않는 검은 바탕에 금실 장식이 된 거친 복장. 그것이 카파 왕국 고위 군인의 정복임을 젠지로는 가까스로 더듬어 기억해 냈다.

왼쪽 가슴에 달린 배지의 모양과 수를 보아 이 거한은 현 왕국군의 최고위직 언저리에 있는 군인 같았다.

샹들리에의 불빛 아래, 붉은 양탄자 위에서 무릎을 꿇은 그 모습은 말 그대로 '기사' 그 자체였다.

그것도 옛날이야기에 나올 법한 하얀 얼굴의 왕자님 같은 왕궁의 '기사님'이 아니다. 최소한의 예절을 지키면서 동시에 전장에서 무용을 떨치는 것에서 자신의 존재 가치를 이끌어내는, 용맹한 국가의 수호자로서의 '기사'다.

젠지로는 무릎을 꿇은 '기사'를 내려다보며 필사적으로 머릿속에서 정보를 정리했다.

젠지로에게 말을 거는 것이 가까스로 허용되는 것은 대영주거나 대신급 왕궁 중진이거나, 그것도 아니면 장군 클래스의 군인.

구태여 말을 거는 자가 있다면, 그 사람은 다소의 예의범절 정도는 무시하는, 좋은 의미에서든 나쁜 의미에서든 호걸.

아니면 국서에게 나쁜 평가를 받을 수 있는 리스크를 안고서라도 적극적으로 국서와 연줄을 만들려고 하는 대단한 야심가.

군인, 호걸, 야심가. 세 개의 키워드가 딱 맞아떨어지며, 젠지로의 뇌리에 사전에 아우라가 경고했던 한 사람의 남자 이름이 스쳤다.

"그쪽은 푸죠르 경인가. 무슨 일인가?"

젠지로는 한 번 헛기침을 한 후 그 남자의 이름을 입에 올렸다.

푸죠르 기젠 장군.

그 이름은 젠지로도 이전에 몇 번이나 들은 바가 있다.

과거에 마르케스 집안의 라파엘로 경과 나란히 아우라의 최종 신랑 후보였던 그 남자의 존재를 젠지로가 의식하지 않을 리 없었다. 아우라도 '요주의 인물'이라며 사전에 몇 번이나 말해준 이름이었다.

"옛, 실은 젠지로 님께서 꼭 받아주셨으면 하는 선물이 있습니다. 그것을 위해 무례라는 것을 알면서도 말씀을 올렸습니다. 대단한 것은 아닙니다만, 받아주신다면 더없는 행복일 것입니다."

카파 왕국 용궁기병단 총단장인 푸죠르 기젠 장군은 붉은 양탄자에 무릎을 꿇은 채, 자신 앞에 서 있는 여왕의 반려를 똑바로 올려다보며, 그렇게 말하는 것이었다.

여왕의 반려의 발밑에 엎드려 직언을 올리는, 왕국이 자랑하는 젊은 대장군.

이 조합이 주변의 주목을 모으지 않을 리 없었다. 어느 틈엔가 담소를 멈춘 귀족들이 이쪽에 흥미진진한 시선을 향하고 있는 것을 깨달은 젠지로는 '번거롭게 됐네.'라고 생각하며 속으로 식은땀을 흘리면서도, 일부러 그러는 것처럼 크흠, 하고 한 번 헛기침했다.

(아아, 젠장. 이런 경우는 상정하지 않았다고. 이제부터 전부 애드리브로 해야 하나? 돌아버리겠네, 진짜……)

샐러리맨 시절의 젠지로는 사내 프레젠테이션이나 대외 교섭에 임하기 전에 가능한 한 준비를 철저히 해서 예상 질문 리스트까지 만들어 대응하는 타입이었다.

그런 부류의 사람이 대개 그렇듯이, 지금 처하게 된 것처럼 모든 것을 애드리브로 대처하지 않으면 안 되는 '상정 범위 외'의 상황에는 조금 약했다.

그래도 젠지로는 필사적으로 머릿속에서 벼락치기한 지식과 지금 자신이 처한 상황을 대조해 보며 최선의 언동을 이끌어 내려고 노력했다.

(그러니까, 이 자리는 뷔페 파티니까 어느 정도의 무례는 허용되는 거지? 그리고 나는 왕족이고 이 녀석은 장군이니까……)

속으로 젠지로는 무의식중에 푸죠르 장군을 '이 녀석'이라고 불렀다.

처음 대면한 사람에게 악감정을 품는 것이 칭찬받을 만한 일이 아니라는 건 이해하고 있었지만, 그래도 젠지로는 사랑하는 아내의 전 신랑 후보였던 남자를 그저 담담한 감정으로 대할 수 있을 만큼 고결한 인격의 소유자는 아니었다.

그러한 모든 감정을 표정 뒤에 감추고 젠지로는 일단 무난하게 말을 꺼냈다.

"장군, 이런 곳에서 무릎 꿇는 예는 필요 없네."

"예엣, 실례하겠습니다."

젠지로의 말을 듣고 푸죠르 장군은 막힘없는 동작으로 일어섰다.

눈앞에 선 푸죠르 장군의 위용에 젠지로는 뒷걸음질을 치고 싶은 충동을 억눌렀다.

크다.

신장 172센티의 젠지로보다 거의 머리 하나는 크니까 190센티는 확실하게 넘으리라. 아마도 190센티 중반, 어쩌면 2미터에 가까울지도 몰랐다.

체중도 백 킬로는 확실하게 넘을 것 같았다. 물론 그 내용물은 지방 따위가 아니다. 전투를 위해 철저히 단련한 근육으로 만든 거대한 신체였다.

"그러면 용건을 들어볼까. 선물이라고 했나."

머리 하나 위에 있는 푸죠르의 눈을 정면으로 바라보면서 젠지로는 머릿속에서 정보를 정리했다.

사전 정보 중 하나로 이런 곳에서 선물 공세를 펼쳐 오는 자가 나타날 가능성에 대해서는 배운 바가 있었다. 물건으로 사람의 환심을 사려고 하는 건 이 세계에도 존재하는 가치관인 것 같았다.

(필시, 이유 없이 거절하는 건 안 된다 했지. 문제는 받을 때의 태도인가.)

지나치게 기뻐하면 상대는 그 '기쁨'에 합당한 보상을 기대할 것이고, 실망하는 것 같은 모습을 보이면 상대방을 사람들 앞에서 창피 주게 될 것이었다.

물건을 받을 때의 말과 표정만으로도 주변 사람의 운명을 좌지우지할 수 있는 지금의 자신의 지위에, 젠지로는 새삼스럽게 무거운 압박감을 느꼈다.

그런 젠지로의 속마음 따위 전혀 알지 못하는 푸죠르 장군은 "네."
하고 한 번 더 머리를 조아리고는 뒤에 대기하고 있던 부하로 보이는
젊은 기사에게 눈짓으로 신호를 보냈다.

시선을 받은 젊은 기사는 하얀 천으로 감싼 가늘고 긴 물건을 양
손으로 받들고 잰걸음으로 푸죠르 장군 곁으로 다가오더니, 그 천으
로 둘둘 만 가늘고 긴 무언가를 공손한 손놀림으로 푸죠르 장군에게
건넸다.

그 모습을 보고 있던 젠지로는 무표정을 가장한 얼굴 근육을 살짝
무너뜨리고, 약간 눈을 크게 떴다.

(에엣? 목록이 아니라 현물을 직접 가져왔어?)

보통 이런 장소에서 남에게 물건을 줄 경우는 처음에 목록을 전달
하고 현물은 후일 상대의 거처에 전달하는 것이 일반적이다, 라고 젠
지로는 들었다. 그도 그럴 것이 귀족, 왕족의 선물이다. 물건에 따라
서는 혈통 좋은 '주룡'이나 피서하기에 적합한 별장인 경우도 더러 있
었다.

물론 보석류나 보검 등 가지고 다닐 수 있는 크기의 물건인 경우는
직접 건네는 일도 없지는 않은 것 같았지만, 보통은 그렇게 하지 않
았다.

현물을 직접 가져왔는데 만일 거부당하거나 하면 보통 창피한 일이
아니기 때문이다.

"보십시오, 젠지로 님."

놀라는 젠지로를 아랑곳하지 않고 푸죠르는 익숙한 동작으로 천을

풀어내고 내용물을 드러냈다.

(뭐야 이건? 활, 인가?)

내용물을 본 젠지로는 속으로 고개를 갸웃했다. 그 내용물은 복잡하게 휘어진 볼품없는 봉이었다. 젠지로에게는 그것이 특별한 장식도 없는 실용적이기만 한 '활'로밖에 보이지 않았다.

그런 젠지로의 감상을 긍정하듯이 푸죠르 장군은 가슴을 펴고 말했다.

"왕국 수도에서도 손에 꼽는 장인의 손에 의해 만들어진 '용궁'입니다."

그 말에 이쪽의 모습을 지켜보고 있던 주변의 귀족들로부터 "호오!" 하는 탄성이 새어나왔다.

아무래도 이 '용궁'이라고 불리는 물건은 귀족들의 가치관에서 보아도 감탄이 나올 정도로 대단한 물건인 모양이었다.

젠지로는 새삼스럽게 푸죠르의 손에 들린 그 '용궁'이라는 것을 보았지만, 역시 그런 감사한 물건으로는 보이지 않았다.

왕궁에 가져오기 위한 절차의 하나로 줄을 끼우기 위해 뚫려 있는 양 끝의 구멍이 황토색 점토와 같은 것으로 메워져 있었고, 그 위에 왕궁의 표식이 봉인되어 있었다. 그 크기는 궁도용 국궁의 반 정도밖에 되지 않았기에, 아마추어의 눈에는 굉장히 어설퍼 보였다.

반응이 약한 것을 보고 젠지로가 '용궁'에 대해 무지하다는 것을 이해한 것일까.

푸죠르 장군은 낮은 음성으로 설명하기 시작했다.

"'용궁'이란 토대가 되는 얇은 나무판자에 녹인 '주룡'의 힘줄과 갈아낸 '주룡'의 뼈를 붙여서 만든 활입니다. 보시는 것처럼 크기는 궁병대가 사용하는 장궁의 반 정도밖에 되지 않지만, 위력과 사정거리 모두 장궁을 앞섭니다. 작은 만큼 다루기도 쉽고, 숙련된 자가 사용하면 명중률과 속사성도 충분히 확보할 수 있습니다. 기승해서 사용하는 무기 중에서는 최강이라고 할 수 있을 것입니다."

여러 가지의 소재를 조합해서 만든 활. 일반적으로 합성궁(콤퍼짓보우)이라고 불리는 활의 일종이었다.

비슷한 것이 과거에 지구의 역사에도 존재했고 실제로 전장에서 맹위를 떨친 실적이 있었다.

"그러나 반면에 용궁을 다룰 수 있는 기사는 극소수에 불과합니다. 왜냐하면, 활을 만드는 데 적합한 유연성을 가진 힘줄이나 뼈를 얻을 수 있는 건 아직 성장 과정에 있는 젊은 '주룡'뿐이라, 소재가 지극히 귀중한데다가 제작에는 막대한 노력과 시간이 필요하기 때문입니다."

일반적으로 '용궁'의 소재가 될 수 있는 주룡은 5살부터 7살 사이의 젊은 주룡에 한한다고 알려져 있다. 성장이 멈춘 주룡의 뼈는 딱딱하고 튼튼한 만큼 유연성이 없기 때문이었다. 힘줄도 뼈만큼은 아니지만 역시 마찬가지로 부적합하다고 여겨졌다.

푸죠르 장군의 설명으로 이 '용궁'이 어떤 물건인지 이해한 젠지로는 움찔하고 뺨을 떨었다.

'용궁'의 존재는 몰랐지만, 젠지로는 '주룡'이 이 나라에 있어서 얼마나 소중한 것인지에 대해서는 이미 설명을 들은 바가 있었다.

　그 주룡이 지난 대전에서 격감해서 국군에 필요한 수를 회복하기 위해 지금 이 순간에도 사육사들이 매일 다대한 노력을 기울이고 있다는 사실도.

　그 소중한 '주룡'을 어릴 때 도살해서 무기의 재료로 썼다. 만약 젊은 '주룡' 한 필을 잡아서 '용궁'을 5개밖에 만들지 못한다고 하면, 이 '용궁'이라는 물건 5개로 성장한 '주룡' 한 마리에 필적하는 전과를 올리지 않는 한, 본전에 미치지 못하는 만큼의 비용이 드는 셈이다.

　실제로 주룡 한 마리에서 몇 개의 활이 만들어지는지는 알 수 없었지만, 푸죠르 장군이 말하는 뉘앙스를 봤을 때 그다지 많이는 만들지 못하는 것 같았다.

　"젠지로 님?"

　이쪽의 모습이 조금 이상하다는 낌새를 느꼈는지, 살피듯이 이름을 부르는 푸죠르 장군에게 젠지로는 애써 담담한 목소리로 물었다.

　"하나만 묻지. 장군, 이 '용궁'이라고 불리는 물건은 누구라도 간단하게 다룰 수 있는 것인가?"

　젠지로의 질문 의도를 알아채지 못한 채 푸죠르 장군은 순순히 대답했다.

　"아닙니다. 아무래도 이 작은 만듦새에 방대한 위력과 능력을 부여하고 있기 때문에, 일반 병사는 만족스럽게 시위를 당기는 것조차 못하는 경우도 적지 않습니다."

　예상대로의 대답에 젠지로는 한숨이 나오는 것을 참았다.

위력은 보증할 수 있지만, 취급이 지극히 어렵고, 소재도 귀해서 그 개수가 적은 병기. 아무리 생각해도, 비록 단 한 개에 불과하더라도 젠지로가 가지게 되어 쓸모없게 되어도 좋을 물건이라고 생각되지 않았다.

그러나 주변의 반응을 봤을 때 '용궁'이라는 물건은 왕족에게 진상하기에 충분한 '격'이 있는 물건인 것 같았다. 어떻게 거절해야 주위의 동요를 최소한으로 억제할 수 있을까?

필사적으로 없는 지혜를 쥐어짠 젠지로는 천천히 생각하면서 대답했다.

"그런 귀중한 물품을 진상해 준 장군의 마음 씀씀이, 기쁘게 생각하오. 그러나 역전의 전사인 장군이라면 보면 알겠지만 나는 전장에는 아무런 보탬도 되지 않는 존재요."

젠지로는 양팔을 좌우로 펼쳐 자신의 신체를 보여주듯이 하며 그렇게 말했다.

넉넉한 민족의상으로 그 몸을 감싸고 있었지만 숙련된 전사라면 그 소맷자락 구멍으로 들여다보이는 손이나 목의 굵기만 봐도 젠지로가 전사가 아니라는 것 정도는 쉽게 알아차릴 것이었다.

"예엣, 하지만……"

뭔가 말을 하려고 하는 푸죠르 장군을 저지하고 젠지로는 계속했다.

"따라서 나는 이 활을 받기는 하겠지만, 이 손으로 잡지는 않겠소. 푸죠르 장군. 경의 부하 중에도 아직 '용궁'을 가지지 못한 기사가 있겠지. 그중에서도 가장 활 솜씨가 뛰어나고 왕가에 대한 충성심이 두터운 기사에게 이 '용궁'을 하사해주고 싶은데, 어떨지? 그것이 내게는 가장 바람직한 활의 사용법이오."

한동안 파티장은 물을 끼얹은 것처럼 고요했다.

"………… 분부 받들겠습니다. 젠지로 님의 배려를 배신하지 않을 만하다 싶은 자에게 반드시 이 활을 전달할 것을 약속드립니다."

긴 침묵 후에 푸죠르 장군은 양손에 '용궁'을 든 채 깊이 머리를 숙였다.

일련의 소동을 조금 떨어진 곳에서 지켜보고 있던 여왕 아우라는 사태가 훌륭하게 마무리된 것에 훅, 하고 안도의 한숨을 내쉬었다.

(다행이다. 용케 받지 않고 처리해 주었군.)

만약 활을 받았다면 굉장히 번거로운 일이 되었을 것이다.

그것이 보검이나 장식용 창처럼 권위를 보여주기 위한 무기였다면 받았다 해도 그다지 문제는 없었겠지만, 실용 무기를 취한 경우, 그 물건을 사용할 마음이 있다는 뜻으로 받아들여지고 만다.

그렇게 되면 이후 푸죠르 장군이 훈련이나 수렵 모임 등을 권유한다면 거절하기가 지극히 어려워진다는 얘기다.

스스로 "활을 쓰는 처지에 설 생각은 없다."라고 선언함으로써, 젠지로의 평판이 떨어지고 만 것은 사실이지만, 쌀쌀맞게 거절한 것이 아니라 '소유권을 주장한 위에 그 활을 갖기에 적합한 기사에게 빌려준다'는 형태를 취함으로써, 푸죠르 장군에게도 창피를 주지 않고 끝났다.

한 사람의 남자로서는 약간 실망스러운 모습이긴 하지만, 아무에게도 창피를 주지 않고 적대하지도 않고 상황을 수습했다.

아우라의 처지에서 판단하면 최선에 가까운 결과였다.

최악의 경우, 아우라는 자신이 난입해서 강제적으로 사태를 수습할 각오까지 하고 있었다. 그러나 그렇게 되면 "여왕 폐하는 남편을 엉덩이로 깔아뭉개고 있다."는 소문이 무성해지리라.

"대단히 훌륭한 대처였습니다, 폐하."

아우라 옆에 선 마르케스 백작이 빙그레 웃으며 말을 건넸다.

"그래, 미안하오. 대화 도중이었지, 백작."

왼쪽 가슴의 큰 꽃 장식을 손으로 고쳐 단 아우라는 조금 전부터 줄곧 곁을 떠나지 않는 마르케스 백작을 향해 돌아섰다.

뚱뚱한 편인 백작은 싱글벙글 웃으며 눈을 가늘게 뜨고는,

"아닙니다. 막 성혼하셔서 신혼이신 폐하가 금세 젠지로 님을 눈으로 쫓으시는 건 자연스러운 일입지요. 사이가 돈독하시니 얼마나 좋은가요."

그렇게 조금 익살스럽게 고개를 옆으로 저어 보였다.

"그렇게 말해주니 고맙군."

아우라는 비꼬는 것처럼도 들리는 마르케스 백작의 말에 쓴웃음을 흘리며 작게 콧소리를 냈다.

아우라는 곧 젠지로와 푸죠르 장군 쪽으로 다시 시선을 돌렸다.

'용궁'을 부하에게 맡긴 푸죠르 장군이 그 뒤에도 굽힘 없이 젠지로

와 대화를 계속하고 있는 것이 보였다.

그 뒤는 비교적 어렵지 않은 이야기가 이어지는 모양이어서, 젠지로도 평온한 표정으로 무난하게 응대하는 것 같았다.

그러나 푸죠르 장군이 한 번이나 두 번의 실패로 물러날 정도의 야심가라면 '굶주린 늑대'라는 등의 별명으로 불리지도 않았다.

아우라는 떨어진 곳에서 푸죠르 장군의 말에 귀를 쫑긋 세웠다.

"······확실히, 젠지로 님의 역할은 다음 세대로 혈통을 잇는 것이기에, 몸이 위험에 노출되는 전장에 서실 필요는 없겠습니다. 그런 역할은 저희에게 맡겨 주십시오. 그렇다면 젠지로 님. 아우라 폐하와의 사이에 왕가의 혈통을 계승하는 분이 태어나신 다음에는 젠지로 님 자신의 가문을 이을 아이를 낳을 '측실'이 필요하지 않을까 생각하옵니다만."

선물 공세 다음으로 맞선 공세를 걸어오는 푸죠르 장군을 보고, 떨어진 곳에서 귀를 세우고 있던 아우라는 순간 얼굴을 찡그렸다.

그런 아우라를 전혀 개의치 않고 푸죠르 장군은 당당한 태도로 젠지로에 대한 공세를 강화했다.

"그런데 얘기가 바뀝니다만, 저희 기젠 집안이 아주 약간이긴 해도 카파 왕가의 고귀한 혈통을 잇고 있다는 것을 젠지로 님도 알고 계십니까? 저는 오늘 이곳에 여동생을 데리고 왔습니다만, 모처럼의 기회이니 여동생을 젠지로 님께 소개해 드리고 싶습니다."

얘기가 전혀 바뀌지 않았다.

유곽 포주가 여자를 팔아넘길 때도 이것보다는 더 서두가 길지 않겠느냐고 말하고 싶을 정도로, 단도직입적인 흥정이었다.

그 모습을 멀찍이서 보고 있던 아우라는 위기감을 느꼈다. 이건 아무래도 개입해야 할 것 같았다.

이건 안 좋다. 생각보다 훨씬 사교계에 익숙한 서방님이었지만, 관례마저 깨고 들어오는 푸죠르 장군의 직접적인 공세를 이제 막 사교계에 데뷔한 젠지로가 끝까지 막아낼 수 있을 거라고는 생각되지 않았다.

(내가 끼어들 수밖에 없겠어……!)

각오를 정하고 한 발짝 앞으로 내디디려고 하는 아우라에게 옆에서 온화한 목소리로 말을 건넨 것은 일련의 상황을 미소로 지켜보고 있던 마르케스 백작이었다.

"아아, 그러고 보니 오늘 밤은 아직 푸죠르 장군과 인사를 나누지 않았네요. 폐하, 이야기 도중에 죄송합니다만 잠시 자리를 비워도 되겠습니까?"

"!?"

마르케스 백작의 꾸민 듯한 말에 아우라는 발을 멈추고 돌아보았다.

마르케스 백작의 의도는 잘 모르겠지만, 그 말은 아우라에게 있어서 절묘한 구원이었다.

여기서 아우라가 "그렇다면 나도 함께 가지."라고 대답하면 '고약하게 남편의 대화에 끼어들었다'는 뒷소문이 날 걱정 없이 저 굶주린 늑대의 맞선 공세에 개입할 수 있다.

(무슨 꿍꿍이인 거야, 백작. 내게 빚을 지게 할 셈인가?)

마르케스 백작의 의도를 읽을 수 없는 만큼 다소 음침한 느낌이 들었지만, 지금의 아우라는 더는 젠지로와 푸죠르 장군의 대화를 방관하고 있을 수 없을 것 같았다.

고민하고 있을 시간이 없었다.

"그래, 그렇다면 나도 함께 가지."

즉시 결정을 내린 아우라는 순순히 마르케스 백작이 보낸 구조선에 올라탔다.

왕궁에서 열리는 사교계 파티는 종종 '검을 휘두르지 않는 전쟁터'라고 불리곤 하는데, 그것은 다분히 과장된 표현이었다.

대다수 귀족에게 있어서 사교 파티란 귀족들끼리 만나 세상 돌아가는 소소한 이야기로 꽃을 피우는 기분전환의 자리에 지나지 않았다. 맛있는 식사와 맛있는 술이 혀를 즐겁게 하고 아름답게 치장한 숙녀, 신사가 서로의 눈을 즐겁게 했다.

그런 귀족들의 우아한 놀이터. 그것이 파티 본래의 모습이고, '검을 휘두르지 않는 전쟁터'로 활용하는 것은 전체적으로 봤을 때 지극히 소수인 것이다.

그러나 그런 사실도 젠지로에게는 아무런 위안이 되지 않았다.

현재, 젠지로의 앞에 서 있는 것은 대담하게도 먼저 말을 걸어온 푸죠르 기젠 장군과 그 여동생인 파티마.

대각선 앞에 진을 친 것은 푸죠르 장군에게 인사를 하려고 온 김에 대화에 끼어든 마누엘 마르케스 백작과 그의 처 옥타비아.

그리고 옆에서 살며시 젠지로의 팔에 손을 올리고 있는, 마르케스 백작의 인사 행보에 동행한다는 명목으로 다가온 여왕 아우라.

젠지로의 주위에 모인 사람들은 사교계의 장을 '검을 휘두르지 않는 전쟁터'로 삼고 있는 소수파뿐이었다.

"그러면 소개하겠습니다. 이쪽이 여동생인 파티마입니다."

"파티마 기젠입니다, 젠지로 님. 뵙게 되어 황공할 따름입니다."

푸죠르 장군의 소개를 받고 완벽하게 예의를 갖춘 태도로 머리를 숙인 것은, 긴 흑발을 포니테일로 묶은 소녀였다.

피부색은 카파 왕국에서 다수파를 벗어나지 않을 갈색. 약간 치켜 올라간 눈도 머리카락과 같은 짙은 검은색이었다.

(미인이군.)

젠지로는 머리를 든 파티마의 얼굴을 '올려다보면서' 속으로 그렇게 중얼거렸다. 그렇다. 올려다보면서다.

파티마의 얼굴은 젠지로가 봤을 때 올려다보는 위치에 있었던 것이다. '파티마가 단상 위에 서 있었다'는 식의 흔한 개그가 아니었다. 정말로 이 소녀는 젠지로보다 키가 컸다.

하긴, 오빠인 푸죠르 장군이 2미터에 가까운 장신이니까 같은 부모에게서 태어난 여동생인 파티마가 장신인 것도 당연할 일이겠다.

확실히 180센티는 넘을 거라고 생각되는 장신. 키의 반 정도를 차지할 것 같은 긴 다리. 가슴과 엉덩이의 볼륨은 빈약했지만, 그 이상으로 가느다란 허리. 스타일, 용모 모두 젠지로가 살았던 세계에서라면 쇼 모델로 활약했을 법한 소녀였다.

"흐음, 그대가 장군의 여동생인가. 확실히 이목구비는 장군과 닮았군."

"네. 다들 그렇게 말씀하십니다."

젠지로에게 '오빠와 닮았다'는 말을 들은 소녀는 긴장한 얼굴을 풀고 기쁘게 미소 지었다. 그 표정이 거짓이 아니라면 그녀에게 있어서 '오빠와 닮았다'는 것은 기분 좋은 평가라는 얘기였다.

(그렇다는 건 남매 사이가 좋다는 건가? 나중에 아우라에게 물어볼까.)

"젠지로 님. 기젠 집안의 막내 아가씨, 파티마 양으로 말할 것 같으면 재색을 겸비한 아름다운 아가씨로 온 나라에 소문이 자자하답니다. 그러고 보니 저도 종종 사교계에는 얼굴을 내미는 편입니다만, 파티마 님을 직접 만나는 건 꽤 오랜만의 일인 것 같군요. 이것 참, 예뻐지셨습니다."

그렇게 말참견을 한 것은 조금 전에 젠지로와 푸죠르 장군이 있는 곳으로 와서 대화에 끼어든 마르케스 백작이었다.

"고맙습니다. 마르케스 백작. 저는 요새 페르니아 후작의 저택에서 예절 교육을 받고 있거든요."

옆구리에서 칭찬하는 형태로 대화에 끼어든 마르케스 백작의 말을 젊은 파티마는 기가 세 보이는 미소로 정면으로 받아쳤다.

이제부터 젠지로와 흥정을 하고 싶은 파티마에게는, 아무리 귀에 듣기 좋은 말을 켜켜이 쌓아도 마르케스 백작의 존재가 '장애물'로밖에 비치지 않는 것 같았다. 원래부터 약간 치켜 올라간 파티마의 눈매가 자연스럽게 험악해졌다.

한편 여동생보다는 훨씬 연륜이 있는 푸죠르 장군은 여기서 교활한 마르케스 백작을 적으로 돌리는 것이 얼마나 어리석은 일인지 알고 있었다.

"하핫, 파티마. 그렇게 일부러 얼굴을 구기지 않아도 백작은 너에게 추파를 던지실 만한 분이 아니란다. 보렴, 백작 옆에는 너 따위는 발끝에도 미치지 못하는 최고의 숙녀가 계시잖니."

여동생의 험상궂은 태도를 무시하는 것이 아니라 오히려 농담거리로 만들어서 얼버무린 푸죠르 장군은 여동생의 가냘픈 어깨를 그 글러브처럼 커다란 손으로 탁탁 두들겼다.

"오, 오라버니……!"

그 순간 파티마는 항의하려 했지만, 푸죠르 장군이 코앞에서 노려보자 다음 순간 굳은 표정으로 앞서 한 발언을 철회했다.

"그, 그래요. 역시 옥타비아 님 앞에 서면 저도 자신이 없어지는 것 같아요."

"그런…… 저 같은 건 이미 나이를 먹은 걸요. 파티마 님 쪽이 훨씬 아름다우세요."

오빠의 농담에 맞장구를 치며 그렇게 말하고 지어낸 웃음을 떠올린 파티마에게, 옥타비아는 뺨을 엷게 물들이고 고개를 숙였다.

24세에 기혼이라는 옥타비아의 신분을 생각하면 보통은 '나이를 생각해라'는 비난을 받을 만한 반응이었지만, 그런 몸짓이 아직도 그럴듯해 보이는 부분이 바로 그녀가 대다수 남성에게 인기가 있는 이유였고, 일부 여성에게 지독하게 미움을 받는 이유이기도 했다.

그 일부 여성 중의 한 사람인 파티마는 '쳇, 이 왕내숭 아줌마가'라는 욕지거리를 가슴 속에 묻어두고,

"정말로 옥타비아 님은 다소곳하시네요."

라며 웃음을 되돌려 주는 것에서 그쳤다.

이 만년 소녀에게 비꼬는 말은 통하지 않았다. 그렇다고 해서 비꼼을 뛰어넘어 공격적인 말을 퍼부으면 되레 이쪽이 악녀가 되어 버리는, 사교계에서는 천하무적인 존재였던 것이다. 온후함과는 정반대의 기질을 가진 파티마도 무적 숙녀에게 싸움을 걸지 않을 정도의 분별력은 갖고 있었다.

그렇게 막 폭주할 참이었던 여동생의 태도를 농담거리로 얼버무린 푸죠르 장군은 굴하지 않고 여동생 떠넘기기 공세를 이어나갔다.

"예, 확실히 옥타비아 님과 비교하면 많이 부족합니다만, 파티마도 꽤 재주가 많은 녀석입니다. 노래나 춤에 관해서는 일가견이 있는 편이고요, 예절 교육도 받았으니 시녀 흉내 정도는 낼 수 있을 겁니다."

푸죠르 장군의 말은 명백히 젠지로를 향한 것이었지만 말이 떨어지기가 무섭게 대답을 한 사람은 젠지로가 아니라 조금 전에 합류에 성공해 젠지로 옆에 선 믿음직한 여걸이었다.

"호오, 기젠 집안씩이나 되는 가문에서 예절 교육이라니 드문 일이로군. 기특한 일이오. 장래에 내 몸종으로 부르는 일이 있을지도 모르겠소."

"……예엣, 그때는 모쪼록 잘 부탁합니다. 아우라 폐하."

푸죠르 장군의 공세를 옆에서 받아넘긴 한 아우라에게 장군은 순간적으로 말을 우물거리면서 그렇게 대답했다.

여동생을 아우라의 측근으로 만든다 해도 그다지 짬짤하지는 않았다. 남녀의 관계로 발전할 가능성이 높은 젠지로의 곁이야말로 가치가 있는 것이다.

그러나 겉으로만 보면 '국서의 측근'보다 '여왕의 측근' 쪽이 격으로 따지면 한 단계 위였다. 아우라에게 그런 말을 들은 이상 푸죠르 장군도 공세의 창끝이 무뎌졌다.

그런 여왕과 장군의 대화를 옆에서 듣고 있던 젠지로는 마음속으로 벌써 몇 번째인지 모를 한숨을 쉬었다.

(진짜 좀 그만 하면 안 되나, 이런 건……)

아우라가 응원하러 와 주었기 때문에 다행히 한숨 돌린 젠지로였지만, 정장 밑으로는 열대야 탓이 아닌 식은땀을 흠뻑 흘리고 있었다.

직접 "여동생을 측실로 들여 달라"고까지 말하지는 않았지만, 노골적으로 계속된 공세는 역시 무시무시했다.

도중에 아우라가 구해주러 오지 않았다면 지금쯤은 이 상황을 수습하고 싶은 일념으로 언질이 될 만한 말을 토해 버렸을지도 몰랐다.

"그런데 얘기가 바뀝니다만, 젠지로 님은 어떤 타입의 여성을 좋아하십니까? 아니, 당연히 첫 번째는 폐하이시겠지만, 두 번째, 세 번째로 눈이 가는 여인은 없으십니까?"

역시나 말과는 달리 전혀 얘기를 바꾸지 않고, 푸죠르 장군은 정면으로 공격해 들어왔다. 달라진 건 공격의 각도일 뿐, 이야기의 방향성은 전혀 달라지지 않았다.

옆에 정실인 아우라가 있는데도 당당하게 여자 취향을 물어 오다니, 꽤 대담했다. 물론 이 나라의 왕족은 일부일처제가 아니므로 일본의 상식을 그대로 적용할 수는 없지만, 그렇다고 해도 남녀 사이에 일어나는 질투심이라는 건 세계를 뛰어넘는 공통적인 감정이지 않을까?

젠지로는 아우라의 애정을 확인하고 싶은 충동을 가까스로 견뎠다. 이런 타이밍에서 아우라 쪽을 향하면 "젠지로 님은 대화할 때 아우라 폐하에게 먼저 승낙을 받는다."라는 소문이 퍼지리라.

그렇다면, 지금은 어떤 대답을 해야 할까? 감정에 충실한 대답을 해도 좋다면, "필요 없어. 모처럼 미인 마누라랑 사이좋게 지내고 있는데 남의 가정에 쓸데없는 걸 던져 넣지 마."라고 하고 싶은 대목이지만, 그렇게 솔직하게 대답해도 괜찮은 처지가 아니라는 것 정도는 자각하고 있었다.

"음, 그런 건 생각해 본 적이 없군."

너무 오래 침묵을 계속할 수도 없었던 젠지로는 일단 얼버무리듯이 그렇게 중얼거렸다. 조금 틈을 보이고 만 그 말꼬리를 푸죠르 장군이 잡아채기 전에 먼저 입을 연 것은 마르케스 백작이었다.

"하하하, 젠지로 님과 폐하가 금실이 좋으시다는 얘기는 아내에게 들었습니다만, 아무래도 소문이 과장되기는커녕 축소된 것 같구면. 지금 젠지로 님은 폐하에게 푹 빠져서 다른 여성은 눈에 들어오지 않으시는 것 같소."

살았다. 자신도 모르게 안도감으로 그 자리에 주저앉아버릴 것 같은 심경인 채, 반쯤 반사적으로 젠지로는 그 마르케스 백작의 말에 편승했다.

"놀리지 말게, 백작. 틀리다고는 말은 못하지만."

젠지로의 말에 마르케스 백작은 일부러 눈을 크게 떠 보이고 웃었다.

"이거야, 이거야, 카파 왕가는 무사평안이로군요. 이것 참, 경사로세."

마르케스 백작은 젠지로의 말에 지어낸 것 같은 커다란 웃음을 되돌려 주었다.

"…………"

이 정도로 명확한 태도에는, 푸죠르 장군도 마르케스 백작이 전면적으로 젠지로를 감싸고 있음을 눈치챘다.

곁을 지키고 있는 아우라도 지금까지는 조용히 있지만, 너무 격렬하게 공격해 들어가면 남편 대신 반격해 오리라. 즉 현재 푸죠르 장군은 고립되어 있다는 얘기였다.

어디에서 어떻게 엇나갔는지는 모르겠지만, 지금 여기서 이 이상 무리를 해도 리스크에 합당할 만한 성과를 얻을 수는 없을 것 같다. 여기서 무리하게 밀고 나가서 만에 하나라도 아우라나 마르케스 백작을 격앙시키거나 하면 큰일이다.

"푸죠르 장군이 아우라 여왕, 마르케스 백작과 안 좋은 관계다."

라는 소문이 나면 주변국의 모략을 유발할 가능성이 있었다.

푸죠르 장군은 '대국' 카파 왕국에서 실권을 장악하는 것에 야심을 불태우고 있는 것이지, '망국' 카파 왕국을 지배하고 싶은 것이 아니었다.

이쯤이 물러날 때다. 깨끗한 단념과 빠른 결단이 목숨을 구한다는 진리는 전쟁터에서도 궁정에서도 다름이 없었다.

"확실히 그건 그 어떤 일보다 경사스러운 일입니다. 아우라 폐하는 훌륭한 반려를 얻으셨습니다."

푸죠르 장군은 슬며시 여동생의 등을 두 번 두드려 '흥정 종료' 사인을 보내고는 자신도 그렇게 말하며 마르케스 백작이 유도한 방향으로 대화를 이었다.

"그럼, 최고의 남편이고말고. 자네들과 같은 유능한 신하들이 있고 젠지로와 같은 훌륭한 남편을 얻었으니, 나만큼 운이 좋은 주군은 남대륙 서부 제국, 아니 이 남대륙 전체를 뒤져도 없을 것이야."

푸죠르의 태도를 보고 그가 이 자리에서는 일단 창끝을 거두기로 했음을 감지한 아우라가 조금 터프한 목소리로 그렇게 말하고 웃었다.

"하하하, 대륙 최고라고 말씀하셨습니까? 그렇게까지 치켜세우시면 낯간지럽습니다."

"아니, 백작. 그다지 자만하지 않는 게 좋지 않습니까? 아마도 폐하가 말씀하신 '행복'의 반 이상은 젠지로 님을 가리키신 것일 테니까요. 우리들의 조력 따위 미미한 것일 뿐."

"과연, 확실히. 최고의 반려인 젠지로 님과 비교하면 우리들의 충성심도 사소한 것에 지나지 않을지도 모르겠구려."

그 후는 서로 따끔따끔 아픈 곳을 찾아 찌르면서도, 여왕도 장군도 백작도 적극적인 공방을 펼치지 않은 채, 비교적 온화한 시간이 흘러갔다.

⬦

"끝났다……!"

밤늦게 파티에서 돌아온 젠지로는 만감이 실린 말을 토하고 검은 가죽 소파에 풀썩 주저앉았다.

LED 스탠드 라이트가 비추는 익숙한 거실. 시녀들이 돌아올 타이밍에 맞춰 준비해 준 얼음덩어리 선풍기 바람으로 달아오른 몸을 식히던 젠지로는 완전히 익숙해진 소파의 감각에 "돌아왔다"는 것을 강하게 실감했다.

그것은 즉, 불과 한 달 조금 넘는 시간에 이 후궁을 '우리 집'으로 느낄 정도로 친숙해졌다는 것일까. 의외로 젠지로는 환경 적응력이 높은 모양이었다.

"고생을 시켰네. 젠지로. 하지만 고생한 보람이 있었어. 당신이 공적인 장소에서 의사표시를 해 주었으니까. 우리의 불화설이나 내가 당신의 자유를 부당하게 빼앗고 있다는 소문은 어느 정도 가라앉을 거예요. 그래도 이런 종류의 소문은 늘 있는 것이라 완전히 불식시키는 것은 불가능할 테지만."

그렇게 말하는 아우라도 오렌지색 드레스 차림 그대로 조금 피곤하다는 듯이 소파에 몸을 맡기고 있었다.

태어날 때부터 왕족으로서, 그런 상황에 젠지로보다는 훨씬 익숙한 아우라지만, 그렇다고 해도 피곤하지 않을 리는 없었다.

자기 하나 간수하는 데만도 벅찼던 젠지로와는 달리, 그렇게 잔뜩 힘겨운 상태였던 남편을 보살피느라 아우라는 시종일관 신경을 곤두세우고 있었던 것이다. 말하자면 젠지로와는 비교도 되지 않는 어려운 역할을 해낸 것이다.

소파 위에 앉은 아우라는 향유로 윤이 나게 손질한 붉은 머리카락을 헝클어뜨리듯이 몇 번이나 목을 빙빙 돌려 결리는 목을 풀었다.

"그래? 그거 다행이다. 앞으로 한동안은 틀어박혀서 느긋하게 지낼 수 있겠네. 그건 그렇고…… 아직도 눈이 이상한 느낌이야."

안도의 한숨과 함께 그렇게 말한 젠지로는 소파의 등받이에 양팔을 걸친 채, 몇 번이나 눈을 깜빡였다. 아까부터 계속 눈 안쪽이 따가와서 기분이 좋지 않았다.

아마도 익숙하지 않은 샹들리에의 불빛에 눈이 상한 것이리라.

아무리 개수를 늘린다고 해도 샹들리에의 조명은 어디까지나 촛불에 지나지 않았다. 불꽃의 밝기에는 한계가 있는데다가 사소한 공기의 흐름에도 쉽게 흔들린다는 결점이 있었다.

부족한 조도. 흔들리는 여러 개의 광원. 게다가 그 빛을 조금이라도 확산시키기 위해 샹들리에에는 은으로 된 반사판이 몇 개나 매달려 있었다. 그런 조명 아래에서 눈이 나빠지지 않을 도리가 없었다.

하지만 그런 느낌은 젠지로만 갖는 모양이었다. 정면에서 한숨을 돌리고 있는 아우라는 특별히 눈이 아픈 기색이 보이지 않았다. 역시 현대 일본의 문명에 익숙해진 젠지로이기 때문에 느끼는 불쾌감인 걸까.

"아아, 왠지 또 시야가 흐려졌어."

그렇게 불평하면서 젠지로는 소파에 푹 몸을 묻은 채 신발을 벗었다.

카파 왕국은 일본보다 훨씬 고온다습한 기후인 탓에 실내에서는 맨발로 있어도 용인해주는 문화였지만, 그래도 파티나 무도회 같은 곳은 예외였다.

실내용 천으로 된 신발과 긴 양말을 벗은 젠지로는 몇 시간 만에 양쪽 발에 신선한 공기가 닿자 저도 모르게 한숨을 돌렸다.

"발이 시원해……"

생각해보면 이쪽 세계에 본격적으로 이동해 와서 오늘까지, 슬리퍼 외에 신발이란 것을 신은 것은 결혼식 이후로 처음이었다. 새삼스럽게 자신이 제대로 틀어박혀 있었다는 사실을 실감했다.

아무리 기후가 다르다고는 해도, 샐러리맨 시절에는 매일 15시간 이상 오랜 시간을 딱딱한 가죽 구두와 비즈니스 삭스를 신고 생활했는데, 불과 한 달이 지난 지금 겨우 몇 시간 동안 천으로 된 신발을 신고 왕궁 안을 돌아다녔다고 발이 지쳐 나가떨어질 줄이야.

(이건 좀 생활 방식을 고민해 보는 게 좋겠어. 공주님도 아닌데 말이지. 이 나

이에 제대로 걸을 수도 없는 연약한 발바닥은 갖고 싶지는 않은데.)

그런 생각을 하며 맨발이 된 젠지로는 계속해서 조끼와 같은 상의를 벗어버리고 기모노와 같은 셔츠의 여밈을 풀었다.

"후우……"

열린 가슴팍에 얼음 선풍기의 냉풍이 닿자 젠지로는 쾌적한 기분에 눈을 감았다.

젠지로는 샐러리맨 시절 대외 교섭의 장에서 설전을 펼친 경험도 꽤 있었지만, 지금 몸에 남은 피로감은 그때와 비교할 것이 아니었다. 역시 '왕족'이라는, 말단 샐러리맨과는 비교도 되지 않는 막대한 영향력을 가진 지위에 강한 압박감을 느낀 탓이리라.

"뭐, 어차피 곧 목욕할 거니까……:

자신에게 그런 핑계를 대면서 젠지로는 허리를 감싼 띠를 풀어버리고는 바지와 앞여밈식 셔츠까지 그 자리에서 벗어 버렸다. 단정치 못하다는 것은 알고 있었지만 피곤한 몸을 거추장스러운 옷에서 해방시키고 싶은 유혹을 떨칠 수 없었다.

"어디, 나도 편안해져 볼까."

단정치 못하게 트렁크 한 장 차림이 된 남편을 따라 하듯이 아우라도 소파에서 일어나더니 목 뒤로 손을 돌려 드레스의 여밈을 풀었다. 그러자 오렌지색 드레스가 작게 스치는 소리를 내면서 아우라의 피부를 미끄러져 떨어졌다.

아우라도 이전에는 왕족의 습관대로 옷을 갈아입을 때 시녀들의 시중을 받았지만, 젠지로와 같은 공간에서 생활하게 되면서부터, 방에 다른 사람이 들어오는 걸 싫어하는 젠지로를 배려해서 옷 갈아입을 때 시녀의 손을 빌리는 일이 줄었다.

함께 반라가 된 남녀. 새삼스레 부끄럼을 타는 사이는 아니었지만 의식하지 않고 있을 수 있을 만큼 건조한 관계도 아니었다.

"오옷……"

조금 전까지 피곤해서 소파에 늘어지듯 몸을 던졌던 젠지로가 몸을 벌떡 일으키고는 반라 상태의 애처에게 애욕이 뒤섞인 눈빛을 보냈다.

남편의 시선에 자존심이 고양된 것인지, 입가에 작게 만족스러운 미소를 떠올린 아우라는 반라인 채 당당히 거실 한가운데를 걸어가 벽 쪽에 설치된 냉장고의 문에 손을 가져갔다.

"젠지로."

완전히 익숙해진 손놀림으로 냉장고에서 차가운 타월을 두 장 꺼낸 아우라는 그 중 하나를 젠지로에게 던졌다.

"응, 고마워."

땀이나 더러움은 둘째 치고, 머리카락과 목덜미에 바른 향유를 닦아내는 데는 냉장고에서 차갑게 식힌 수건보다는 스팀으로 데운 뜨거운 수건 쪽이 적합했지만, 이 더위에 뜨거운 수건만은 절대 사양하고 싶었다.

돌아온 아우라는 소파 옆에 선 채 차가운 수건으로 몸에 달라붙은 땀과 향유를 닦아내면서 똑같이 차가운 수건으로 얼굴을 닦고 있는 젠지로에게 말을 건넸다.

"그러면 피곤한 중에 미안하지만, 아직 기억이 선명할 때 들어 둘까. 어때요, 젠지로. 오늘 파티에서 얼굴을 마주했던 귀족 중에서 특별히 인상에 남은 인물이라도 있었어?"

조금 느닷없는 아내의 질문에 젠지로는 얼굴에서 타월을 떼고 잠시 생각에 잠겼다.

"인상에 남은 인물이라…… 도중까지는 꽤 있었던 것 같은데, 마지막에 기젠 남매가 나타나서 전부 쓸어가 버린 느낌이야. 솔직히 그 두 사람 외에는 제대로 떠오르지 않네."

그 대답은 반쯤 예상하고 있던 것이리라. 아우라는 입가에 미소를 띠면서 젠지로의 곁에 앉았다.

"역시, 그런가. 뭐, 확실히 인상적이었지, 그 남매는. 그러면 먼저 오빠인 푸죠르 기젠 장군부터 들어볼까. 당신은 그 남자에게서 어떤 첫인상을 느꼈죠?"

"아…… 음, 푸죠르 장군의 인상은, 음……"

옆에서 이쪽을 바라보는 아내의 시선에 젠지로는 겸연쩍은 표정으로 눈동자를 굴렸다.

이미 각오하고 있던 질문이긴 했지만, 한편 질문을 받는 것이 두렵기도 했다.

그래도 이쪽에 단단하게 시선을 고정한 아내의 모습을 보니 섣부른 발뺌이 통할 것 같지는 않았다.

각오를 정한 젠지로는 한 번 커다랗게 심호흡을 한 후, 두리번두리번 시선을 헤매면서도 솔직하게 털어놓았다.

"아…… 그…… 왠지. 뭐라고나 할까, 나도 남자니까, 말이지. 푸죠르 기젠이랑 라파엘로 마르케스 두 사람에 관해서 편견이 섞이지 않은 의견을 말하는 것은 불가능에 가까운 일이야. 라파엘로 마르케스 쪽은 아직 만나지도 않았는데 비호감이고……"

"……"

어떻게 보면 참회에 가까운 남편의 말에 아우라는 자신도 모르게 눈을 동그랗게 떴다.

"그런가. 그 두 사람은 당신에게 그런 존재였나……. 후홋."

아우라는 젠지로의 고백에 쿡쿡 치밀어 올라오는 행복한 웃음을 애써 삼켰다.

푸죠르 기젠과 라파엘로 마르케스. 아우라의 신랑 후보였던 남자들의 이름이다.

그 두 사람에게는 '편견이 있다'라는 말에서 남편의 질투심을 눈치챈 아우라는 마음속에 그다지 고상하다고 할 수 없는 종류의 '환희의 감정'이 솟아오르는 것을 자각했다.

'자신과 관계가 있었던 남자'에 대해 질투하는 남편이란 아내에게 있어서는 애정의 반증으로 느껴지는 면이 있어서 솔직히 말하면 무척이나 기분이 좋았다.

무심결에 남편에게 팔을 뻗고 싶은 충동에 휩싸인 아우라였지만, 남편이 유달리 '향유' 냄새를 싫어한다는 것을 떠올리고 생각을 거뒀다.

평소와 같은 밀접한 스킨십은 목욕을 마칠 때까지 참는 편이 좋을 것 같았다. 이런 사소한 일로 남편에게 불편한 감정을 갖게 하고 싶지 않았기 때문이다.

아우라는 적절한 거리를 유지한 채, 옆에 앉은 젠지로에게 미소를 보이며 대화를 이어 나갔다.

"괜찮아요. 당신의 의견을 있는 그대로 받아들일 만큼 나도 둔하지는 않아. 그러니까 생각한 대로 말해요."

아무래도 얼렁뚱땅 넘길 수는 없는 모양이었다. 그렇게 생각한 젠지로는 옆에 앉은 아우라 쪽으로 고개를 향하고 다소 요령부득한 어조로 이야기를 시작했다.

"으응, 그래, 알겠어. 그럼, 솔직하게. 글쎄, 내 첫인상은, 푸죠르 기젠 장군은 '적 아니면 내 편밖에 없는 타입'이라는 느낌, 이랄까?"

"흐음, 적이나 내 편밖에 없는 타입, 인가."

말하고 싶은 것이 뭔지는 알겠지만 조금 구체성이 떨어지는 젠지로의 말에 아우라는 그 두 눈에 흥미진진한 빛을 발하며 다시 한 번 되물었다.

"그건 어떤 의미지?"

"아니, 그러니까, 뭐라고 해야 할까, 푸죠르 장군은 엄청난 박력과 위압감을 갖고 있는데도 그걸 전혀 감추려고 하지 않잖아? 게다가 깜짝 놀랄 정도로 훤히 들여다보이게 자기의 요구를 말하고. 목적을 달성하기 위해서라면 적을 만드는 것 따위 두려워하지 않는다고 해야 할까? 하지만 딱 보기에 카리스마도 있는 것 같고, 지지자도 많을 것 같아. 그러니까 그와 관계된 사람들은 대개 호의나 적의 둘 중의 하나를 가지고 있는 게 아닐까, 라고 생각했어. 중립적인 처지인 사람이라면 처음에 그와 가까워졌다 해도 나중엔 떨어져 나갈, 그런 타입으로 보였어."

"과연⋯⋯. 말하고자 하는 게 뭔지 대충 알겠어."

젠지로의 설명에 아우라는 작게 끄덕였다.

서방님에게 조금 실례이긴 하지만 생각했던 것보다 훨씬 사람 보는 눈이 좋았다.

확실히 노골적인 야심가인 푸죠르 기젠은 군부를 중심으로 신봉자도 많지만 싫어하는 자들도 많았다.

단 '적을 만드는 것을 두려워하지 않는다'는 평가는 조금 틀렸다. 군인인 동시에 명문가 출신의 귀족인 푸죠르 장군은 궁정 안에 아무렇게나 적을 만들 정도로 미련한 인물이 아니었다.

적으로 돌리면 곤란한 사람을 앞에 두고 비위를 맞춰줄 정도의 분별력은 있는 남자다.

그런 의미에서 확실히 젠지로는 푸죠르를 '편견'으로 보고 있는 면이 있었다. 아내의 전 신랑 후보라는 딱지가 붙은 남자에게 무의식적으로 라이벌 의식을 갖고 그 남자의 결점을 발견해 부풀려 말하고 있었다.

젠지로 자신이 말한 대로 결코 칭찬받을 태도는 아니었다. 그러나 그에 대한 자각이 있고, 그런 자신을 혐오할 수 있는 정도의 양식이 있다면 특별히 꼬집을 만한 큰 결점은 아니었다.

아우라는 도가 지나칠 때만 아내로서 참견하면 될 뿐이다.

대개 좋아하는 사람과 깊은 관련이 있는 인물에 대해 좋지 않은 감정을 품는 것은 사람으로서 지극히 자연스러운 일이다.

"그러면 여동생인 파티마 기젠에 대해서는 어떻게 생각했지? 솔직한 감상을 들려줘요. 조금 반한 것처럼 보인 건 내 눈의 착각이었을까? 응?"

그렇게 묻는 아우라의 눈동자에는 정말로 조금 어두운 빛의 감정이 보이는 듯 마는 듯했다.

"어? 아, 자, 잠깐, 아우라?"

장난스러운 미소를 감춘 아내의 질투심을 민감하게 눈치챈 젠지로는 자신도 모르게 소파 위에서 허리를 뒤로 빼듯이 뒷걸음질치는 것이었다.

[제2장] **쌍왕국에서 온 사신**

젠지로가 파티에서 무난하게 사교계 데뷔를 달성한 뒤 몇 달이 지 났다.

남국인 카파 왕국에서도 이제 한낮의 온도계가 40도 이상을 가리 키거나 밤에 35도 이상을 오르내리는 날들이 이어지지는 않았다.

요즘에는 줄곧 한낮의 최고기온이 30도를 조금 넘는 정도이고, 밤 이 되면 쭉 내려가 25도를 밑도는 쾌적한 날들이 이어지고 있었다.

이 정도라면 낮에는 얼음 없는 선풍기로 충분했고 밤에도 특별히 더위 대책을 하지 않아도 잠을 설칠 일이 없었다.

카파 왕국의 계절은 일본처럼 알기 쉬운 '사계'는 아니었지만, 후궁 의 창문에서 바깥 풍경을 자세히 관찰해보면 여러 가지 변화를 알 수 있었다.

젠지로가 이쪽 세계에 막 왔을 무렵에는 빨강과 노랑의 커다란 꽃 이 피어 있던 화단에 요즘은 파랑과 보라색의 꽃잎이 자잘한 꽃이 피 어 있었고, 햇살이 드리우는 그림자도 조금 길어졌다. 몇 달 전에는 창가에 모기향을 피워 격퇴했던 벌레들도 요즘은 눈에 띄게 수가 줄 었고, 해 질 녘에 지저귀는 새의 종류도 달라진 것 같았다.

'사계'라고 부를 만큼 극적인 변화는 아니었지만, 어쨌든 이건 '계절이 변했다'고 말해도 좋을 정도가 아닐까.

누가 뭐래도 처음에 왔을 당시에 비해 현격하게 쾌적해진 것만은 틀림없었다.

하지만 지금의 젠지로는 그런 평온한 계절을 만끽할 수 있는 상태가 아니었다.

대낮부터 목제 창문을 닫아걸고 어두운 침실에 틀어박혀 침대 위에서 태아처럼 몸을 웅크리고 누워 있는 젠지로.

"학, 학, 학……"

호흡은 얕고 숨결도 뜨거웠다. 뺨은 붉었고 이마와 목덜미에서는 끊임없이 땀이 솟고 있었다. 시원해졌다고는 해도 한낮은 30도 전후의 기온인데, 턱까지 털 이불을 뒤집어쓴 그 몸은 도저히 추위를 견딜 수가 없다는 듯이 덜덜 떨리고 있었다.

이윽고 이불 속에서 삐삣, 하고 이쪽 세계에 어울리지 않는 전자음이 작게 울렸다.

"우우……"

간신히 그 음을 알아챈 젠지로는 이불 속에서 부스럭거리며 겨드랑이 밑에 끼웠던 체온계를 꺼내 얼굴 앞으로 가져왔다.

〈38.3℃〉

디지털식 체온계에 표시된 수치는 젠지로의 평소 체온보다 2도 이상 높았다.

젠지로가 열을 내며 몸져누웠다.

점심식사 조금 전에 그 연락을 받은 아우라가 처음으로 취한 행동은 후궁에서 일하는 사람들에게 밖으로 나오지 않도록 통달한 것과, 스스로의 컨디션을 점검하는 것이었다.

열이 나는 남편이 걱정되었지만, 아우라는 왕이었다. 여왕에게 병마가 덮치지 않도록 예방하는 것이 여왕의 반려를 병마의 손아귀에서 구해내는 것보다 우선하는 일이었다.

일단 업무를 중지하고 왕궁 내의 처소로 물러간 아우라는 곧바로 왕실 주치의를 불러 자신을 진찰하게 했다.

등나무를 엮어 만든 의자 위에서 커다랗게 입을 열고 목 안을 보이고 있던 아우라는 초로의 의사가 "예, 이제 됐습니다."라고 말하자 입을 다물었다.

"어떤가?"

"예, 괜찮습니다. 적어도 현시점에서는 폐하께 병의 징조는 보이지 않습니다."

간결한 아우라의 물음에 초로의 의사는 부드러운 미소를 지으며 대답했다.

"그래, 수고했다."

의사의 대답에 아우라는 위압감이 있는 엄한 표정을 유지한 채, 속으로 안도의 한숨을 쉬었다.

다행이다. 이쪽 세계의 의료 기술은 그다지 발전되지 않았기 때문에 의사의 보증도 절대 안심할 만한 것은 아니었지만, 의사의 말투를 보아하니 일단 안심해도 좋을 것 같았다.

자신의 신변 안전이 보장된다면 아우라도 왕으로서가 아니라 아내로서의 말을 할 수 있었다.

"그러면 다음은 후궁에 누워 있는 서방님을 부탁하네."

남자 금지 구역인 후궁에 들어갈 수 있는 몇 안 되는 예외 중 하나가 의료 관계자였다. 남성 사회인 카파 왕국에 '여자 의사'라는 존재는 거의 없다고 해도 좋았다. 때문에 의사를 남자 금지 조항의 예외로 해 두지 않으면, 후궁에 사는 사람은 병마의 습격에도 의사의 진료를 받을 수 없게 되고 만다.

"예. 전력을 다합지요."

노의사는 온화하게 웃는 얼굴로 명을 받든 후 여왕의 허락을 받고 물러났다.

차례를 기다렸다는 듯이 아우라의 비서를 맡은 파비오 데우바제가 방에 들어왔다.

"실례하겠습니다, 폐하. 몸은 어떠십니까?"

갸름한 얼굴의 중년 비서관에게 아우라는 작게 미소 짓고 한 번 끄덕여 대답했다.

"응, 난 문제 없어. 주치의 미셸한테는 이 길로 서방님을 진료하러 가 달라고 했어. 용태에 따라서는 서방님에게 '치유의 비석(秘石)'을 사용하고 싶은데, 자네 의견은 어떤가?"

'치유의 비석'. 그 단어에 움찔 어깨를 들썩한 파비오 비서관은 곧바로 고개를 아래위로 흔들어 동의를 표했다.

"그렇군요. 미셸의 진단 결과를 듣지 않으면 확실하게 말할 수 없지만, 젠지로 님의 병이 죽음에 이를 수 있는 부류의 것이라면 고민할 필요도 없습니다. 지금 우리나라는 젠지로 님을 잃어서는 안 되니까요."

'치유의 비석'이란 남대륙 중부에 있는 대국, 샤로와·지르벨 쌍왕국에서 만든 마법 도구였다.

'부여마법'의 샤로와 왕가와 '치유마법'의 지르벨 법왕가. 양가 마법 기술의 결정체라고 해야 할 '치유의 비석'의 효과는 절대적이었다.

떨어져 나간 신체 부위를 재생시키거나 잃어버린 오감을 되찾는 것까지는 불가능했지만, '치유의 비석'을 썼는데도 생명을 건지지 못한 병자는 과거를 돌아봐도 손에 꼽을 정도밖에 없었다.

중세 이슬람권 수준을 겨우 면할 정도의 의료 기술밖에 갖추지 못한 이쪽 세계에 존재하는, 21세기 최첨단 의학조차 초월하는 '만병통치약.' 게다가 그것을 만들 수 있는 사람이 세계에 열 몇 명밖에 없다고 한다면 '치유의 비석' 한 개에 작은 나라의 운명이 왔다 갔다 할 정도의 가치가 걸려 있다는 것도 당연한 얘기일지도 모른다.

카파 왕국은 남대륙 서부에 세력을 떨치는 몇 안 되는 대국이었고, 샤로와·지르벨 쌍왕국과는 나름대로 친교가 있는 우호국이었지만, 그래도 '치유의 비석'은 현재 세계적으로 3개밖에 남아있지 않았다.

구입 금액도 엄청나게 비싸지만, 가령 돈을 마련한다고 해도 반드시 살 수 있다는 보장이 없는 귀중한 물건. 그것이 '치유의 비석'이라는 물건이었다.

"그런가, 자네가 그렇게 말해 준다면 안심이야."

파비오 비서관의 대답에 아우라는 표정에 안도의 빛을 띠웠다.

아우라는 젠지로가 쓰러졌다는 말을 들은 순간 반사적으로 '치유의 비석'을 떠올렸지만, 그 판단이 아내로서의 감정에 의한 것인지 왕으로서의 이성에 의한 것인지 스스로도 판단할 수 없었던 것이다.

냉정하게 생각해 보면 아우라가 아직 아이를 가지지 않은 이 시점에서, 젠지로의 죽음이 왕국을 뒤흔드는 일대 사건이 되리라는 건 귀족이라면 누구라도 알 수 있었다.

요컨대 그런 '당연한 판단'조차 내리지 못할 만큼 아우라는 동요하고 있었던 것이다.

여차 하는 순간에는 '치유의 비석'을 사용하면 된다. 그 결론에 다다른 덕분에 평소의 냉정함을 되찾은 아우라는 의자의 팔걸이에 오른쪽 팔꿈치를 올리고 턱을 괴었다.

"하지만 아침에 눈을 떴을 때는 서방님도 평소와 다름없는 것 같았는데. 대체 무슨 병에 걸린 걸까?"

"매일 밤 같은 침상을 쓰시는 폐하가 발병하지 않았다면 폐하가 과거에 앓은 적이 있는, 일생에 한 번밖에 걸리지 않는 종류의 병일 가능성이 높습니다."

파비오 비서관의 말에 아우라는 턱을 괸 채 생각했다.

한 번 겪으면 두 번 다시 걸리지 않는 병.

아우라도 예전에 그런 병에 걸린 경험이 몇 번 있었다.

"내가 과거에 앓았던, 평생 한 번밖에 걸리지 않는 병. 아침에는 쌩쌩했는데 점심 전에 발병…… 혹시, 그건가?"

파비오 비서관의 발상에 한 가지 더 '아침까지는 아무렇지도 않았는데 점심 전에 갑자기 용태가 나빠졌다.'라는 조건을 덧붙이자 아우라의 머릿속에서 병명이 하나로 좁혀졌다.

아우라보다 훨씬 냉정한 파비오 비서관은 벌써 그 병명을 떠올렸으리라.

"아마도 폐하의 상상대로가 아니겠습니까."

비서관은 변함없이 가면을 쓴 것처럼 무표정한 얼굴에 억양 없는 목소리로 그렇게 답했다.

"…………"

비서관의 말에 아우라는 몸에서 힘이 빠지는 것을 느꼈다.

젠지로의 병이 '그것'이라고 한다면 지금까지의 걱정은 무용지물이었던 셈이다. '그것'은 죽을병이 아니었다. 오히려 '그것'에 걸렸다는 것은 어느 쪽인가 하면, 경사스러운 일이었다.

아우라의 예상은 그로부터 얼마 지나지 않아 왕궁으로 돌아온 미셀 의사의 말에 의해 뒷받침되었다.

"젠지로 님은 '숲의 축복'을 받으셨사옵니다."

궁정 의사의 입에서 사망률이 한없이 제로에 가까운 그 병명을 들은 아우라는, 몸에 힘이 빠지다 못해 천장을 올려다볼 뻔한 것을 참고 엄숙한 얼굴로 미셸 의사에게 "그래, 수고했다"고 전했다.

그 뒤에서는 여왕이 당황하는 속내를 눈치 빠르게 간파한 비서관이 한쪽 뺨을 추어올리며 심술궂은 웃음을 짓고 있었다.

———————◆———————

"아우라. '숲의 축복'이 뭐야?"

열을 내며 드러누운 남편을 문병하기 위해 업무를 일찍 마치고 후궁에 돌아온 아우라에게 젠지로는 커다란 침대에 축 늘어져서 누운 채, 시선만 위를 향하고 시들시들한 목소리로 물었다.

시간으로는 아직 해 질 녘이었지만 바깥 공기가 들어오지 않도록 문을 닫아두었기 때문에 바깥의 상황을 알 수는 없었다.

젠지로가 숙면할 수 있도록 침실의 LED 스탠드 라이트도 한 개만 켜 두었다. 그것도 갓에 두꺼운 천을 씌워 일부러 빛의 양을 약하게 했다.

그런 어두침침한 침실 안에서 침대 옆에 놓인 의자에 앉은 아우라는 냉장고에서 가져온 차가운 수건으로 바지런하게 젠지로의 이마나 목덜미를 닦아 주면서 질문에 대답해 주었다.

"간단하게 말하면 이 부근에서 옛날부터 만연해 온 풍토병이에요. 독성이 약하고, 발병해도 노인이나 영유아가 아니라면 웬만해서는 죽음에 이르지 않아. 게다가 한 번 걸리면 두 번 다시 발병하지 않는데

다가 신기하게도 이 병을 겪은 사람은 다른 병에 걸렸을 때 가볍게 앓고 끝나는 일이 많아서 '숲의 축복'이라고 불리고 있지."

열 때문에 잘 돌아가지 않는 머리로 간신히 아우라의 말을 이해한 젠지로는 무심결에 불쑥 감상을 뱉었다.

"우와…… 나, 이 병원균이랑 항체를 만든 몸을 지구에 가져가면 노벨상 받는 거 아냐……?"

지구에도 홍역이나 수두처럼 한 번 걸리면 원칙적으로 두 번 다시는 걸리지 않는 종류의 병이 있지만, 그 결과 다른 병원균에도 극적인 작용을 하는 항체를 만든다는 건 말 그대로 판타지였다.

그건 그렇다 치고, 이 병이 '죽음에 이르는 일이 거의 없다'는 것은 최고로 좋은 소식이었다. 이세계의 병에 대한 공포에 떨고 있던 젠지로는 순간 몸의 마디마디가 쑤시는 아픔도 잊고 기뻐했다.

"그래? 그렇다면 얌전히 누워 있으면 낫는다는 건가……. 얼마나?"

"맞아요. 빠르면 3일, 길면 7일 정도일까?"

즉 회복까지 대략 5일 전후는 걸린다는 것인가. 무리하면 일어나 앉지 못할 정도는 아니었지만, 이런 몸 상태가 5일이나 계속된다고 생각하니 역시 지겨웠다.

관절이라는 관절이 모두 아픈 탓에 누워 있어도 잠자리가 불편했고, 열이 높아서 땀을 줄줄 흘리면서도 목이 부어서 물을 삼킬 때도 따끔따끔 아팠다.

잠이 들면 편하겠지만, 불편한 잠자리와 관절 마디마디가 아파서 전혀 잠이 오지 않았다. 병세로 보면 심한 감기와 닮았다.

　(아무리 그래도 이런 힘든 상태가 최대 일주일이나 계속되는데 진짜로 '웬만해서 죽는 일이 없다'는 건가? 아무리 생각해도 이쪽 세계의 문명 레벨에서는 사망자 속출일 것 같은데.)

　젠지로의 열기로 느른해진 뇌리에 문득 그런 의문이 끓어올랐다.

　38도를 넘는 고열로 며칠씩이나 몸져누워도 웬만한 일로는 죽지 않는다는 건, 의사도 약도 있고 영양 상태도 좋은 현대 일본의 일반 가정이라면 가능한 일이다. 하지만 만약 영양 상태가 나쁜 빈곤층이라면 지금 자신과 같은 병세는 충분히 치명적일 것이라고 젠지로는 생각했다.

　그런 젠지로의 느낌은 틀리지 않았다.

　이 병이 '숲의 축복'이라는 둥, 한가로운 이름으로 불리고 있는 것은 젊을 때 걸리면 훨씬 가벼운 병세에 그치기 때문이었다. 열이 난다고 해야 기껏해야 37도 전후일까.

　때문에 서민 사이에서는 근처에서 '숲의 축복'에 걸린 사람이 나오면 어린아이를 둔 부모가 일부러 '축복'을 옮기 위해 찾아가는 일도 있다고 한다.

　물론 그럼에도 '숲의 축복'을 이기지 못하고 목숨을 잃는 소년, 소녀도 있지만 그건 어쩔 도리가 없었다. '숲의 축복'에도 견디지 못하는 아이는 어차피 어른이 될 때까지 살지 못한다. 그렇게 스스로 설득하며 부모들은 자신을 속였다.

　그렇건 말건 그런 빈곤층의 사정은 지금의 젠지로와는 그다지 관련이 없었다.

"그러고 보니 시녀들이 곤란해 하고 있어요. 병이 나을 때까지라도 그녀들의 출입을 허가하는 게 좋지 않아? 그렇게 해 주는 편이 나도 안심이고."

문득 생각난 듯이 그렇게 말하는 아우라에게 젠지로는 침대 위에서 몸을 비틀며 드물게 불쾌한 표정을 지었다.

"아~, 가능하면 그건 참아 줘. 솔직히 주위에 사람이 있으면 나을 병도 낫지 않을 것 같아…."

하지만 아우라도 드물게 곤혹스러운 표정을 보이며 고집을 부리는 남편을 설득했다.

"하지만 그 몸으로는 식사도 볼일도 무리잖아? 간호할 사람이 필요해요."

지금은 특별히 시간을 만들어서 이렇게 아우라가 곁에 있지만, 여왕인 아우라는 본래 이런 일을 할 신분이 아니었다. 왕족의 시중은 가족이 아니라 하인들의 일이었다.

"아~, 음…."

목이 꽤 아픈지, 젠지로는 가느다란 목소리로밖에 대답하지 못했지만, 그런 상태치고는 완고하게 아우라의 제안을 받아들이려 하지 않았다.

"젠지로……."

거듭 종용하는 아우라에게 젠지로는 아픈 목에 무리를 주며 작은 목소리를 쥐어짜 고백했다.

"나 말이야, 아플 때는 굉장히 신경이 날카로워져. 조금만 방심하면 주변 사람에게 짜증을 내거나 억지를 부리곤 해. 그런 거 하고 싶지 않으니까…… 주위에 사람이 없었으면 좋겠어……."

병으로 몸져누웠을 때 사람이 평소와 다른 감각이 되는 건 드문 일이 아니다.

병으로 약해진 몸이 마음에도 영향을 끼치는 것인지, 아프면 지나치게 마음이 약해진다거나 이유 없이 성격이 변하는 사람도 많다.

젠지로는 그것이 공격성으로 표면화하는 쪽이었다.

삼킨 수프가 뜨거운 것에도, 몸을 닦는 수건이 미지근한 것에도, 일일이 죄다 욕을 퍼붓고 싶어졌다. 자신은 이렇게 괴로워 죽겠는데 건강한 다른 사람이 옆에 있다는 것 자체가 얄미웠다.

어렸을 때는 열이 날 때마다 아버지나 어머니를 괴롭혔다.

물론 젠지로도 지금은 나이를 먹은 어른이다. 아무리 병으로 심신이 약해져 있다 해도 그런 무의미한 공격성을 계속 주위 사람에게 휘두를 정도의 정신박약은 아니었다. 하지만 그렇게 공격성을 자제하는 것도 피곤한 일이다.

그래서 다소 불편하더라도 주위에 아무도 없는 편이 좋았다. 지금만큼은 아우라도 곁에 있지 않았으면 했다. 아니, 아우라야말로 곁에 오지 말았으면 싶었다. 이 흠잡을 데 없는 아내에게 어린애 같은 투정을 부리거나 한다면…… 병이 나은 다음에 정신적인 면을 추스르는 데 상당한 시간이 걸릴 것이었다.

"괜찮아…… 옷 갈아입는 정도는 혼자 할 수 있고, 화장실에 가고 싶을 땐 벨을 울릴 테니까……."

"으음, 하지만……."

가느다란 목소리로 또박또박 거절하는 젠지로에게 아우라는 여전히 이해가 가지 않는다는 것처럼 반응했다.

말도 안 되는 주인의 역정을 받아내는 것도 시녀나 집사들의 일이다, 라고 아우라는 생각했다. 그러나 이 몇 달 동안에 아우라는 젠지로의 가치관에 대해서도 상당히 이해하게 되었다.

젠지로라는 남자는 타인에게 도리에 맞지 않는 민폐를 끼치는 것을 무엇보다 나쁜 해악이라고 여기는 부분이 있었다. 게다가 그 민폐를 끼치는 대상의 신분을 묻지 않았다. 왕후나 귀족은 물론이고 일개 사용인에 불과한 시녀들에 대해서도 마찬가지였다.

그런 젠지로의 가치관에서 보면 확실히 지금 시녀들에게 분풀이하거나 하면 나중에 젠지로가 정신적으로 힘들어질 것이라는 정도는 간단하게 예상할 수 있었다.

"……알았어. 출입하는 건 최소한으로 하라고 말해 두지."

잠시 생각한 후, 포기한 건 아우라 쪽이었다.

"응…… 부탁해."

이어서 아우라는 반쯤 무의식중에 다음 말을 입에 올렸다.

"곧 저녁 식사인데 뭔가 먹고 싶은 거라도?"

무심코 한 말. 아마도 단순한 친절에서 비롯된 말이었을 것이다.

그 말에, 심신이 약해져 있던 젠지로는 반사적으로 희망 사항을 뱉었다.

"죽…… 매실 절임이나, 달걀이랑 간장을 넣은 죽이 먹고 싶어."

병에 걸렸을 때는 죽.

일본인이라면 의문의 여지도 없을 만큼 당연한 발상이었다. 그러나 일본에서는 상식적인 환자식도 이곳 카파 왕국에서는 미지의 음식에 지나지 않았다.

"죽? 뭐지, 그게? 매실 절임? 달걀은 알겠는데, 간장은 뭐예요?"

열로 머리가 둔해져 있었지만, 계속 고개를 갸웃하는 아우라의 반응을 젠지로도 쉽게 이해할 수 있었다. 지금 한 말이 전혀 통하지 않은 것이었다. 언령의 자동번역도 작용하지 않았다는 것은 적어도 이 언어권에 '매실 절임'과 '간장'에 해당하는 것이 없다는 얘기였다.

아우라의 말에 젠지로는 가냘프게 웃어 보였다.

"아냐, 지금은 설명할 기력이 없으니까…… 나중에. 먹을 건 아무래도 좋아. 아무거나 먹을 테니까."

젠지로는 숙모가 집에서 만들어 챙겨준 매실 절임이 냉장고에 들어 있다는 걸 떠올렸지만, 매실 절임만으로는 어떻게 할 수가 없었다. 카파 왕국에도 보리는 있었지만 아무래도 죽으로 만들어 먹는 습관은 없는 것 같았고, 특별히 보리죽을 만들어 준다고 해도 거기에 매실 절임을 넣었을 때 맛있을지 어떨지 보장할 수 없었다.

그런 새로운 음식의 개발은 좀 더 건강할 때 해야 한다.

(병이 나으면 조금 본격적으로 움직여 볼까……)

젠지로가 그런 생각을 하고 있을 때 아우라는 나긋나긋한 동작으로 의자에서 일어나 말했다.

"……알겠어요. 주방에 부탁해서 최고의 환자식을 준비하게 하죠."

"응, 기대하고 있을게."

침실을 나가기 전에 한 번 더 수건으로 이마의 땀을 닦아주는 아우라에게 젠지로는 가냘프게 웃음을 지어 보이며 그렇게 대답했다.

탁, 하고 문을 닫고 아우라가 나가자 어두침침한 침실에는 젠지로 혼자 남았다.

"우우……"

젠지로는 손을 더듬어 침대 옆의 협탁에서 끓여 식힌 물이 담긴 500밀리 페트병을 쥐고 뚜껑을 열어 입으로 가져갔다.

"크윽……"

미지근한 물을 넘기는 것만으로도 목이 따끔따끔 아팠다. 그래도 땀을 흘린 몸에 수분을 보충해 주지 않으면 얼마나 위험한지 잘 알고 있는 젠지로는 아픔을 견디며 물을 마셨다.

"후우……"

페트병의 물을 반 가까이 마신 젠지로는 뚜껑을 닫고 다시 페트병을 협탁 위에 돌려놓았다.

이 페트병은 두 번째 이동 때 비상식량과 서바이벌 도구와 함께 배낭에 넣었던 미네랄 워터 페트병이다.

일본에서는 단순한 재활용 쓰레기에 지나지 않는 이 작은 용기도 이쪽 세계에서는 귀중품이었다.

가볍고, 떨어뜨려도 깨질 염려가 없고, 뚜껑을 잠그면 넘어져도 내용물이 흘러나오지 않는 굉장히 편리한 용기였다. 이것이 없었으면 물을 마시는 것이 좀 더 고생스러웠을 것이다.

꼼꼼히 닦아도 반복해서 사용하기에는 위생적으로 불안한 부분이 있었고, 오래 사용할 만한 물건은 아니었지만, 이런 비상시에는 실로 귀중한 보물이었다.

따가운 아픔을 견디며 목마름을 달랜 젠지로는 몸에서 땀이 솟는 것을 자각하며 베개에 얼굴을 파묻고 몸부림쳤다.

(아아, 나, 무슨 소릴 한 거야. 이세계에서 죽을 먹고 싶다니. 난 분별력도 없는 어린애냐!?)

아우라가 분위기를 읽을 줄 아는 현명한 사람이라 다행이었다. 만약 그대로 이곳에 아우라가 머물렀다면 다음은 '복숭아 캔이 먹고 싶다'거나 하는 소릴 했을지도 모른다.

젠지로는 원래부터 자기 자신에게 그다지 높은 평가를 하지 않는 축이었지만, 아무리 열이 난다기로서니 그런 바보 같은 억지를 부릴 만큼 자제심이 없는 사람이라고는 생각하지 않았다. 농담이 아니라 자기혐오가 위험 수위까지 높아졌다.

(아아, 젠장. 빨리 낫지 않으면 정신적으로 죽을지도 몰라……)

베개에 얼굴을 묻은 채 젠지로는 괴로워하며 자신의 실언을 후회했다.

하지만 이것도 불행 중 다행이라고 해야 할까, 잠시 발열로 말미암은 나른함도 관절의 아픔도 잊을 만큼 강한 자기혐오에 시달리던 젠지로는 본인도 깨닫지 못하는 사이에 그대로 잠의 늪 속으로 의식을 빠뜨리고 있었다.

"……정말이지. 난 지금까지 서방님의 뭘 봐 왔던 거야?"

같은 때, 후궁의 거실에서는 침실에서 나온 아우라가 험악한 표정이 되어 젠지로에게 뒤지지 않을 정도의 자기혐오와 자기반성 상태에 빠져 있었다.

아우라는 코 주변에 보기 흉한 주름을 모은 얼굴로 털썩하고 거실의 소파에 앉았다.

"……하아."

안정을 취하자 조금 짜증이 가라앉았는지 이번에는 반대로 크게 낙담한 표정으로 고개를 떨군 아우라는 혼자 중얼거렸다.

"죽에 매실 절임. 그리고 간장인가. 언령이 작용하지 않는 이상 조사해 봐야 무의미…… 하겠지."

병상에 누운 남편이 반사적으로 먹고 싶다고 한 음식. 그것을 준비해 줄 수 없다. 그건 고사하고 젠지로가 좋아하는 음식이 뭔지, 그런 정보조차 모르는 자신에 대해 아우라는 자기혐오를 증폭시킬 뿐이었다.

"미지의 땅, 익숙하지 않은 옷, 그리고 먹어 본 적 없는 음식…… 인가."

새삼스럽게 젠지로가 처한 상황을 상상해 보고 아우라는 마음이 무거워졌다.

지난 대전에서 아우라는 카파 왕국을 떠나 오랫동안 원정군을 이

끈 경험이 있었다. 그래서 더욱 뼈저리게 알 수 있었다.

사람에게 있어서 익숙하고 친숙한 음식을 오랫동안 먹지 못한다는 상황이 얼마나 몸과 마음에 악영향을 끼치는지를.

그런 경향은 부상을 입어 마음이 약해진 사람일수록 강하게 나타났다. 원정 때 죽기 직전의 병사가 입에 담는 말 중에 '가족' 다음으로 많은 것이 '고향의 음식'이라는 건, 장군급 무관이라면 누구나가 알고 있는 사실이었다.

"……결국, 나는 서방님에게 부자유를 강요했을 뿐이었구나."

반성이 지나쳐 무심코 그런 약한 소리가 아우라의 입에서 튀어나왔다.

그렇지 않다는 건 알고 있었다.

이쪽 세계로 오도록 강요한 기억은 없으며, 사실 이쪽 세계로 오기로 결단한 것은 젠지로 본인이었다.

냉정하게 돌이켜 보면 후궁에서 생활하는 젠지로가 특별히 자신의 결단을 후회하거나 부자유스러운 신세를 한탄하거나 하는 모습을 보인 적은 없었다.

아우라가 아는 한, 젠지로는 항상 즐거워 보였다. 특히 자신과 살을 맞대는 밤엔, 항상 행복감과 충실감으로 가득 찬, 최고로 행복한 표정을 보여 주었다. 그것만큼은 확신 있게 단언할 수 있었다.

아우라는 음울한 생각을 떨치려는 것처럼 소파 위에서 기지개를 켰다.

"하지만"하고 거기에서 다시 한 번, 이번에는 조금 전과는 다른 냉정한 관점에서 지금까지의 자신의 행동을 돌이켰다.

"하지만 조금만 더 무리가 없는 범위에서 서방님의 요구를 들어줘도 괜찮지 않을까. 서방님이 망향의 슬픔을 달래지 못해 귀환을 원하게 된다면 왕가, 나아가 왕국의 안녕을 뒤흔드는 문제가 될 거야."

아내로서의 감정에 왕으로서의 책무를 그럴듯하게 뒤집어씌운 아우라는 그렇게 자신을 설득하는 것이었다.

------♦------

이 남대륙에는 '소비룡'이라고 불리는 생물이 있었다.

그 이름이 드러내는 바와 같이, 익룡(하늘을 나는 용류의 총칭) 중에서도 특히 몸집이 작은 종으로서, 잘해야 까마귀 정도의 크기밖에 되지 않는 이 용은, 사람이 가축화에 성공한 4종류의 용 중에서 유일한 익룡종이었다.

참고로 나머지 3종류는 '주룡', '둔룡', '육룡'을 가리킨다. 모두 각각 사람이 생활을 영위하는 데 있어서 빼놓을 수 없는 귀중한 가축이다.

구체적으로 '주룡'은 이동수단인 동시에 전력. '둔룡'은 노동력. '육룡'은 식용으로 사람에게 도움이 되고 있었다.

지구상의 가축에 대입시키자면 필시 '주룡'은 '말', '둔룡'은 '소', '육룡'은 '돼지'라고 할 수 있으리라.

그러면 '소비룡'의 역할은 무엇인가 하면, '정보 전달 수단'이다.

지구의 역사에 비유하자면 '전서구' 역할을 하는 셈이다.

일반적인 정보 전달 수단의 하나는 '주룡'에 탄 전령병이 직접 서한을 전달하는 전령망인데, 이에 비하면 소비룡을 통한 전달은 불의의 사고로 서한이 도착하지 않을 가능성이 상당히 높아서 확실성은 떨어졌지만, 그 속도는 압도적이었다.

여러 명의 전령병이 릴레이 방식으로 쉬지 않고 달려도 5일은 걸리는 거리에 '소익룡'은 반나절도 걸리지 않았다.

"동쪽 국경에서 연락이라고?"

그날 오후, 집무실에서 업무에 몰두하던 아우라는 파비오 비서관의 보고를 받고 의아하다는 듯이 고개를 갸웃했다.

"네. 조금 전에 동쪽 국경 요새에서 '소비룡'을 통한 보고서가 도착했습니다. 이것입니다."

그렇게 말하고 좁은 얼굴을 한 중년 비서관은 테이블 위에 새끼손가락만 한 크기의 나무 원통을 세 개 늘어놓았다.

안의 서한은 아마도 모두 전부 같을 것이다. 미아가 되거나 대형 비룡에게 잡아먹힐 위험이 있는 '소비룡' 통신은 같은 내용의 서한을 지닌 '소비룡'을 여러 마리 날리는 것이 일반적이었다.

아우라는 그 중 하나를 집어 들고 뚜껑을 열어 안에서 얇은 용피지를 꺼냈다. 국경 요새의 장군이 일부러 귀중한 '소비룡'을 날려 보냈을 정도니까, 다분히 긴급한 사태가 일어난 것이리라.

별로 좋은 일은 아니리라는 예감에 조금 꺼림칙한 마음으로 용피지를 읽은 아우라는 작게 한숨을 쉬었다.

"폐하?"

"…………"

물어오는 비서관에게 아우라는 아무 말도 없이 손에 든 작은 용피지를 내밀었다. 원래 '소비룡'이라는 정보전달 수단은 압도적인 속도를 자랑하는 대신에 적에게 가로채일 염려가 있는 만큼, 긴급하긴 해도 기밀성이 낮은 정보에 한하는 것이 일반적이다.

아우라의 심복인 파비오 비서관이 그것을 받아 읽는 것은 전혀 이상한 일이 아니었다.

"실례하겠습니다."

용피지를 받아 든 파비오 비서관은 그 작은 종이 쪼가리를 읽고 움찔 뺨을 떨었다.

'오늘 새벽 동쪽 요새에 샤로와·지르벨 쌍왕국의 이자벨라 왕녀 전하 일행이 호위병 3백 명과 함께 내방. 입국허가를 요청하였기에 조약에 근거해 도시 내부에서의 무장 해제를 조건으로 입국을 허가. 또한 동쪽 요새의 기병 3백이 이자벨라 전하의 호위로 동행.'

이런 내용의 본문 다음에 편지를 쓴 날짜와 동쪽 요새 책임자인 장군의 사인이 적혀 있었다.

파비오 비서관이 첫 번째 용피지를 읽는 사이에 아우라는 남은 두 개의 뚜껑을 열어 혹시나 하고 확인했지만, 예상대로 거기에는 첫 번째와 완전히 똑같은 문서가 들어 있었다.

놓치는 부분이 없도록 몇 번이나 그 짧은 문장을 눈으로   은 파비오 비서관은 입을 열고 담담한 목소리로 말했다.

"이자벨라 전하의 내방이로군요. 주변 나라의 왕족, 귀족 중에서 전하의 힘이 필요한 중환자가 생긴 것일까요?"

"으응, 아마도. 이자벨라 전하가 친히 움직였으니, 상당한 금액을 만들었겠지."

의문문의 형태를 취한 비서관의 말에 아우라는 끄덕이며 동의를 표했다.

이자벨라 지르벨.

그 이름이 드러내는 것처럼 남대륙 중앙부의 대국, 샤로와·지르벨 쌍왕국 왕가의 하나인 지르벨 법왕가의 왕녀이다.

왕녀라고는 해도 현 법왕이 60세를 넘겼기 때문에 그녀도 나이가 40세를 넘었다. 이미 3명의 아이를 가진 어머니였지만, 특필할 것은 그녀가 법왕가 안에서도 다섯 손가락 안에 꼽는 '치유마법'의 소유자라는 것이었다.

지르벨 법왕가가 사용하는 '치유마법'의 은혜를 받기 위해 쌍왕국을 찾아가는 사람은 많았다. 그러나 당연한 얘기지만, 부상이나 병으로 생사의 고비에 있는 사람이 자기 나라에서 쌍왕국의 수도까지 이동할 수 있는 경우는 거의 없었다.

그렇다면 병상에서 움직일 수도 없는 중병인은 어떻게 하느냐 하면, 법왕가의 사람을 초청하는 것이었다. 재정 담당자의 낯빛이 새파래질 정도로 막대한 금액을 지불하고.

"전하의 호위는 3백인가. 수가 적은 것으로 봐서는 상당한 수의 '마법 도구' 사용자가 있겠군."

"네, 틀림없겠지요. 어느 나라인지 모르겠지만, 본격적으로 돈을 들인 것 같습니다."

"바로 조사해 봐. 경우에 따라서는 주변 나라에 정변이 일어날 가능성도 있겠어."

"알겠습니다."

지르벨 법왕가의 사람이 다른 나라의 청탁으로 환자가 있는 곳을 향하는 경우, 통상적으로는 엄청난 수의 호위를 이끌고 갔다.

목적지와의 거리나 그 나라에 대한 우호도 등에 의해 다소 차이는 있지만, 대략 정예 기사 천 명 정도가 최저 라인으로 알려졌다. 언뜻 보면 과도할 정도의 호위를 법왕가 사람이 이끌고 있는 것은, 조금만 생각해 보면 금방 그 이유를 알 수 있었다.

법왕가 사람은 세계 유일의 '치유마법' 소유자다. 죽음의 문턱에서 구원받은 왕족이나 귀족이 그 존재를 '놓아주고 싶지 않다'고 생각하는 것은 지극히 당연한 일이었다.

실제로 치유를 하러 온 법왕가 사람을 구금하고 "그(그녀)는 우리 나라로 망명을 원하고 있다"는 성명을 발표했던 예가 과거에 몇 번인가 있었다고 한다.

그런 과거의 교훈으로부터 지르벨 법왕가는 왕가 사람이 타국을 방문할 때에는 반드시, 상대 나라가 부정한 행동을 하면 그 나라에 어마어마한 피해를 줄 수 있는 만큼의 전력을 항상 무장 상태로 동행해서 입국하는 것을 절대적인 조건으로 내걸게끔 된 것이다(물론 그 호위대의 여비와 숙박비도 상대 나라의 부담이다).

그러나 군대라는 것은 그 수가 많으면 많을수록 행군의 속도가 둔해지는 법이다. 군대 천 명 단위의 호위를 받으며 오랫동안 행군을 하다 보면 도움을 기다리고 있던 환자가 죽어버리는 일도 있었다.

그런 경우를 대비한 비장의 카드로 투입된 것이 지금 아우라가 말한 '마법 도구'잡이 기사들이었다.

샤로와·지르벨 쌍왕국의 다른 왕가, 샤로와 왕가가 제작한 '마법 도구'로 무장한 일기당천의 기사들. 그들을 투입함으로서 호위병의 수를 대폭 축소할 수 있었고, 그 결과 행군 속도도 빨라졌다.

즉, 호위병의 수가 적다는 것은 그만큼 환자의 용태가 절박하다는 것을 추측할 수 있는 근거였다.

"어쨌든 우리 쪽을 향하고 있다는 건 이미 치료를 마치고 돌아가는 길이라는 거겠지. '시공마법'을 사용하기 위해 스케줄을 정비해 둘까."

"네. 잘 부탁합니다."

한숨 섞인 여왕의 말에 비서관은 작게 머리를 숙였다.

이자벨라 왕녀가 카파 왕국을 방문하는 이유는 명백했다. 아우라에게 '순간이동'의 마법을 부탁해서 쌍왕국의 수도로 보내주길 바라는 것이다.

'순간이동'을 사용하면 다소 길을 돌아가는 것이 문제가 되지 않을 만큼 시간을 절약할 수 있고, 이동에 따르는 위험도 없었다.

'순간이동'의 마법은 오랫동안 주문을 읊어야 하고, 막대한 마력도 필요한 대마법이기 때문에 그렇게 간단하게 사용할 수 있는 것이 아니었지만, 지르벨 왕가의 왕녀가 부탁하면 아우라는 거절할 수 없었다.

'치유마법'을 빌릴 명분을 만들 좋은 기회였다. 평소였다면 아우라에겐 오히려 환영해야 할 손님이었다.

(문제는 서방님이로군.)

아우라는 그렇게 말하고 턱에 손을 대고 생각했다.

어제 '숲의 축복'을 받고 드러누운 젠지로는 지금 완전히 병세가 최고조에 달해 있는 중이었다.

"동쪽의 국경 요새라면, 이자벨라 전하가 수도에 도착하는 건 5일 후인가?"

"대략 그 정도일 겁니다. 젠지로 님께서 '숲의 축복'에서 회복하는 데 걸리는 기간이 늘어지면 그때까지 못 일어나실지도 모르겠군요."

'숲의 축복'의 발병에서 회복까지의 기간은 짧으면 3일, 길면 7일이다. 병세가 중한 젠지로가 이자벨라 왕녀의 내방 때까지 침대에서 일어나지 못할 가능성이 충분히 있었다.

아우라는 조금 얼굴을 찡그렸다.

"……번거로워졌네. 다른 나라 사람을 서방님의 방에 들이고 싶지 않은데 말이야. 지금 서둘러 별도로 침실을 준비해 놓았다가 최악의

경우 이자벨라 전하의 내방 중에는 서방님한테 그 방에서 지내라고
할까."

젠지로가 평소에 사용하고 있는 방은 젠지로가 가져온 가전제품으
로 가득 차 있었다. 알려진다고 해서 그 자리에서 당장 어떻게 되는
것은 아니겠지만, 가능하면 그다지 알려지고 싶지 않은 정보였다.

그러기 위해서는 잠시라도 젠지로가 다른 방으로 옮겨 지내는 것이
가장 간단한 방법이었다. 원래 여러 명의 여인이 생활하는 것을 전제
로 만들어진 후궁에 지금은 젠지로 혼자 살고 있으니까, 빈방이라면
얼마든지 있었다.

"그것이 무난하겠군요. 아무리 생각해도 이자벨라 전하의 문병을
거절할 명분이 없습니다."

아우라의 제안에 파비오 비서관도 그렇게 순순히 동의를 표했다.

확실히 '숲의 축복'은 죽을병도 아니었고, 오히려 '숲의 축복'을 받
아 병을 잘 견디는 몸으로 거듭나기 위해서는 '치유마법'을 받는 것은
거절하는 편이 좋았다.

그러나 '치유마법' 중에는 '체력 회복'이나 '정신 쾌유'처럼, 병을 직
접 치료하지는 않지만 환자의 고통을 덜어 주는 간이 마법도 존재
했다.

이자벨라 왕녀가 문병하고 싶다고 하면 거절할 이유가 없었다.

"그렇다면 경우에 따라서는 열에 시달리는 상태의 서방님과 이자
벨라 전하를 대면시킬 수도 있다는 것인가."

병상의 젠지로는 본인이 말한 대로 조금 신경이 곤두서 있고 공격

적인 상태였다. 평소에는 감탄스러울 만큼 강하게 작용하고 있는 이성이나 자제심도 지금만큼은 약간 성능이 떨어졌다.

이자벨라 여왕은 보기에는 살짝 풍채가 좋은 품위 있는 중년여성일 뿐이지만, 내면은 30년 가까이 '치료자'로서 일해 온 본토박이 지르벨 법왕가 사람이었다.

병상의 사람이 무례한 언동을 취했다고 해도 그것을 진심으로 받아들이지 않을 정도의 도량은 가지고 있지만, 그 언동으로부터 정보를 흡수하는 노련함도 함께 지니고 있었다.

"귀찮은 일이 생기지 않으면 좋으련만……"

그렇게 중얼거리는 아우라 본인도, 아무 문제도 일어나지 않을 가능성이 낮다는 것을 반쯤은 각오하고 있었다.

◆

그로부터 엿새 뒤.

아우라는 왕궁의 처소에서 이자벨라 왕녀를 맞이해 환담이라는 이름의 사적인 회담 자리를 갖고 있었다.

이자벨라 왕녀 일행이 카파 왕궁에 도착한 것은 어제저녁 나절. 공적인 대면은 오늘 오전 중에 알현의 방에서 마쳤지만, 공적인 자리에서는 서로 자유로운 이야기를 나눌 수 없었다.

게다가 이자벨라 왕녀의 첫 인사는 이랬던 것이다.

"오랜만입니다, 아우라 폐하. 혼인 축하드립니다."

가죽 소파에 무릎을 모으고 앉은 조금 뚱뚱한 체격의 중년 여성은 그렇게 말하고, 세련된 동작으로 작게 머리를 숙였다.

　알현의 방에서는 서로 딱딱한 정장을 몸에 걸치고 있던 아우라와 이자벨라였지만, 이곳에서는 이미 의상을 가벼운 드레스로 갈아입은 상태였다.

　아우라는 진홍색의 민소매 롱 드레스, 이자벨라는 흰색의 비교적 넉넉한 반팔 드레스 차림이었다.

　카파 왕국에서는 흰 드레스는 소녀와 신부의 특권으로, 어느 정도 나이를 먹은 숙녀라면 사양하는 것이지만, 쌍왕국에서 흰색은 지르벨 법왕가를 상징하는 색이었다. 그래야만 할 일이 없는 한, 법왕가 사람은 흰색을 기조로 한 옷을 입었다.

　색상만이 아니라 드레스의 형태도 카파 왕국과는 꽤나 달랐다. 카파 왕국에서는 트임을 넣은 롱 드레스 아니면 긴 랩오버스커트가 일반적이었지만, 이자벨라의 드레스는 플레어스커트에 목둘레의 파임도 지극히 절제된 만듦새였다.

　가슴골이 드러나 보일 정도로 목둘레가 파인 카파 왕국의 드레스와는 대조적이었다.

　"으음, 덕분에 별 탈 없이 식을 마칠 수 있었소. 쌍왕국에서 훌륭한 축하 선물을 보내주어 황송할 따름이오."

　그렇게 대답한 아우라는 머리를 숙이지 않고 오히려 가슴을 폈다. 나이는 이자벨라 왕녀가 열 살 넘게 연상이었지만 신분으로 말하면 한 나라의 왕인 아우라가 압도적으로 위였다. 이자벨라 왕녀는 어디까지나 수많은 왕족 중의 하나에 불과했다.

이자벨라 왕녀는 입가에 작게 손을 대고 품위 있게 웃었다.

그 동작은 왕족이라기보다 고상한 상인 가문의 안주인처럼 보이는 분위기였다.

"마음에 드셨다면 다행입니다. 폐하. 본래라면 저도 개인적으로 축하 선물을 지참하는 것이 예의인 줄 압니다만, 이번엔 워낙 긴급한 사태여서 준비를 못 했습니다…… 나중에 반드시 벌충하도록 하겠습니다."

"벌충은 그 '긴급한 사태'의 내용을 들려주는 것으로 하면 어떻겠는가?"

아우라의 조금 도발적인 말을 이자벨라 왕녀는 털끝만큼의 동요도 보이지 않고 받아넘겼다.

"아뇨, 아무리 폐하의 요청이라 하더라도 '치료자'로서의 신용이 걸려 있는 문제이오니 그 뜻만은 거둬 주십시오."

부드러운 미소와 부드러운 말투로 자아낸 것은 단호한 거절의 말이었다.

뭐, 그거야 그렇겠지.

언제, 누가, 어디서, 어떻게, 병을 앓았다.

그런 정보를 나불나불 떠들고 다닌다면 각국의 왕족, 귀족은 아마도 그 누구도 지르벨 법왕가에게 치료를 부탁하지 않을 것이다. 털어서 먼지 한 톨 안 나는 왕족이나 귀족 따위 이 세상에는 존재하지 않기 때문이다.

좀 엉성하긴 하지만, 현대사회에서 말하는 '의사의 비밀 유지 의무'에 가까운 모럴을 지르벨 법왕가의 사람은 공유하고 있었다.

애초에 이자벨라가 응낙할 리 없다는 것을 알고 있었던 아우라는 곧바로 그 이야기를 거뒀다.

"그런가. 그건 유감이군. 아아, 그러고 보니 전하에게 한 가지 보여 주고 싶은 물건이 있소."

그리고서 아우라는 마치 방금 떠올랐다는 표정으로 그렇게 말하고는 테이블 위의 벨을 울렸다.

틀림없이 문밖에서 계속 기다리고 있었을 것이다. 바로 문이 열리고 파비오 비서관이 모습을 드러냈다.

"부르셨습니까."

"응, 나와 젠지로 님의 '반지'와 '그것'을 가져다주게."

"옛, 알겠습니다."

"반지?"

작게 고개를 갸웃하는 이자벨라 왕녀에게 아우라는 의미심장한 미소를 돌려주었다.

"그렇소. 서방님의 나라에서는 혼인할 때 남자가 여자에게 커플 반지를 선물하는 풍습이 있다고 하오. 모처럼이니 그 반지를 어떤 것이든 '마법 도구'로 만들고 싶다고 생각해서."

"어머나, 멋지네요. 네, 그런 것이라면 제가 책임지고 맡아 드리고 말고요. 제 쪽에서 샤로와 가문에 의뢰할 때 한 마디 얹어 두겠습니다."

"잘 부탁하오."

그런 대화를 나누고 있을 때 입구의 문에서 노크 소리가 들리고, 은 쟁반을 오른손에 든 파비오 비서관이 돌아왔다.

"실례하겠습니다, 오래 기다리셨습니다."

"수고했어. 거기에 두게."

"네."

파비오 비서관은 아우라와 이자벨라가 마주 보고 앉은 테이블에 은 쟁반을 두고 예를 표한 뒤 물러갔다.

쟁반 위에는 두 개의 반지와 두 개의 주머니가 놓여 있었다.

주머니를 본 이자벨라 왕녀는 조금 미심쩍어하는 얼굴을 했지만 그 시선이 반지로 향하자 다음 순간 눈을 크게 뜨고 놀라움을 드러 냈다.

"이건……!"

"손에 들고 봐 주게. 어떤가? 기탄없는 의견을 들려주시게."

빙긋 웃는 아우라의 말에 이자벨라는 반지 하나를 손에 들고 창에 서 들어오는 태양빛에 비췄다.

이세계에서 온 반지가 태양빛을 받자 반짝, 하고 황금과 다이아몬 드의 빛을 뿌렸다.

젠지로가 아우라에게 선물한 결혼반지. 그건 넓은 폭의 링에 다이 아몬드를 박아 넣은 반지였다.

옐로우 골드의 링 위에 브릴리언트 컷을 한 무색투명한 작은 알의 다이아몬드 세 개가 나란히 박혀 있었다.

사실은 점원이 추천한 대로 아우라의 눈동자와 머리카락 색에 맞춘 핑크 다이아몬드로 하려고 생각했지만, 빛깔이 진한 핑크 다이아몬드는 놀랄 만큼 비쌌다. 은은하게 붉은빛을 띠는 정도의 다이아몬드라면 젠지로의 예산으로도 어떻게 할 수 있었지만, 색을 타협하고 싶지는 않았던 젠지로는 결국 표준적인 무색투명한 다이아몬드를 골랐다.

"이렇게 훌륭한…… 이 보석은 수정입니까?"

"아니, 금강석이라는군."

"금강석!? 다이아를 이렇게?"

이자벨라 왕녀가 숙녀에게 걸맞지 않은 놀란 목소리를 낸 것도 무리는 아니었다.

이쪽 세계에도 다이아몬드라는 돌은 존재했지만, 그것을 가공하는 일반적인 기술은 존재하지 않았다. 현존하는 다이아몬드는 모두 옛날에나 존재했던, 땅을 관장하는 대마법사가 마법으로 가공한 물건이었다.

게다가 빛의 입사각이나 반사각을 계산해서 가장 강하고 아름다운 빛을 뿜을 수 있도록 다면체로 세공하는 일은, 왕년의 대마법사가 되살아온다고 해도 불가능한 일일 것이다.

보석의 컷팅 기술이라는 것은 정밀기계의 진보와 함께 걸어온 과정 그 자체다. 마법이라는 반칙이나 다름없는 힘을 빌린다 해도 이쪽 세계에서 재현하기는 불가능했다.

토대인 금속 링 부분에 관해서도 같은 것을 말할 수 있었다.

"이건 대체 어떻게 이 정도까지 세밀하게 같은 굵기의 수많은 선을 그려 넣은 건지……"

패셔너블한 면이 강한 그 결혼반지에는 간결하지만 세세하고 규칙적인 라인이 마치 만화의 그물망 선처럼 한 면에 조각되어 있었다. 이자벨라 왕녀의 모국인 샤로와·지르벨 쌍왕국은 보석에 관해서도 대륙에서 손꼽히는 선진국이었지만, 그렇다 해도 이 정도로 세공할 수 있는 사람은 아무도 없을 것이었다.

종합적인 예술성이라는 것에 대해 말하자면, 이쪽 세계의 보석 기술도 절대 낮지 않았지만 기술이 좀 더 단순하다는 문제 때문에 그렇게 만들어내긴 불가능했다.

세계 제일의 서도가에게 컴퓨터로 입력한 것처럼 정돈된 글자를 쓰라고 말하는 것과 같은 이치다.

이자벨라 왕녀의 반응에 아우라는 자신의 예상이 빗나가지 않았음을 알고 내심 가슴을 쓸어내렸다.

(역시, 안목이 있는 사람이 보면 눈빛이 바뀔 정도로 대단한 물건이었군.)

결혼식날 밤 젠지로가 선물한 그 반지를 다음 날 아침 햇빛 아래에서 확인했을 때, 아우라도 지금의 이자벨라 왕녀와 별반 차이 없는 놀라움의 소리를 냈던 것이다.

잠에서 깨어 기쁘게 웃는 젠지로에게 아우라는 곧장 이유를 설명하고 자신도 젠지로도 평소에는 그 반지를 끼지 않도록 설득했다.

그 광채는 지나치게 강했다. 아우라가 이 반지를 끼고 있으면 눈치 빠른 귀족들은 즉시 눈독을 들이고 반지의 출처를 캐물어 올 것이었다.

그렇게 되면 의도치 않게 반지를 선물한 젠지로에게 이목이 쏠리리라. 그 시기에 젠지로가 쓸데없이 주목을 받았다면 외압에 의해 사교계 데뷔의 타이밍을 계획보다 서둘러야 했을지도 몰랐다.

당시에는 지나친 걱정일지도 모른다고 생각했지만, 이자벨라 왕녀의 반응을 보니 아무래도 아우라의 걱정이 아주 틀리지는 않았던 모양이다.

이윽고 웃으며 이쪽을 보고 있는 아우라를 의식한 이자벨라 왕녀는 수습하려는 듯이 오호호호하고 웃고는 반지를 은 쟁반에 돌려놓았다.

"아…… 실례했습니다, 폐하. 완전히 넋이 빠져 버려서."

"아니, 괜찮소. 어때, 훌륭한 물건이지 않나? 이걸 마법 도구로 만들어 주면 좋겠는데."

"네, 이만큼 훌륭한 물건이라면 샤로와 가문 사람도 기합을 넣어서 일해 주리라 생각합니다."

일반적으로 마법 도구로 만드는 물건은 무기 다음으로는 보석류가 많았다. 그런 관계상 '부여마법'을 다루는 샤로와 왕가 사람은 필연적으로 보석을 보는 눈도 상당한 수준이었다.

그들이 보면 이자벨라 왕녀 이상으로 눈빛을 바꾸리란 건 의심의 여지가 없었다.

"흠, 어떤 마법을 넣을지는 아직 정하지 않았는데, 뭔가 좋은 생각이 있는가?"

그렇게 제안을 구하는 아우라에게 이자벨라 왕녀는 그 후덕한 턱에 손을 올리고 잠시 생각한 뒤,

"그렇네요, 아무리 훌륭한 물건이라도, 역시 작은 귀금속이니까 큰 마법은 넣지 않는 편이 좋으리라 생각합니다. 기본적인 것으로는 '발화' '내화' '물 만들기' 등이겠습니다만."

이라고 무난한 대답을 했다.

"'쾌유'까지는 아니더라도 '체력 회복' 정도는 무리인가?"

"다섯 번 사용하면 그 반지가 재가 되어 버려도 좋으시다면, 가능합니다만?"

"음……"

그 후에도 당분간 이야기를 나눈 그녀들이었지만 좀처럼 이거다 싶은 마법이 떠오르지 않았다. 어쨌든 이자벨라는 당분간 카파 왕국에 체류할 것이다. 지금 여기서 결정할 필요는 없었다.

이야기가 일단락된 뒤 반지를 쟁반에 돌려놓은 이자벨라 왕녀는 문득 쟁반 위에 있는 두 개의 주머니에 시선을 주었다.

"그러고 보니 폐하. 이쪽의 주머니에는 무엇이 들어 있습니까?"

이자벨라의 말에 아우라는 큰 쪽의 주머니를 쟁반에서 집어 들고는 즐거운 표정을 지으며 입을 열었다.

"아아, 이것도 서방님의 개인 소지품인데, 모처럼이니 이자벨라 전하에게 감정을 부탁할까 해서 가져오라고 했소. 전하는 보석류에 관해서는 일가견이 있잖소?"

"그건 이래 보여도 쌍왕국의 왕족이니까요. 보통 사람보다는 보는

눈이 있습니다만, 샤로와 가문의 사람만큼은 아닙니다."

그런 말을 돌려주는 이자벨라도 그 시선은 흥미진진하게 아우라가 들고 있는 주머니를 향하고 있었다.

아우라의 말로 추측하건대 주머니의 내용물은 보석류인 모양이었다. 심지어 이 훌륭한 반지를 만든 나라에서 온 사람이 가져온 물건이다.

점점 기대감이 고조되었다.

이자벨라의 시선을 손끝에 느끼면서 주머니를 연 아우라는 거기에 손가락을 넣어 그 내용물을 한 알 꺼냈다. 그리고 땡그랑 소리를 내며 가운뎃손가락과 엄지손가락으로 잡은 '그것'을 쟁반 위에 놓았다.

구슬이었다.

무색투명한 유리구슬에 색 구슬을 가둔, 단순하고 복고적인 구슬이 데굴데굴 은 쟁반 위를 굴렀다.

"앗!?"

그 광채를 두 눈으로 본 이자벨라 왕녀는 반지를 봤을 때보다 더욱 놀란 눈을 뜨는 것이었다.

반지를 봤을 때의 놀라움이 '감출 생각이 없는 놀라움'이었다면 지금 이자벨라 왕녀가 떠올린 것은 '감추기에 실패한 놀라움'이라고 말해야 할까.

이자벨라 왕녀는 순간 '낭패했다'는 표정을 띄운 다음, 곧 평소와 같은 온화한 표정으로 돌아왔다.

"아…… 실례했습니다. 그나저나, 이건 대체 무엇입니까?"

은 쟁반 위를 구르는 구슬에 시선을 향한 채 이자벨라 왕녀는 꽤 놀란 어조로 그렇게 말했다.

그 '놀람'은 꾸며낸 놀라움으로, 처음에 구슬을 봤을 때 보였던, 있는 그대로의 감정을 드러낸 '놀람'이 아니었다.

예상을 뛰어넘는 커다란 반응을 보인 이자벨라를 아우라는 내심 수상쩍게 생각하면서도 미소 뒤에 감정을 감추고 대답했다.

"놀랐겠지? 이것도 서방님이 가져온 물건이오. 수정도, 물론 다이아몬드도 아니라오. 유리, 라고 하는 것이오. 수정에 비교하면 꽤 약해서 쉽게 깨진다는군."

'약하다'는 말에 슬쩍 구슬에 손을 뻗으려 했던 이자벨라 왕녀는 움찔하고 그 손을 멈췄다.

아우라는 살짝 웃고는,

"아아, 약하다고는 해도 높은 곳에서 딱딱한 바닥에 떨어뜨리면 깨진다는 정도요. 손으로 잡는 정도로 상하거나 하는 일은 없고, 이곳처럼 바닥이 양탄자라면 떨어뜨려도 문제는 없을 거요."

그렇게 덧붙였다.

"그렇습니까. 그러면 손에 들고 봐도 되겠습니까?"

"음, 자세히 봐 주게."

아우라의 허가를 받고 세 개의 손가락으로 살며시 구슬을 집은 이자벨라 왕녀는 그것을 조금 전의 반지와 같이 햇빛에 비춰 보고는 황홀한 탄식을 뱉었다.

"훌륭하군요……"

"솔직하게 묻지, 이자벨라 전하. 그걸 융통한다고 한다면 그대는 그 것 하나에 얼마를 부르겠나?"

무슨 의도가 있는 것인지, 놀라우리만큼 솔직하게 말을 꺼내는 아우라에게 이자벨라는 시선을 정면으로 되돌리고는, 꾸며낸 듯이 한 번 헛기침을 한 후 되물었다.

"즉, 폐하는 이 보석을 팔고자 하는 뜻이 있으시다는 것입니까?"

엄청나게 진지한 표정을 한 이자벨라에게 아우라는 살짝 웃어 보이 고는,

"아니, 원래 그건 서방님의 개인 소지품이니까 멋대로 팔아 치울 수는 없소. 하지만 어차피 원래 이쪽 세계에는 존재하지 않는 물건이 니까. 가치를 알아 두기 위해서 언젠가는 팔아도 된다는 허가를 받아 뒀소."

고개를 옆으로 저으며 그렇게 대답했다.

"과연, 그런 것이로군요."

아우라의 설명에 이자벨라는 이해가 간다는 듯이 끄덕였다.

보석처럼 생활필수품도 군사적인 가치가 있는 것도 아닌 물건은 정 해진 가치가 있는 것 같지만, 실은 그러지 않았다. 특히 유리구슬은 지금까지 이쪽 세계에는 존재하지 않았던 물건이다.

아우라나 젠지로가 아무리 주관적으로 '이건 가치가 있는 물건'이 라고 생각한다 해도 세상으로 내보내 일반적인 평가를 받지 않는다면 제대로 된 가격이 붙지 않는다.

그렇게 생각하면 한 개나 두 개 정도를 바깥세상으로 내보내 그 가

치를 확립시킬 필요가 있다는 아우라의 발상은 지극히 상식적이었다. 그 의견을 구하는 상대로 이자벨라 왕녀를 고른 것도 나쁘지 않은 선택이었다.

그러나 그 이자벨라 왕녀는 진지한 표정으로 아우라가 귀를 의심할 만한 내용을 전했다.

"글쎄요. 만약 제가 이 보석을 사는 것이 가능하다고 한다면…… 저는 금화 30닢을 내겠습니다."

금화 30닢.

예상외의 금액에 할 말을 잃은 아우라였지만, 그래도 가까스로 표정에는 드러내지 않고 짧게 되물었다.

"……진심으로 말하는 건가?"

"…………"

"…………"

잠시 침묵을 보인 뒤 이자벨라 왕녀는 체념한 것처럼 작게 어깨를 으쓱하고 대답했다.

"……알겠습니다. 그러면 금화 50닢. 아마도 이 이상의 가격을 부르는 사람은 없을 것입니다."

어느 틈엔가 만약의 이야기가 아니라 마치 지금 이 자리에서 흥정을 하는 것처럼, 이자벨라 왕녀는 그렇게 말하고 한꺼번에 금화 20닢을 얹어서 제안했다.

이번에야말로 아우라는 놀라움을 감출 수가 없었다.

구슬 한 개에 금화 30닢도 과분하다고 느껴 '진심으로 하는 소린가?'하고 물었는데, 설마 더욱 가격을 올릴 줄이야.

설마 아우라의 말을 '그렇게 싸게 부를 생각인가?'라는 말로 오해한 것일까?

그렇게 생각하고 아우라가 이자벨라 왕녀에게 탐색하는 듯한 시선을 향하자, 이자벨라 왕녀는 그 푸근하고 품위 있는 얼굴에 방긋 상냥한 미소를 띄우고 이쪽을 보고 있었다.

그 미소를 본 아우라는 확신했다.

(아니야, 틀렸어. 이자벨라 전하가 그렇게 알기 쉬운 언중의 뜻을 잘못 이해했을 거라고는 생각되지 않아. 그렇다면 가격을 올린 건 일부러 그런 건가? 대수롭지 않은 구슬 한 개에 그렇게까지 높은 가격을 붙인 의미는 뭐지?)

금화 50닢이라는 금액은 그만큼 상식 밖의 것이었다.

알기 쉬운 예를 들자면 가장 낮은 등급의 '주룡'은 금화 세 닢으로 구입할 수 있고, 전투용으로 훈련을 받은 '기사용 주룡'이라도 금화 30닢만 내면 쓸 만한 것을 살 수 있었다.

또한, 영지가 없는 하급 귀족의 저택을 사고 파는 가격이 대략 금화 50닢에서 100닢 사이인 것을 고려하면, 아무리 귀하고 훌륭한 물건이라고 해도 보석 한 개의 가격으로 금화 50닢이라는 것이 얼마나 파격적인지 알 수 있을 것이다.

물론 귀금속 중에는 그 정도의 가치가 있는 물건이 드문 것도 아니고, 한 단계 더 위의 물건도 있긴 하다. 그러나 아우라의 견해로는 이 구슬이라는 물건이 그렇게까지 가치가 있다고 생각되지 않았다.

뭔가 이상하다.

그렇게 느낀 아우라는 정보를 캐기 위해 다른 한 개의 주머니 안에 손가락을 넣어 거기에서 몇 알의 비즈를 꺼내 은 쟁반에 놓았다.

"그러면 이건 어떤가. 이쪽도 꽤 재미있는 물건이라고 생각하는데."

빨강, 파랑, 초록. 아름답고 투명한 색색의 비즈는 충분히 사람들의 눈을 끌 만한 물건이었지만, 이자벨라 왕녀의 반응은 지극히 일반적인 범위 안에 머무른 것이었다.

"어머나, 이것도 훌륭하네요. 알갱이도 일정하고 가운데 작은 구멍이 뚫려 있군요. 색색으로 재미있는 쓰임새가 있을 것 같습니다."

칭찬하는 말에도 사로잡힌 것 같은 그 시선에도 거짓은 없었지만, 구슬을 봤을 때와 같은 경악의 빛은 보이지 않았다.

"아름답지? 게다가 재미있고. 이대로 실을 꿰면 목걸이가 완성될 것 같소. 이쪽은 얼마 정도의 가치가 있다고 생각하오?"

"글쎄요. 보기에 좋은 건 한눈에 알겠습니다만, 크기도 크기이고…… 한 개에 은화 열 닢 정도일까요?"

불룩한 턱에 손을 대며 이자벨라 왕녀가 제안한 가격은 아우라의 예상을 그다지 크게 벗어나지 않았다.

덧붙이면 지역이나 시대에 따라 사소한 차이는 있지만, 금화 한 닢은 대략 은화 100닢의 가치가 있었다.

구슬은 한 개에 금화 50닢. 은화로 환산하면 5천 닢이다. 한편 비즈는 한 알에 은화 열 닢.

즉, 이자벨라 왕녀는 구슬의 가치가 비즈의 500배라고 매긴 셈이다.

중량비로 보면 확실히 그 정도의 차이는 있을 것 같지만, 아우라는 구슬의 가격이 조금 과하지 않은가 하는 생각을 떨칠 수 없었다.

비즈의 가격이 예상대로였던 만큼, 구슬의 비상식적인 가격이 한층 두드러졌다.

(그렇지만 이렇게까지 속이 훤히 드러나 보이는 가격을 매긴다는 건 숨길 생각이 없다는 의사표현이겠지. ……조금 시험해 볼까.)

"과연. 대단히 참고가 됐소. 답례로 전하에게 하나 선물하지. 원하는 것을 하나 골라도 좋소."

아우라는 그렇게 말하고 일부러 꾸민 것 같은 동작으로 구슬이 들어 있는 주머니를 집어 들고는 그 안의 내용물을 은 쟁반 위에 쏟았다.

몇십 개의 구슬이 은 쟁반 위를 또르르르 굴렀다.

"어머낫!"

입가에 손을 대고 놀란 목소리를 낸 이자벨라 왕녀의 시선 끝을 정확하게 확인하면서 아우라는 빙긋빙긋 웃으며 말을 건넸다.

"자, 사양은 필요 없소. 손으로 집어 잘 관찰한 후에 원하는 것을 골라 보시오."

은 쟁반 위에서 북적이는 구슬들. 그 안에는 색유리를 안에 가둔 표준적인 구슬부터, 표면이 불투명 유리로 되어 있는 구슬이나 아름다운 마블 모양을 한 구슬, 그리고 지구의를 본뜬 간단한 지도가 새겨진 구슬까지 있었다.

그것들이 하나의 쟁반 위에 담겨져 있는 모습은 확실히 '보옥'이라고 해도 과언이 아닐 만큼 보기 좋았다.

"…………"

"…………"

아우라의 시선에서 자신의 반응이 관찰당하고 있다는 걸 알아챘으리라. 이자벨라 왕녀는 한 번 어깨를 으쓱하고는 쟁반 위에서 구슬 하나를 집어 들었다.

"그러면 사양하지 않고, 이걸로 하겠습니다."

이자벨라 왕녀가 집어 든 것은 모양도 아무것도 들어있지 않은, 한없이 무색투명에 가까운 구슬이었다.

"그리고 남은 보석들 말입니다만."

"알고 있소. 모든 것은 서방님의 의향에 달렸지만, 만약 서방님이 팔 의사를 보인다면 그때는 반드시 전하에게 가장 먼저 알리지."

"부탁합니다."

아우라의 대답이 이자벨라 왕녀에게도 만족스러웠던 것인지, 왕녀는 활짝 웃고 정중하게 머리를 숙였다.

그리고서 이자벨라 왕녀는 창문으로 들어오는 햇살 그림자에 눈을 주고는 마치 방금 생각이 미쳤다는 듯한 표정으로 말했다.

"아아, 무례하게도, 완전히 이야기에 빠져들어서, 폐하, 보석에 대한 답례라고 하기는 뭐합니다만, 폐하의 부군의 문병을 허가해 주시지 않겠습니까? 조금이나마 힘이 되어 드릴 수 있을 것입니다."

"물론, 대환영이오. 지르벨 법왕가의 문병을 거절하는 사람 따위 이 대륙에 있을 리 없지. 준비되는 대로 후궁으로 안내할 테니 그때까지는 옆방에서 쉬고 계시오."

"알겠습니다. 그러면 실례하겠습니다."

마지막에 미소로 회담을 끝낸 이자벨라 왕녀는 세련된 동작으로 일어나서는 작게 예를 표하고 옆방으로 물러났다.

---------◆---------

"……이렇게, 이자벨라 전하는 동그랗고 큰 보옥에 금화 50닢, 작은 알에 구멍이 뚫린 보옥에 은화 열 닢의 가격을 매겼다. 자네의 솔직한 의견이 듣고 싶군."

이자벨라 왕녀가 옆방으로 물러난 뒤, 곧바로 모습을 드러낸 파비오 비서관에게 조금 전의 회담 내용을 밝힌 아우라는 그렇게 말하고 비서관의 의견을 구했다.

"금화 50닢입니까. 다소 과한 가격이라는 느낌이 듭니다."

씰룩하고 눈썹을 올리며 그렇게 말하는 비서관에게 아우라는 불쾌감을 감추지 않은 목소리로 중얼거렸다.

"파비오, 단어를 정확히 써. 자네는 정말 금화 50닢이라는 가격이 '다소' 비싼 정도라고 말하는 건가?"

"……실례했습니다. 정정하겠습니다. 예상을 훨씬 뛰어넘는 고가입니다."

불쾌해하는 주군의 목소리에 전혀 두려워하는 기색도 없이 파비오 비서관은 사죄와 정정의 말을 연이어 뱉고 작게 머리를 숙였다.

아우라도 이런 사사로운 말꼬리 잡기에 계속 매달릴 생각은 없으리라. 곧바로 냉정한 표정을 되찾고 소파 앞에 선 비서관의 가면을 쓴 것처럼 무표정한 얼굴을 올려다보며, 대화를 이어나갔다.

"이상하지? 그것뿐만이 아니라 전하는 이 반지보다 보옥에 큰 반응을 보였단 말이야."

아우라와 젠지로의 결혼반지.

섬세한 세공이 되어 있는 금 링에 다이아몬드라는, 이쪽 세계에서는 연마 방법이 확립되어 있지 않은 돌이 장식된 그 귀금속은 누가 봐도 한눈에 그 아름다움을 알아볼 수 있었다. 귀금속에 관해 아무런 지식도 가지지 못한 사람이 보아도, 보통은 구슬보다 이쪽에 더 큰 가치를 부여할 것이었다.

"네. 무엇보다 그 이자벨라 전하가 그렇게까지 속이 드러나 보이는 태도를 보였다는 것이 이상합니다."

파비오 비서관은 그렇게 말하고 주군의 의견에 동의를 표했다.

이자벨라 왕녀는 어느 쪽인가 하면 사람 좋은 것으로 정평이 나 있는 인물이었지만, 그래도 40년 이상 대국의 왕족으로서 궁정 사회를 살아온 인물이었다.

노골적으로 물건을 탐하는 언동을 취하면 상대방에게 허점을 보이게 된다. 그 정도의 상식은 가지고 있을 것이었다.

그런데도 일부러 금화 50닢이라는 무지막지한 금액을 제시해 왔다.

"이자벨라 전하는 특별히 새로운 걸 좋아하는 분도 아니고 낭비가 심한 사람도 아니야. 그렇다면 이자벨라 전하에게 있어서 금화 50닢이라는 금액은 적정한 가격이라는 얘기가 돼."

"어쩌면 경합 상대를 상정하고 있는 건지도 모릅니다. 이 보옥의 존재를 알면 이자벨라 전하와 비슷하거나 그 이상의 금액을 낼 인물을 염두에 둔 것이라고 한다면, 그 이해하기 힘든 가격도 납득이 갑니다."

"어쨌거나 단순한 보석으로 보고 있지 않다는 건 확실하군."

못을 박는 아우라에게 갸름한 얼굴의 비서관은 확신하는 표정으로 긍정했다.

"네. 그건 확실할 겁니다. 자세한 것은 잘 모르겠습니다만, 이 보옥에서 무언가 높은 이용가치를 발견했으리라 생각해도 될 것 같습니다."

"흐음……"

아우라는 소파 위에서 팔짱을 끼고 이자벨라 왕녀의 반응을 떠올렸다.

아우라가 쟁반 위에 구슬을 전부 쏟았을 때, 이자벨라 왕녀의 시선은 처음부터 그 무색투명한 구슬을 향해 있었다. 그것이 우연이거나 이자벨라 왕녀가 의도적으로 보여준 겉모습이 아니라고 한다면, 보옥의 색이나 투명도에 무언가 가치가 있는 건지도 모른다. 그러나 그렇다고 한다면 그건 수정으로 대신할 수 있다는 생각이 든다.

"틀렸어. 정보가 너무 적어서 어림짐작밖에는 안 돼. 나중에 할아범의 의견을 들어 볼까."

"그게 좋을 겁니다. 저나 폐하에게는 없는 지식이라도 에스피리디온 님이라면 가지고 계실지도 모릅니다."

수석 궁정 마법사인 에스피리디온은 카파 왕국 최고의 마법사임과 동시에 다방면의 지식을 지닌 현자이기도 했다. 그 노마법사라면 뭔가 힌트가 될 지식을 가지고 있을지도 몰랐다.

"그래. 할아범에게 연락해 줘. 오늘 밤에라도 지혜를 빌리고 싶다고."

"알겠습니다."

파비오 비서관은 그렇게 대답하고 정중하게 머리를 숙였다.

"그렇다 해도 한 개에 금화 50닢인가. 전부 같은 가격이 붙는다면 서방님은 이것만으로도 금화 2,500닢에 가까운 재산을 보유하고 있는 셈이로군."

그 정도만 있어도 작은 요새 하나를 세울 수 있다.

왕족의 가치관으로 봐도 상당한 액수였다.

"네. 이자벨라 왕녀가 그 보옥에서 어떤 가치를 발견한 건지 자세한 내용을 모른 채 팔아넘기는 건 위험합니다만, 만약 이쪽에 위해가 없다고 한다면 젠지로 님이 자유롭게 결정하셔도 좋다고 생각합니다."

"그래, 거래 상대로 쌍왕국의 왕가는 붙잡아 두고 싶은 곳이지. 무엇보다 금화가 전부 새로 주조한 것이니까."

"실례를 무릅쓰고 말씀드리자면 젠지로 님이 입수하신 금화를 국고의 대형 은화와 교환하고 싶을 정도입니다."

"너무 솔직해, 그건."

중년 비서관의 말에 아우라는 무심코 쓴웃음을 흘렸다.

현재 남대륙에서 금화를 주조하고 있는 나라는 두 곳밖에 없었다. 샤로와·지르벨 쌍왕국은 그 두 나라 중 하나였고, 카파 왕국은 아쉽게도 금화 주조국이 아니었다.

카파 왕국의 영내에는 금광이 없어서 가까스로 강에서 사금을 채취하는 정도였다. 심각한 정도는 아니지만 매년 정기적으로 금화를 주조할 수 있을 정도의 금은 나오지 않았다.

그 대신 은이라면 남대륙에서도 한 손에 꼽는 양과 질의 은광을 보유하고 있기 때문에 평범한 은화의 25배에 해당하는 가치를 지닌 순도 높은 '대형 은화'로 외국과 거래하고 있었지만, 그래도 카파 왕국의 대형 은화의 가치는 쌍왕국 금화의 4분의 1 정도였다.

따라서 국내에 유통되고 있는 최고 가치의 통화가 국내산이 아니라는 것은 좀처럼 해결되지 않는 문제였다.

그렇다면 적어도 만약의 경우를 위해 국고에 쌍왕국의 금화를 대량으로 비축해 둘 필요가 있었지만, 카파 왕국은 큰 전쟁을 이겨낸 지 얼마 되지 않은 것이다. 국고 안은 상당히 썰렁했다.

최악의 상황에서는 은화로 쌍왕국에서 '금화를 사 온다'는 방안도 진지하게 의제로 올라오는 상황이다. 때문에, 비록 2천 닢 정도의 금화라 해도 충분히 매력적으로 보였다.

하지만 여기서 아무리 논의를 해도 이 이상 진전되지는 않았다.

"좋아. 그럼 이 얘기는 밤에 할아범을 부를 때까지 보류다. 이 이상 이자벨라 전하를 기다리게 할 수는 없으니까. 전하를 후궁으로 데려가겠어. 그쪽 준비는 다 되었나?"

"네, 언제라도 들어가실 수 있습니다."

파비오 비서관의 대답에 아우라는 "좋아."라며 한 번 끄덕이고는 소파에서 일어났다.

이자벨라 왕녀는 중요한 빈객이었고, 젠지로에 대한 문병도 표면적으로는 그녀의 '선의에서 우러난 행동'으로 돼 있었다. 너무 기다리게 하면 실례가 된다.

"그럼, 갈까."

일어선 아우라는 스스로 이자벨라 왕녀를 후궁에 안내하기 위해 옆방의 문을 노크했다.

◆

젠지로가 '숲의 축복'에 걸린 지 오늘로 6일째.

어제부터 갑자기 옮겨 온 후궁의 한 방에서 젠지로는 침대에 파묻혀 땀을 흘리며 누워 있었다.

이미 열은 37도 중반까지 내려가 있었고 목의 부기도 꽤 내려가 식욕도 돌아오고 있었다.

그저께까지는 닭고기와 향 없는 채소를 잘게 썰어 만든 수프를 홀짝이는 것이 전부였지만, 오늘 아침은 새콤달콤한 소스를 끼얹은 매시 포테이토 비슷한 요리도 먹을 수 있었다. 젠지로에게는 감자의 친척쯤으로 느껴졌지만, 실제로는 찐 바나나를 으깬 요리라고 했다. 궁정요리라기보다는 가정요리 종류인지, 비교적 위장에 부담이 없고 영양가가 높았기 때문에 환자식으로 적합하다는 것이었다.

의사의 견해로는 하루 이틀 안에 완치될 것이라고 했다.

젠지로 자신도 몸이 훨씬 편안해진 것을 실감했다. 그러나 이 몇 개월 동안 익숙했던 원래의 침실에서 가전제품이 일절 없는 다른 침실로 옮겨져 혼자 새 침대에 누워 있자니 쉬어도 쉬는 것 같지가 않았다.

그래도 투병으로 약해진 몸은 계속 잠을 요구했다. 좀 나아졌다고는 해도 낮엔 30도를 넘는 열기 속에서 깜빡깜빡 노를 젓던 젠지로의 의식을 졸음 속에서 끌어낸 것은 이마에 놓인 부드러운 손바닥의 감촉과 들어본 적이 없는 여인의 목소리였다.

"열도 많이 내린 것 같군요. 이 정도면 하루 이틀 안에 일상생활로 돌아가실 수 있지 않을까요?"

"……응?"

희미하게 눈을 뜬 젠지로의 시야에 자신의 이마에 손을 얹고 부드러운 미소를 지은 고상한 중년 여성의 모습이 비쳤다.

"……누구?"

반쯤 의식불명인 채 젠지로는 한 마디 뱉었다.

곧게 뻗은 옅은 밤색의 긴 머리카락. 눈가에 상냥한 주름이 잡힌 짙은 갈색 눈동자. 그리고 타고난 것이 아닌, 볕에 그을린 피부.

아우라와 같은 카파 왕국 사람이 라틴계와 흑인의 혼혈처럼 보이는 외모인 데 반해, 이 중년 여인은 보다 서양인에 가까운 생김새와 피부색을 하고 있었다.

명백하게 카파 왕국 사람과는 인종이 다르다. 기억력에는 그다지 자신이 없는 젠지로였지만, 이렇게 특징적인 사람을 본 적이 있다면 반드시 기억하고 있었을 것이다.

　이국의 중년 부인─이자벨라 왕녀는 젠지로의 이마에 얹은 손을 떼고는 의자에서 일어나 드레스 자락을 잡고 우아하게 절했다.

　"처음 뵙겠습니다, 젠지로 님. 샤로와·지르벨 쌍왕국 18대 법왕인 요하네 4세의 셋째 딸, 이자벨라입니다."

　"이, 이런 정중한 인사를, 난……"

　대국의 왕녀라는 국빈과의 조우에 황급하게 침대에서 몸을 일으키려 한 젠지로를 이자벨라 왕녀는 익숙한 손길로 살며시 제지하고는,

　"그대로. 젠지로 님의 몸은 아직 회복하지 않았습니다."

　그렇게 말하고 젠지로가 도로 눕게끔 했다.

　그 말을 듣고서야 젠지로는 느꼈다.

　"어? 어라? 하지만 굉장히 몸이 편안해진 느낌이……"

　줄곧 잠들어 있었기 때문에 몸 전체에 힘이 들어가지 않는 듯한 위화감은 남아 있었지만, 잠들기 전까지 전신을 좀먹고 있던 나른한 피로감이나 안개가 낀 것 같은 둔한 두통은 깨끗하게 사라져 있었다. 이대로 자리에서 일어나도 문제없을 듯한 몸 상태였다.

　이자벨라 왕녀는 생글생글 웃으며 몸을 일으키려 하던 젠지로의 어깨에 한쪽 손을 얹고 침대 위에 도로 눕게 했다.

　"젠지로 님, 일어나시면 안 됩니다. 몸이 편안해진 것은 제가 조금 전에 시행한 '체력 회복'과 '정신 피로 제거'의 효과입니다. '병마 쾌유'

를 사용해도 좋았겠지만, 모처럼 '숲의 축복'이니까요. 스스로 극복하지 않으면 축복의 효과는 얻을 수 없으니까, 일부러 그대로 두었습니다."

"아, 아...... 과연."

그 말을 듣고 보니 체력은 회복되었지만, 몸은 아직 뜨거웠다. 병이 완전히 나은 것은 아닌 모양이었다.

(아아, 그러고 보니, 어젯밤에 문병 왔을 때 아우라가 말했었지. 쌍왕국의 왕녀님이 문병을 올 테니 방을 옮겨 달라고.)

젠지로는 대략적인 사정을 미리 들었지만, 어제까지 38도가 넘는 고열에 시달리던 몸이었다. 설명의 상세한 부분까지 기억하지 못하는 것도 무리는 아니었다.

(그러니까, 확실히 신분상으로는 이쪽이 위지만 이번엔 '치료' 문병을 받은 처지니까 정중하게 나가도 문제는 없다고 했던가......?)

움직임이 둔해진 머리를 풀가동하며 젠지로는 교양 강의에서 배운 타국의 왕족에 대한 응대법을 떠올렸다.

침대에 누운 채 시선을 주위로 돌린 젠지로는 의자에 앉아 있는 이자벨라 왕녀의 뒤에서 이쪽을 지켜보고 있는 애처의 모습을 발견했다.

젠지로와 시선이 마주친 아우라는 아무 말도 하지 않은 채 끄덕하고 작게 고개를 아래위로 흔들어 보였다.

(저건 자질구레한 예의범절에 그다지 신경 쓰지 않아도 된다는 의미일까?)

대충 아우라의 의도를 간파한 젠지로는 조금 편해진 마음으로 헤드 보드에 머리를 기대고 상반신을 조금만 일으킨 자세로 이자벨라 왕녀 쪽으로 고개를 향했다.

"고맙습니다. 이자벨라 전하. 덕분에 아주 편해졌습니다."

"아니요, 대단한 일은 아닙니다. 이후는 안정하고 영양이 있는 것을 드시면 내일은 일어나실 수 있으리라 생각합니다."

"네, 알겠습니다……큭."

아직 미열이 있는데 일어나 앉아 말을 계속 안 탓인지, 대답하던 젠지로의 말끝이 흐려지며 작게 기침을 했다.

"젠지로, 자, 물."

뒤에 서 있던 아우라가 지체 없이 작은 은 주전자를 손에 들고 누워 있는 젠지로의 입가로 가져다주었다.

"아아, 미안."

이 며칠 동안에 아우라의 시중을 받는 것에 익숙해져 버린 젠지로는 특별히 부끄러워하는 기색도 없이 아우라의 손에 들린 주전자에 입을 대고 물을 받아 마셨다.

그러자마자 전신에서 땀이 솟았지만, 그 감각이 지금은 오히려 기분 좋았다.

"후우……"

"이제 괜찮아요?"

"응. 편해졌어. 고마워."

지극히 자연스럽게 금실 좋은 모습을 목격한 이자벨라 왕녀는 입가를 오른손으로 가리고 작은 웃음소리를 냈다.

"소문은 듣고 있었습니다만, 두 분은 정말 사이가 좋으시군요."

"아…… 이거야, 실례."

"뭐, 사이가 나쁜 것보다는 낫지 않나?"

외부인의 시선을 의식한 젠지로가 조금 부끄러워 한 것과는 대조적으로 아우라는 빙긋 웃으며 가슴을 펴고 그렇게 거침없이 말했다.

여걸로 이름을 떨치고 있던 여왕과 어디서 굴러먹던 뼈다귀인지 모르는 남자의 혼인. 외국에서 여러 가지로 불명예스러운 소문이 돌고 있을 거라고 반쯤 확신하고 있는 아우라였다. 부부 사이가 무척 좋다는 것을 퍼뜨릴 수 있는 절호의 기회를 놓칠 리 만무했다.

"확실히, 그 말씀이 옳습니다."

아우라의 대답에 이자벨라 왕녀는 동의를 표하고 까르르 웃었다.

세간에서는 오해를 받기 쉬웠지만, 왕후 귀족의 세계에서도 '금실 좋은 부부'라는 건 결코 드문 것이 아니었다. 확실히 왕족의 결혼은 당사자 사이의 감정보다 집안끼리의 관계나 권력의 균형이 고려된다는 것은 틀림없는 사실이지만, 그렇기 때문에야말로 당사자들은 서로의 관계를 원만히 하기 위해 혼인 후부터 노력을 거듭하는 것이다.

피차 나라나 집안을 등에 지고 있는 몸이다. 치명적인 이해의 충돌 없이 서로 다가가려는 마음만 있다면 결혼 후에 시간을 들여 애정을 키우는 일도 결코 불가능한 것이 아니었다.

그렇지만, 혹은 그 때문에 아우라와 젠지로처럼 결혼한 지 반년도 지나지 않아 이렇게까지 마음이 맞는 금실을 보여주는 경우는 대단히 드물었다.

(그만큼 궁합이 잘 맞는다는 얘길까?)

이자벨라 왕녀는 온화한 웃음 뒤에 날카로운 관찰의 눈을 감추고 아우라와 젠지로의 모습을 지켜보았다.

"그러고 보니 젠지로 님은 아우라 폐하와 결혼하기 위해 세계를 넘어오셨다죠? 말하자면 세계를 초월한 사랑, 이라는 건가요?"

"옛? 아, 아아, 그렇네요."

이자벨라 왕녀의 입에서 나온 '세계를 초월해 왔다'는 말에 순간적으로 놀란 젠지로였지만 조금 생각하고 곧 침착해졌다.

카파 왕가의 혈통마법이 '시공마법'인 것은 주지의 사실이고, 대국 카파 왕국의 여왕이며 유일한 왕족인 아우라의 혼인에 대해서는 각국의 왕후 귀족이 눈에 핏발을 세우고 주목하고 있었을 것이다.

그렇게 생각하면 어느 날 갑자기 느닷없이 나타난 젠지로의 정체가 어느 정도 탄로나 있다고 해도 이상한 일이 아니었다.

그런 식으로 이해했기 때문일까? 아니면 역시 열 때문에 아직 이성의 움직임이 약했기 때문이었을까?

"150년 전, 이세계로 사랑의 도피를 감행했던 카파 왕가의 자손이 이렇게 혼인을 위해 돌아왔으니까요. 그렇게 생각하면 감회가 새롭긴 하지요."

젠지로는 아무렇지도 않게 그렇게 타국의 왕족 앞에서 쓸데없는 정보를 흘리고 말았다.

옆에서 아우라가 '아뿔싸' 하는 표정으로 얼굴을 찡그렸지만 이미 늦었다.

"과연…… 150년 전에 그런 일이……"

감탄했다는 말투로 그렇게 맞장구를 치는 이자벨라 왕녀의 부드러운 눈가가 아주 잠깐 날카로워졌다.

"……어디까지나 소문이오. 150년 전, 기록에서 말소된 직계 왕족이 있다는 건 사실이지만, 그자가 이세계로 도망쳤다는 기록도, 하물며 젠지로가 그 직계라는 증거 따위는 아무것도 없소."

말투는 평온을 가장하고 있었지만, 아우라가 늘어놓는 말은 젠지로가 무심코 내뱉은 정보의 신뢰성을 부정하는 말의 연속이었다.

열 때문에 정신이 온전하지 않은 젠지로는 그렇다 치고, 외교 교섭의 장을 수없이 경험해 온 이자벨라 왕녀가 아우라가 말하고자 하는 바를 눈치채지 못했을 리 없었다.

"……네에, 그렇군요. 실례했습니다. 그만 나잇값도 못 하고 로맨틱한 사랑 얘기에 들떠서 경솔한 발언을 하고 말았습니다. 애초에 거의 나았다고는 해도 병중에 계신 분과 긴 이야기를 나눈 것 자체가 칭찬받을 만 한 일이 아니었습니다. 젠지로 님, 아우라 폐하. 저는 이쯤에서 실례하겠습니다."

이자벨라 왕녀는 아우라의 말 속에 담긴 의도를 꿰뚫어 보고, 순순히 그렇게 말한 후 의자에서 일어났다.

"그래, 그러시오. 우리 남편을 위해 귀중한 능력을 사용해 준 것에 예를 표하오. 고맙소, 이자벨라 전하."

"아니요, 대단한 일은 아닙니다, 아우라 폐하."

자리에서 일어난 이자벨라 왕녀를 아우라는 스스로 앞장서 가짜 침실 밖으로 이끌었다.

서로 어느 정도의 긴장감은 유지하면서도 그것을 조금도 표면에 드러내지 않는 부분은 역시 양쪽 모두 '타고난 왕족'답다 할 것이었다.

"고맙습니다. 이자벨라 전하, 덕분에 편안해졌습니다."

단 한 사람, 그 분위기를 눈치채지 못하고 있는 젠지로는 권유대로 침대에 몸을 눕힌 채 방을 나가는 여왕과 왕녀의 등에 대고 그런 한가로운 인사를 하는 것이었다.

------------◆------------

그날 밤.

아우라는 파비오 비서관과 수석 궁정마법사 에스피리디온을 왕궁 안쪽에 있는 왕가의 처소에 불러들여 비밀 회담을 열고 있었다.

왕궁 안에서는 꽤 좁은 편에 속하는 그 방을 비추는 것은 촛대 위에서 타오르는 촛불이었다.

붉고 옅은 조명을 받으며 아우라는 잔뜩 공이 들어간 장식 의자에 다리를 꼬고 앉아 왼쪽 대각선 앞에 선 파비오 비서관에게 말을 던졌다.

"그러면 보고를 들어 볼까."

"네."

주군의 말에 중년의 비서관은 한 발짝 앞으로 나가 언제나처럼 억양 없는 목소리로 이야기를 시작했다.

"이자벨라 왕녀의 '고객'이 판명됐습니다. 코브라고 왕국의 선왕 루이스 2세입니다."

비서관의 보고에 여왕은 납득이 가지 않는다는 표정으로 고개를 갸웃했다.

"코브라고의 선왕? 묘하네. 현 국왕이라면 몰라도 선왕을 위해 이자벨라 전하를 부를 정도로 그 나라에 금전적 여유가 있다고는 생각되지 않는데."

코브라고 왕국은 카파 왕국과 국경을 접하고 있는 이웃 나라였지만, 국토 면적도 총인구도 카파 왕국의 5분의 1 정도밖에 되지 않았다. 당연히 재력도 그만큼 빈약했다.

우연히 좋은 입지조건을 타고 난 덕택에 지난 대전에서 살아남은 나라였다. 그런 작은 나라가 이미 왕좌에서 물러난 노인을 위해 이자벨라 왕녀를 불렀다는 것은 조금 납득이 가지 않았다.

"코브라코 왕국의 규모라면 로베르트 왕자나 토마조 왕자, 기껏해야 분발해서 마테오 법왕 동생 정도가 적당한 시세 아니야?"

그렇게 말하고 아우라는 지르벨 법왕가의 인명을 열거했다. 모두 이자벨라 왕녀와 비교하면 치유 능력이 한 단계나 두 단계 떨어지는 '치료사'였지만, 그만큼 의뢰비용이 덜 들었다.

아우라의 정당한 지적에 중년의 비서관은 그 가면과 같은 무표정에 실금 하나 가지 않은 채 반론했다.

"그러나 폐하가 지금 이름을 열거하신 분들은 모두 남성입니다. 후궁에는 들어갈 수가 없지요."

점점 알 수 없는 대답에 아우라는 고개를 갸웃한 채 계속해서 물었다.

"어째서 후궁 이야기가 나오지? 환자는 루이스 선왕이라면서?"

"네. 그러니까 문제는 코브라고 왕국의 후궁이 아닙니다. 우리 카파 왕국의 후궁입니다."

파비오 비서관의 말에 겨우 의도하는 바를 알아챈 아우라는 의자 위에서 쿵, 하고 움직였다.

"뭣! 즉, 이자벨라 전하의 목적은 처음부터 우리였다고 말하는 게야?"

노여움을 띤 여왕의 말에 비서관은 매정하게 수긍했다.

"네. 이건 아직 조사하고 있습니다만, 아무래도 코브라고 왕국은 아우라 폐하가 추측하신 대로 로베르트 왕자의 파견을 의뢰했던 모양입니다. 그런데 쌍왕국 측이 '요금은 그대로 괜찮으니 로베르트 왕자가 아니라 이자벨 왕녀를.'이라는 말을 넣었다는 쪽이 진상인 모양입니다."

"설마, 서방님이 '숲의 축복'으로 몸져누운 것도 쌍왕국은 알고 있었던 건가?"

아우라의 말에 중년의 비서관은 이번엔 고개를 가로저었다.

"아니요, 그건 단순한 우연이었겠지요. 오히려 젠지로 님이 병상에 들었다는 걸 알고 있었더라면, 일부러 이자벨라 왕녀를 파견할 필요는 없었습니다."

지르벨 법왕가의 '치유술사'들은 의사 이상으로 특별한 존재였다.

환자의 진료라는 명분만 있으면 남녀의 구분을 넘어 남자라도 후궁에 발을 디디는 것이 허용되었다.

젠지로가 '환자'라는 처지에 있는 것을 사전에 알았더라면 일부러 여자 왕족을 보낼 필요는 없었을 것이었다.

"과연, 확실히 그래. 하지만 그렇다면 쌍왕국은 우리 서방님을 한 번 보기 위해 이자벨라 전하를 싼값에 파견했다는 말이잖아?"

"대국 카파 왕국에 느닷없이 나타난 여왕의 반려. 그 사람됨을 알기 위해서라면 그다지 부자연스러운 수법은 아니지 않을까요?"

"흐음……"

아우라는 의자에 앉아 다리를 꼰 채 턱에 손을 가져가 생각했다.

확실히, 파비오 비서관이 하는 말도 맞다. 아우라의 의도를 전면적으로 이해해 주고 있는 젠지로는 자신의 의사를 거의 드러내는 일 없이 뒷전에 머물러 주고 있지만, 그런 상황을 알 리 없는 외국인들 눈에는 카파 왕국의 조종간에 손을 얹는 인간이 한 사람 더 늘어난 것처럼 보일 것이었다.

여왕의 반려가 보통이 넘는 야심가라면 카파 왕국은 또다시 남대륙에 전란의 폭풍을 일으킬 가능성도 있었다.

그렇게 생각하면 확실히 '젠지로의 사람됨을 알아내는' 것은 이자벨라 왕녀급이 움직일 정도로 중요한 일일지도 몰랐다.

"국내에 얼굴을 내미는 게 끝났다고 생각했더니 이번엔 국외인가."

"요전번의 파티는 흠집이 탄로 나도 큰 상처 없이 무마될 수 있도록 외국 분들을 철저하게 제외했으니, 그 부분은 어쩔 수 없습니다."

어두운 천장을 올려다보며 한숨을 짓는 아우라에게 파비오 비서관은 냉정한 말투로 그렇게 말했다.

이 몇 개월 동안 젠지로의 '국정에는 최대한 참견하지 않겠다'는 뜻이 어느 정도 알려지게 되었지만, 그것은 어디까지나 카파 왕국 내의 얘기다. 외국에까지 올바른 인식이 전해지는 데에는 아직도 많은 시간과 노력이 필요할 것이었다.

덧붙이자면 이런 종류의 정보라는 것은 거리와 시간이 멀면 멀수록 뒤틀리기 쉽다는 특징이 있었다. 완전히 올바른 인식이 널리 자리 잡힐 가능성은 처음부터 포기하는 편이 좋을지도 몰랐다.

"……좋아, 알았어. 이 건은 일단 여기까지다."

아우라는 한두 번 고개를 가로로 흔들고 그 얘기를 끝냈다.

계속해서 아우라는 시선을 파비오 비서관에게서 오른쪽 대각선 앞에 선 보라색 로브를 걸친 노인에게로 옮겼다.

"다음은 할아범, 얘기는 들었겠지?"

갑자기 대화의 방향이 돌려진 자주색 로브의 노인─궁정 수석 마법사 에스피리디온은 느긋한 말투로 입을 열었다.

"흐음, 젠지로 님의 소지품인 그 보옥 말입지요? 확실히 그것 한 알에 쌍왕국 금화 50닢은 파격입지요."

얘기는 이자벨라 왕녀의 동향에서 이자벨라 왕녀가 이해할 수 없는 가격을 제안한 구슬로 옮겨졌다.

파비오 비서관에 이어 에스피리디온에게도 동의를 구한 아우라는 일단 한 번 만족스럽게 끄덕이고 이야기를 재촉했다.

"그 이자벨라 왕녀가 의미도 없이 그렇게 기이한 가격을 매겼다고
는 생각할 수 없어. 할아범, 뭔가 짚이는 건 없나?"

"…………흐음."

여왕의 물음에 왕국 제일의 마법사는 긴 턱수염을 훑으며 잠시 침
묵을 지킨 후, "이건 꽤 미심쩍은 얘깁니다만."이라고 전제를 깔고서
입을 열었다.

"폐하는 굽타 왕국의 '뇌벽의 지팡이'에 대해서는 어느 정도 지식
이 있으십니까?"

느닷없는 질문을 받은 아우라는 수상쩍다는 듯이 한쪽 눈썹을 추
어올리면서도 순순히 대답했다.

"'뇌벽의 지팡이'란 건 그, '바랑고 언덕의 기적'이잖아? 마법 도구
하나가 적군 5만의 발을 반 년 동안 묶었다는."

아우라의 대답에 에스피리디온은 고개를 끄덕였다.

"그렇지요. 굽타 왕국 대 크샤르 왕국과 월터너 왕국 연합군의 싸
움. 지난 대전 초기의 얘깁지요."

간단하게 설명하면 굽타 왕국이란 나라가 주변의 두 나라에게 동
시에 침공을 받고 존망의 기로에 섰을 때, 한쪽과의 국경을 '뇌벽의
지팡이'라고 불리는 마법 도구 하나로 지키며 그 틈에 다른 한쪽을 자
력으로 격퇴해서 나라를 지켰다는 일화였다.

아마도 남대륙에서 가장 유명한 마법 도구 중 하나일 것이다. '뇌
(번개)'는 굽타 왕가의 혈통마법이다.

요컨대 '뇌벽의 지팡이'는 '번개'를 다루는 굽타 왕가의 사람과 '부

여마법'을 사용하는 샤로와 왕가 사람이 손을 잡고 만든 마법 도구라는 얘기가 된다.

굽타 왕국은 샤로와·지르벨 쌍왕국의 속국에 가까운 우호국이었기 때문에 양 왕가가 힘을 합쳐 하나의 마법 도구를 만든 것 자체는 특별히 부자연스러운 일이 아니다.

하지만 에스피리디온은 말했다.

"문제는 지팡이의 제작에 쏟아 부은 시간입지요. 자세한 얘기는 지금은 건너뜁니다만, 지팡이가 제작된 장소는 쌍왕국의 수도임에 틀림없습니다."

"뭐, 그건 그렇겠지. 샤로와 왕가 사람은 지르벨 왕가 사람과는 달리 웬만한 일이 아닌 한 수도에서 움직이지 않으니."

가볍게 끄덕이며 동의를 표하는 아우라에게 에스피리디온은 과장되게 끄덕여 보이고 이야기를 계속했다.

"그렇다면 굽타 왕가 사람이 쌍왕국의 수도로 가서 거기서 긴 시간을 들여 지팡이를 만들고, 그 지팡이를 가지고 굽타 왕가로 돌아왔다는 얘기가 됩지요. 하지만 그렇게 되면 아무리 생각해도 시간이 부족한 것이외다."

에스피리디온의 이야기를 듣고 있던, 옆에 선 파비오 비서관도 뭔가 떠올린 듯 끼어들었다.

"아아, 그 얘기는 저도 들은 적이 있습니다. 확실히, 왕복 거리를 가장 빠른 주룡으로 계산해도 굽타 왕가 사람이 쌍왕국의 수도에 체류할 수 있는 시간은 열흘이 되지 않는다고 하더군요."

"정확하게는 9일이지요. 그것도 모든 여정이 순조롭다는 이상적인 경우랍니다. 현실적으로 따져보면 굽타 왕가의 사람이 쌍왕국의 수도에 머물 수 있는 기간은 3일 전후가 아닐까 하는 얘기외다."

두 사람의 심복의 얘기를 들으면서 아우라는 자신의 기억을 파헤쳤다.

대전 초기라면 아우라는 아직 태어나지도 않았던 시절의 이야기다. 기억이 없어도 이상한 일이 아니었다.

그러나 그 얘기의 이상한 점은 알 수 있었다. 보통 샤로와 왕가가 만드는 '마법 도구'라는 건 일회용의 간소한 것이라도 제작에 최소한 한 달은 걸린다고 알려져 있다. 하물며 '뇌벽의 지팡이'쯤 되는 마법 도구라면 연 단위의 시간이 걸리는 것이 상식이다.

실제로 아우라가 젠지로에게 빌려 준 그 '결계의 양탄자'를 만들었을 때는 카파 왕가 사람이 쌍왕국의 수도에 2년 가까이 체류해야만 했던 것을 떠올렸다.

간단한 것이라도 한 달. 국보급이라면 2년. 거기에 비해 '뇌벽의 지팡이'를 만드는 데 걸린 시간이 실질적으로 3일이라는 것은 분명 이상했다.

아무리 신뢰하고 있는 할아범의 말이라고 해도, 아우라는 순순히 인정할 수 없어 의혹을 잔뜩 담아 되물었다.

"그건 단순히 훨씬 전부터 굽타 왕가의 사람이 몰래 쌍왕국의 수도로 들어가 비밀리에 제작을 시작하고 있었던 것 아냐?"

자신의 의견을 부정하는 여왕의 말에 노마법사는 기분이 상하는 기색도 없이 커다랗게 끄덕였다.

"예. 굽타 왕가, 샤로와 왕가 양쪽 모두 공식적으로는 그렇게 발표했습죠. 세간에서도 그 설이 가장 유력하다는 건 틀림없는 사실입지요. 하지만 그렇지 않다는 설도 아직 뿌리 깊게 남아 있습죠. 즉, 샤로와 왕가에는 여차할 때 마법 도구 제작에 들어가는 시간을 대폭 단축할 수 있는 '숨겨진 비법'이 있다는."

"흠, 과연~, 이네."

겨우 본론으로 들어간 것을 느낀 아우라는 콧방귀를 뀌듯 작게 숨을 뱉었다.

이런 류의 '왕가 비전의 숨은 기술, 비밀의 마법'에 관한 소문은 어느 시대에도 끊이지 않았다.

예를 들어, 하르카넨 왕가의 '탐심(探心)마법'에는 사람을 영구적으로 허수아비로 만드는 비술이 있다. 또는, 남대륙 북부의 사막은 데른부르크 왕가가 '조연(操緣-인연을 만듦)마법'을 남발한 결과다. 아니면, 이 대지는 마카로프 왕가의 '창조 마법'에 의해 만들어졌다. 등등.

실제로 아우라가 사용하는 카파 왕가의 '시공마법'에도 이런 류의 '제발 참아줘'라고 쓴웃음을 흘릴 수밖에 없는 부류의 소문이 있었다.

'시공마법'의 최종 비술에는 시간을 되돌려 구현하는 '사자(死者) 환생'이 존재한다고 하는 소문이다.

사실을 알고 있는 아우라 처지에서는 실소를 금할 길이 없었다.

(그런 마법이 존재한다면 이세계에서 평화롭게 살고 있던 서방님에게 민폐

를 끼치기 전에 오라버니나 동생 중 누군가를 환생시켰겠지.)

바보같은 얘기이긴 하지만, 아우라에게는 무조건 웃어넘길 수만은 없는 사정이 있었다. 소문 안에 일말의 진실이 포함되어 있다는 것을, 아우라는 알고 있었기 때문이다.

(사자환생이라고? 그 '죽은 자'라는 것이 벌레나 조개 같은 것이라면 해 줄 수도 있지.)

실제로 '시공마법'에 한정적인 시간 역행의 마법이 존재하는 것은 사실이었다.

그래도 '마력을 가진 대상에게는 걸리지 않는다', '돌이키고 싶은 시간 축 안에서 마법 소유자가 그 물체를 눈으로 보고 손으로 만졌어야 한다'는 등의 엄격한 제한이 있기 때문에 사용할 방도가 거의 없는 것과 다름없지만.

이쪽 세계의 생물이라면 벌레나 조개와 같은 지극히 일부의 하등 생물을 제외하고는 크건 작건 마력을 보유하고 있다.

때문에 '시공마법'으로 '사자환생'은 사실상 불가능한 것이다. 마법 도구의 복원도 불가능했다.

잘린 검이나 못 쓰게 된 가구와 같이 마력이 들어 있지 않은 것이라면 복원할 수 있지만, 그 정도의 것이라면 왕가 비전의 마법을 쓰는 것보다 새로 사는 편이 훨씬 품이 덜 들 것이다.

그렇다고 해도 '벌레밖에 되살리지 못하는' 옹색한 것이긴 하지만 '시공마법'에 사자환생 비술이 존재한다는 것은 사실이었다.

그 사실을 바탕으로 생각해 보면 각 나라 왕가의 소문에도 어떤 식으로든 진실이 섞여 있을 가능성이 있었다.

아우라는 혀로 할짝 윗입술을 적시고 물었다.

"그래서, 할아범이 아는 '숨겨진 비법'이란 건 어떤 거지?"

"예, 하나는 샤로와 왕가 사람이 목숨을 바침으로써 마법 도구를 만드는 데 걸리는 시간을 대폭 단축할 수 있다는 것입지요. 실제로 '뇌벽의 지팡이'를 만들 무렵 샤로와 왕가의 왕족 한 사람이 병사했습니다요."

아우라는 에스피리디온이 말한 첫 번째 소문을 단칼에 잘라버렸다.

"있을 수 없어. 확실히 굽타 왕가는 쌍왕국에게 있어서도 소중한 우호국이고 북쪽을 담당하는 중요한 파수꾼이긴 하지만, 그걸 위해 왕족 한 명을 희생시키는 건 그 왕족의 천성으로 볼 때 생각할 수 없는 일이야."

"예. 저도 그렇게 생각하외다. 그래서 그건 단순한 우연이겠거니 하고. 거기서 떠오른 것이 또 하나의 소문입지요. '부여마법'은 일정한 조건을 만족한 물질을 사용하면 극단적으로 시간과 노력을 단축할 수 있다, 는 소문입지요."

돌고 돌아서 겨우 맨 처음의 질문에 대한 답을 들은 것 같은 느낌이 들었다.

아우라는 잠시 침묵을 지킨 후 천천히 낮은 목소리로 물었다.

"……그런데, '뇌벽의 지팡이'는 어떤 모양이지?"

"예. 아무래도 왕가의 최고 비전 마법 도구이기 때문에 어디까지나

들은 풍문에 지나지 않습니다마는, 그것은 쭉 뻗은 나무 지팡이 끝에 '커다랗고 둥근 투명한 수정 공'이 장식돼 있다… 라고 들은 바가 있습니다요."

"……과연, 그렇군. 흥미로운 '소문'이야."

촛불의 빛이 비친 아우라의 얼굴에 빙그레 커다란 미소가 떠올랐다. 그 웃는 얼굴은 고양이과의 육식 동물이 발톱을 드러내는 모습과 닮아 있었다.

[제3장] **여왕의 회임**

"으읏, 크읏!"

열어젖힌 창문으로 쏟아져 들어오는 아침 해 아래, 8일 만에 파자마에서 티셔츠와 바지로 갈아입은 젠지로는 온몸의 결림을 풀어내려는 것처럼 힘차게 기지개를 켰다.

아직 살짝 붉은 기가 도는 아침 해와 창문으로 불어 들어오는 청량한 바람이 젠지로의 온몸을 기분 좋게 쓰다듬었다.

"하아…… 건강이 가장 큰 재산, 이라. 진부한 말이지만 진실이네."

화사한 아침 해 아래 뻐걱뻐걱 목 근육을 소리 내며 푼 젠지로는 만감이 교차하는 듯 그렇게 중얼거렸다. '숲의 축복'인지 뭔지를 앓은 이 7일. 의사에게 완치 선고를 받은 것은 어제 일이었다. 진찰을 받은 시간이 늦은 탓도 있어서 어젯밤은 7일 만에 본격적인 목욕을 즐겼을 뿐, 몸을 생각해서 그대로 잠자리에 들었다.

때문에, 젠지로의 관점에서는 '오늘부터 복귀'라는 느낌이 강했다.

"그러고 보니 오늘은 기온이…… 오, 딱 20도네. 상당히 내려갔는 걸. 시원할 만도 하군."

벽에 걸려 있는 온·습도계를 확인한 젠지로는 빨간 수은주가 가장 높이 올라가 있는 곳의 수치를 읽고 조금 놀라 목소리를 높였다.

동이 틀 즈음이라 아직 시원할 때라고는 해도 25도를 밑돈다는 것은 상당히 쾌적해졌다는 의미였다.

이 정도면 오늘 하루는 얼음 선풍기를 쓰지 않고 지내봐도 괜찮을지도 모른다.

기온이 체온을 웃도는 날은 이러쿵저러쿵 따질 여유도 없지만, 최고기온이 30도 전후에만 머물러 준다면 조금은 참고 몸을 이 나라의 기온에 익숙하게 하는 것도 필요하다.

"선풍기나 냉장고도 언제까지 쓸 수 있을지 알 수 없으니까."

생각하고 싶지는 않지만, 가전제품의 수명은 인간의 수명보다 짧다. 여분이 없는 이상 언젠가 미래에는 가전제품을 포기해야 할 때가 올 것이다.

그 이전에, 아직 가전제품이 가동한다 해도 요전번의 파티 때처럼 후궁에서 한 발짝만 나가면 거기는 작열하는 카파 왕국이고, 이자벨라 왕녀의 문병 때처럼 외부인이 오면 가전제품을 감추기 위해 동분서주해야 하는 상황도 충분히 고려해야 했다.

여유가 있을 때 이 나라의 기후에 몸을 적응시켜 두는 것은 결코 쓸모없는 일이 아닐 것이다.

"아~ 당연하지만, 순식간에 몸이 왕창 축난 느낌이네. 근력 운동이랑 리프팅이라도 할까? 아마도 대학 시절에 산 축구공이랑 공기 주입기를 가져왔을 텐데."

젠지로는 티셔츠와 바지 위로 자기 몸을 여기저기 만져보고 그렇게 혼잣말을 중얼거렸다.

7일이나 몸져누워 있으면 몸이 둔해지다 못해 쇠약해지기 시작해도 이상하지 않다.

이대로 원래의 은둔 생활로 돌아가는 것은 여러 가지로 위험했다. 이 젊은 나이에 일어나거나 걷기만 해도 숨을 헐떡이는 몸이 되기는 싫었다. 젠지로는 자율 트레이닝의 필요성을 느꼈다.

"발전기를 설치한 안뜰 정도라면 나가도 괜찮겠지? 역시 어느 정도는 몸을 움직일 필요가 있어."

젠지로는 방구석에서 찾아낸 흰색과 검은색의 축구공을 양탄자 위에 튕겨 공기 빠짐 상태를 점검하면서 그렇게 혼잣말을 했다.

지금까지는 '몸이 둔해지네'라고 생각하면서도 마냥 은둔 생활을 만끽해 온 젠지로였지만 이렇게 한 번 병마에 시달리고 나니 체력 유지의 중요성을 절실하게 느꼈다.

기초 체력의 유무가 생사를 가르는 일이 있다. 그것을 실감한 것만으로도 병마와 싸운 보람이 있다고 할 수 있다.

"어이쿠, 리프팅은 역시 여기서는 좀 위험한가."

몇 번, 왼발로 리프팅을 한 뒤 조금 잘못 찬 공을 양손으로 잡은 젠지로는 실내를 둘러보고는 일단 리프팅을 중단했다.

젠지로가 거실로 사용하는 이 방은 일본의 서민층 감각에서 보면 '어처구니가 없을 정도로 넓다'고 할 수 있을 정도였지만, 실내에는 벽쪽에 놓인 발전기 제어반에서 문어발처럼 뻗어 나온 각종 가전제품의 코드가 제 세상인 양 펼쳐져 있었다.

발이 걸리거나 하는 일이 없도록 가능한 한 구석으로 몰아놓긴 했지만, 가전제품의 배치와 전원 코드의 길이 관계상 몇 군데는 방을 가로지르듯이 코드를 늘어뜨린 곳도 있었다.

만일 그 코드에 발이 걸리거나 하면 눈 뜨고 볼 수 없는 상황이 될 것이다.

"나중에 어딘가 빈방을 운동용 방으로 준비해 달라고 하는 게 제일 좋을까? 어차피 빈방은 있을 테니까."

젠지로가 중얼거린 그때였다.

"실례하겠습니다, 젠지로 님. 말씀하신 것을 가져왔습니다."

똑똑~ 하고 입구의 문을 노크하는 소리에 이어 들려 온 그 말에 젠지로는 즉시 반응했다.

"알았어. 지금 문을 열지."

그렇게 대답한 젠지로는 옆에 끼고 있던 축구공을 소파 위에 놓고 문을 향했다.

문을 여는 건 시녀의 역할이었지만, '말씀하신 걸 가져왔다'는 말을 듣고, 아마도 시녀의 손이 비어 있지 않으리라 생각한 젠지로는 이쪽에서 문을 열어 주었다.

그러자 젠지로의 예상대로 카파 왕국에는 드문 금발의 젊은 시녀가 커다란 나무 접시를 양손에 들고 바른 자세로 등을 펴고 서 있었다.

"주방 사람에게 부탁해서 지시하신 대로 만들게 했습니다."

그렇게 말하는 시녀가 든 나무 접시에 담겨 있는 것은 얇게 썰어서 기름에 튀긴 바나나였다. 양념은 위에 뿌린 굵은 소금뿐.

'바나나칩'이라는 과자는 현대 일본에도 있지만, 이건 바나나칩의 대용이 아니라 포테이토칩의 대용품으로서 만들어달라고 한 것이었다.

병상에 있을 때 먹었던 소스를 얹은 매시 바나나가 감자와 비슷한 맛이었기 때문에 시험 삼아 그 요리용 바나나를 포테이토칩 비슷하게 조리해 달라고 한 것이다.

"어디 보자, 한 개 먹어 볼게."

그렇게 말한 젠지로는 시녀가 내민 접시에서 바나나칩을 하나 집어 입에 넣었다. 바삭바삭 소리를 내며 아직 따뜻한 바나나칩을 씹었다.

"음······"

젠지로의 입안에 소금과 질 좋은 식물성 기름의 소박한 맛이 퍼져 나갔다. 원재료가 다른 만큼 포테이토칩이랑 똑같다고 할 수는 없었지만, 대용품으로서는 충분한 맛이었다.

"어떻습니까, 젠지로 님?"

"응, 맛있어. 다만 칩이 조금 두꺼운 것 같은데. 다음에 만들 때는 조금 더 얇게 썰어 주면 좋겠어."

"알겠습니다, 그렇게 전하겠습니다."

"응, 부탁해."

꾸벅하고 작게 머리를 숙인 시녀의 손에서 나무 접시를 받아든 젠지로는 그렇게 말하고 문을 닫았다.

방으로 돌아온 젠지로는 나무 접시를 다리가 짧은 테이블 위에 올려놓고 자신은 소파에 앉았다.

"음~ 조금 딱딱하지만 충분히 포테이토칩 대신이 되겠어, 이건. 디저트 바나나처럼 달지도 않고."

그 맛은 맛있다기보다는 정겨웠다.

젠지로가 이쪽 세계로 온 지 벌써 몇 달이 지났다. 일본을 그리워하기에는 아직 이르다고 생각했지만, 어제까지 침대 위에서 일본 음식을 몇 번이나 떠올리곤 했던 것은 부정할 수 없는 사실이다.

젠지로는 자신을 음식에 그다지 까다롭지 않은 사람이라고 생각했고, 실제로 평소에 이쪽 세계의 음식에 불만을 느낀 적도 없었다. 하지만 심신이 약할 때는 전혀 얘기가 달라진다는 것을 이번 기회에 통감했다.

지나친 사치나 억지를 부릴 생각은 없었지만, 후궁의 조리 책임자에게 부탁할 수 있는 범위에서라면 일본의 요리를 이쪽에서 재현하는 것도 나쁘지는 않겠구나 싶다(그렇게 말하자 아우라가 굉장히 선하게 웃으며 '당신이 원하는 대로 해요.'라고 말해준 것이 인상적이었다).

사회인이 된 뒤로는 스낵 과자류는 거의 입에 대지 않았는데, 지금은 이 포테이토칩을 흉내 낸 것을 '맛있다'고 느끼고 있으니, 미각에 깃든 고향에 대한 향수라는 것은 역시 무시할 수 없는 면이 있었다.

"다행히 이 나라는 설탕이 평범하게 쓰이고 있는 것 같으니까, 과자 종류부터 이것저것 해 볼까? 아, 하지만 달걀은 둘째 치고 유제품을 손에 넣기가 거의 어렵다고 했던가. 우유나 버터를 일절 사용하지 않는 과자라면…… 으음. 그런 레시피, 가져왔던가?"

열대우림기후에 가까운 카파 왕국의 가축은 원칙적으로 '용'——즉, 파충류다. 당연하지만 파충류는 알을 낳기는 낳되, 파충류의 알은 조류의 알과는 전혀 다르다.

그렇지만 지구의 아프리카 적도 부근의 나라나 인도처럼 카파 왕국과 비슷한 정도로 지독하게 더운 곳에서도 소나 돼지를 키우는 나라가 있다는 점에서 알 수 있듯이, 포유류의 사육이 근본적으로 불가능한 것은 아니었다.

실제로 왕궁을 비롯해 일부에서는 닭과 같은 조류의 가축화에 성공하기도 했다.

남대륙에서 포유류 가축이 일반적이지 않은 것은 기후 문제보다는 대륙의 생태계와 지금까지의 문화 습관의 탓일 것이다.

"어떻게든 우유를 손에 넣게 되면 손으로 돌리는 원심분리기를 만들어달라고 해서 버터나 생크림을 만들어 볼까? 아아, 하지만 역시 오븐을 가져오지 않았으니까, 재료가 있다고 해도 스스로 과자를 만드는 건 무리인가."

대학 생활을 거쳐 사회인으로 7년간 자취생활을 했어도 요리는 대수로운 경험이 아니었다.

요리라고 해봤자 '카레'나 '스튜', '하이라이스' 혹은 볶음밥처럼 야채를 볶아 끓이거나 프라이팬 하나면 해결할 수 있는 것들뿐. 젠지로의 레퍼토리는 그런 수준이었다.

그보다, 애초에 남자 왕족인 젠지로가 부엌에 서는 것은 그다지 칭찬받을 만한 행동이 아니었다. 시녀들이 느낄 부담을 생각하면 '직접 요리한다'는 선택지는 없는 것으로 하는 편이 좋을 것이다.

"그렇다면 재료를 보여 달라고 해서 재현할 수 있을 것 같은 요리가 생각나면 레시피를 조리 책임자에게 가르쳐 주는 수밖에 없겠군."

소파에 앉아 바나나칩을 집어 먹던 젠지로는 시간을 보내기 위해 텔레비전의 전원을 켜고 DVD 감상을 준비하면서 그렇게 혼잣말을 중얼거리는 것이었다.

———————◆———————

그날 밤, 저녁식사와 목욕을 마친 아우라와 젠지로는 7일 만에 후궁의 일각에서 오붓한 부부만의 시간을 보내고 있었다.

"그러니까, 둔해지지 않을 정도로 몸을 움직이고 싶다, 그런 얘기?"

"응, 간단하게 말하면 그런 거지. 어때, 안뜰이나 후궁의 방 하나를 내 운동 공간으로 만들어도 될까?"

하나의 소파에 사이좋게 붙어 앉은 아우라와 젠지로는 서로의 어깨를 안을 수 있을 만큼 가까운 거리에서 이야기를 나눴다.

화제는 젠지로가 아침부터 혼자서 생각하고 있던 '건강을 위한 몸만들기'에 관한 것이었다.

본래 후궁의 주인은 젠지로이기 때문에 적당한 방 하나를 치우게 해서 리프팅을 하든, 안뜰에서 드리블을 하든 누구의 허락을 받을 필요도 없었지만, 이렇게 하나하나 아우라에게 문의하는 것을 보면 그만큼 '후궁의 주인'이라는 자각이 없다는 것을 알 수 있었다.

"흠. 그 축구인지 뭔지가 어떤 운동인지는 모르겠지만, 몸이 둔해지지 않게끔 뭔가 하고 싶다면, 당신, 무술에 취미를 둘 생각은 없어요? '십술'을 익혀둬서 손해 볼 건 없을 텐데."

아우라는 그렇게 말하고 테이블 위의 나무 접시에서 바나나칩을 집어 입에 넣었다.

"십술?"

익숙하지 않은 단어를 앵무새처럼 반복하는 젠지로에게 아우라는 십술(十術))에 대해 자세하게 설명하기 시작했다.

"그래요. 카파 왕국에서 무인이 필수 덕목으로써 몸에 익혀야 하는 무술 10종을 말해요. 주술(走術 -달리기), 창술, 궁술, 기룡술, 목등술(木登術-나무오르기), 수술(水術-헤엄치기), 야영술, 투석술, 검술, 도수무술(徒手武術-맨손 무술, 공수도), 이렇게 10종. 하지만 이걸 모두 섭렵하고 있는 사람은 기사 중에서도 극히 일부에 불과해. 필수적인 건 주술, 창술, 궁술의 세 가지이고, 기병이 되려고 한다면 거기에 기룡술을 더하죠. 나머지는 특기로서 하나나 둘 익혀두면 쓸모가 있다, 라는 정도고."

"호오……"

젠지로는 감탄한 듯한 소리를 냈다. 옛날 일본에서 전해졌던 '십팔반무예'와 같은 것일까? 스무 살을 훌쩍 넘긴 몸으로 익힐 수 있으리라고는 생각하지 않았지만, 흥미는 있었다. 하지만 젠지로는 조금 생각하고 되물었다.

"재미있을 것 같지만 내 경우, 그 무술이란 걸 누구한테 배우지?"

"응? 그건 물론 왕국군 중에서 지도를 잘하는 자를 선발하게 되겠죠?"

바나나칩을 씹으면서 대답하는 아우라의 말에 젠지로는 "아아, 역시." 하는 표정을 지었다. 그리고 단호한 표정으로 고개를 가로젓고는,

"으음, 그건 안 돼. 왕군이란 건, 남자잖아? 그렇다면 배우기 위해서 내가 후궁을 나가야 한다는 얘기인 거지. 그렇게 되면 아마도 귀찮은 일이 빈발할 거로 생각해. 게다가 비록 무술이라는 한정된 범위라 해도 '사제'라는 관계를 갖는 건 여러 가지로 위험할 것 같아."

중학교와 고등학교에서 축구부였던 젠지로는 동아리 고문 선생의 얼굴을 떠올리면서 그렇게 답했다.

기껏해야 동아리 고문 정도라 해도 '선생'이라고 불렀던 사람을 길거리에서 딱 마주치면 자신도 모르게 반사적으로 등줄기가 꼿꼿해지는 법이다. 심지어 생사를 가르는 기술인 무술의 사부 정도 되면 젠지로에게 좀 더 강한 영향력을 미칠 것이 뻔했다.

그 '사제' 관계를 빌미로 젠지로에게 접근해 오려고 하는 사람이 틀림없이 나타날 것이다.

그런 귀찮은 존재는 마법과 교양 선생인 옥타비아 한 사람으로 족했다.

젠지로의 대답에 바나나칩을 삼킨 아우라는 쓴웃음을 감추지 않고 답했다.

"젠지로, 그런 데까지 일일이 배려하지 않아도 되는데. 조금 더 자유롭게 행동해도 난 그걸 허용할 수 있는 정도의 도량은 있는 사람이에요."

아내의 대답에 젠지로는 얼굴을 긁적이며,

"아니, 물론 아우라에게 폐를 끼치고 싶지 않다는 생각도 있지만, 이건 어느 쪽이냐면 오히려 내 문제야. 말하자면 무술에는 흥미가 있지만 그걸 함으로써 귀찮은 일이 늘어난다면 배우지 않아도 상관없다, 는 정도의 흥미인 거야."

그렇게 말을 돌려주었다.

"⋯⋯⋯⋯⋯"

한동안 아우라는 입을 다문 채 옆에 앉은 남편의 눈을 응시했다.

하지만 결국은 젠지로의 대답에 거짓이 없다는 것을 이해했는지, 아우라는 "알았어."라고 대답하고 고개를 끄덕였다.

"그런 것이라면 강요하지는 않겠어요. 하지만 당신이 번잡한 인간 관계에 얽히지 않고, 거기에 더해 후궁에서 나가지 않고도 무술을 배우고 싶다고 말한다면, 틈을 봐서 내가 상대를 해 드리지."

"어? 아우라가?"

되묻는 남편에게 아우라는 바나나칩을 몇 개인가 한꺼번에 입에 넣고 씹으면서 긍정했다.

"으응. 내가 익힌 건 기본적인 3종에 기룡술과 검술뿐이지만."

생각해보면 아우라도 전란의 세상을 뚫고 살아난 사람이었다. 전투기술 하나나 둘 쯤 익히고 있다고 해도 이상하지 않았다. 납득한 젠지로는 눈을 빛내며 아내에게 말했다.

"우와~ 굉장한데. 그렇다면 한가할 때 부탁하기로 할까."

"음, 맡겨 둬요."

젠지로의 대답에 아우라는 만족스럽게 끄덕이고는 나무 접시에서 바나나칩 몇 장을 한꺼번에 집어 들었다.

"…………."

"…………."

바삭바삭, 하고 아우라가 바나나칩을 먹는 소리가 조용한 방 안에 울려 퍼졌다.

어느새 나무 접시에 산처럼 쌓여 있던 바나나칩은 벌써 바닥이 보일 정도로 줄어들어 있었다. 참고로 젠지로는 몇 개 정도밖에 먹지 않았다.

입속의 바나나칩을 삼킨 아우라가 한 번 더 나무 접시에 손을 가져갔을 때, 보다 못한 젠지로가 소리를 냈다.

"어이, 여보, 여보."

"응? 뭐예요, 서방님?"

오른손에 바나나칩을 집어든 채 고개만 이쪽을 향한 아내에게 젠지로는 잠깐 주저한 다음에 떨쳐내듯이 입을 열었다.

"내 고향 방식으로 만든 과자를 맘에 들어 해 주는 건 기쁘지만, 그 정도로 해 두는 게 좋다고 생각해. 겉보기보다 엄청나게 많은 기름이 들어갔으니까. 난 당신의 건강이 좀 걱정돼."

큰 접시에 가득 담겨 있던 바나나칩. 간식으로 먹기엔 좀 많고, 열

량도 높았다.

"응? 그러고 보니 좀 많이 먹은 것 같네."

남편의 말을 듣고 아우라는 가까스로 바나나칩에 손을 대는 것을 그만뒀다. 소파에서 일어난 젠지로는 냉장고에서 식힌 젖은 수건을 꺼내 아우라에게 내밀었다.

"자, 이걸로 손에 묻은 기름을 닦아."

"아아, 미안!"

"역시 저녁식사를 남긴 게 나빴던 거 아니야? 이런 정크 푸드로 배를 채우면 좋지 않아."

상당히 드물게 듣는 남편의 꾸지람에 가까운 말에 소파 위에서 손을 닦고 있던 아우라는 얌전하게 고개를 숙였다.

"응, 그렇게 듣고 보니 할 말이 없네. 왠지 오늘 밤의 생선 요리는 뻘 냄새가 심해서."

카파 왕국은 대국인만큼 해안을 접하고 있기는 했지만, 왕궁이 있는 수도는 깊숙한 내륙 도시였다. 그 때문에 궁정 식탁에 오르는 생선은 거의 예외 없이 민물고기였다.

일반적으로 민물고기는 바다 생선과 비교하면 뻘 냄새가 나는 경우가 많았다.

하지만 그런 아우라의 변명에 젠지로는 고개를 갸웃했다.

"어라, 그래? 오늘 생선만 특별히 냄새가 났다고는 생각하지 않는데."

일본에서 바다 생선밖에 먹어본 적이 없었던 젠지로는 민물고기를 못 먹는 편이었다. 민물고기에 익숙한 아우라가 신경 쓰일 정도로 냄새가 났다면 자신이 먼저 알아채지 않았을까?

그렇게 생각한 젠지로였지만 미각이나 후각이란 것은 몸 상태에 따라 달라지는 법이다.

크게 앓고 난 직후라서 자신의 후각이 둔해진 것이리라. 젠지로는 멋대로 그렇게 결론을 내리고 더는 추궁하지 않기로 했다.

"원래 난 튀김이나 기름을 많이 쓰고 간이 센 요리는 그다지 좋아하지 않는 편인데…… 어쩐지 오늘은 손이 멈추지 않았어."

오른손에 묻은 바나나칩의 기름을 꼼꼼하게 타월로 닦은 아우라가 그렇게 변명했지만, 당연히 젠지로는 수긍해주지 않았다.

"아니, 나무 접시에 한가득 있던 바나나칩을 그렇게 많이 먹어 놓고, 사실은 별로 좋아하지 않는다고 말해도 전혀 설득력이 없는데."

그렇게 말하고 옆자리에 고쳐 앉은 남편에게 아우라는 불만스럽게 입을 삐죽이며 변명을 거듭했다.

"하긴, 내가 생각해도 설득력이 없긴 한데, 정말이에요. 난 어느 쪽인가 하면 이런 간이 세고 기름기 많은 건 별로…. 싫어하는 건 아니지만, 굳이 찾아서 먹지는 않…… 았었는데."

"알았어, 알았어. 알았으니까, 나머지는 내일 먹자."

소파에 돌아온 젠지로는 달래듯이 그렇게 말하고 바나나칩이 들은 나무 접시에 뚜껑을 덮었다.

"우……"

반론하고 싶었지만, 현재 형세가 불리하다는 걸 이해한 아우라는 더는 항변에 집착하지 않고 화제의 전환을 시도했다.

"아, 참. 나하고 당신의 '결혼반지'를 마법 도구로 만들기 위해 이자벨라 전하에게 맡겼어요. 그리고 그 '구슬'하고 '비즈' 등속도 전하에게 감정을 받았고, 답례로 '구슬' 하나를 전하에게 드렸는데. 미안, 병상에 있는 당신한테 물어보지도 않고."

아우라로서는 꽤나 드문, 노골적인 화제 전환이었지만, 아내를 심하게 놀리는 것에 취미가 없었던 젠지로는 순순히 그 이야기를 받았다.

"아, 별로 상관없어, 그건. 원래 이동에 실패했을 때의 보험 정도로밖에 생각하지 않았던 물건이니까. 그 물건들의 취급이나 처분에 관해서는 아우라한테 맡긴다고 했잖아?"

"으응, 분명히 그렇게 말했지. 고맙게 쓰겠어요. 하지만 구슬에 조금 예상 밖의 높은 가격이 붙었거든. 그 전후 사정을 원래 소유자인 당신한테는 얘기해 둘 필요가 있을 것 같아서."

조금 진지한 표정을 되찾은 아우라는 소파 위에 고쳐 앉고는 담담하게 이야기를 시작했다.

"흐~음, 구슬 한 개가 금화 50닢인가."

아우라의 얘기를 다 들은 젠지로는 조금 요령부득인 눈치였다.

"금화 한 닢이 대략 은화 100닢 정도라고 했지? 하지만 난 이쪽 세계의 통화 가치를 잘 모르니까 금화 50닢이라고 해도 딱 와 닿지는 않는걸."

그도 그럴 것이, 젠지로는 이세계 사람이었다. 게다가 이쪽 세계에 오고 나서는 후궁에 틀어박혀 쇼핑도 외식도 한 적이 없었다.

각 영지의 세금 내역을 컴퓨터의 표 계산 프로그램에 입력하는 작업을 했기 때문에 기본적인 금전 감각은 파악하고 있었지만, 솔직히 말하면 전혀 실감이 나지 않았다.

"금화 50닢이 있으면 하급 귀족이라면 간신히 부끄럽지 않을 정도의 저택을 살 수 있어. 보옥 한 개의 가치가 그 정도라면 파격적인 거죠."

"집 한 채? 그건 정말 굉장한데."

구체적인 예를 들자 젠지로에게도 그 엄청난 규모가 조금 다가왔다.

(집 한 채라니, 일본 엔으로 환산하면 수천만 엔이라는 얘기? 아, 하지만 이쪽 세계에서는 집이나 땅의 가치가 현대 일본만큼은 아닐 가능성도 있겠군.)

일단은 '자신의 예상을 훨씬 뛰어넘는 가격이 매겨졌다'는 정도로만 이해해 두자. 젠지로는 그렇게 생각하고 자질구레한 의문들은 잠시 접어두었다.

"사는 세계가 바뀌면 물건의 가치도 달라질 거라고 어느 정도는 예상했지만, 이건 좀 놀라운데."

"그 말을 듣자하니 그 구슬 등속은 당신 세계에서는 그렇게까지 가치 있는 것은 아닌 모양이네."

흥미진진해하는 아우라에게 젠지로는 아무렇지도 않은 말투로 대답했다.

"응. 값싼 정도가 아니지. 분명하게 말하자면 그건 애들 장난감이야. 한 개에 10엔에서 비싼 것이라 해도 30엔 정도일까. 아, '엔'이라는 건 우리나라의 통화 단위야. 참고로 이쪽 세계와는 물가가 다르니까 단순한 비교는 할 수 없겠지만, 신축한 집은 저렴해도 1천만 엔은 한다고 생각하면 돼."

젠지로의 말에 아우라는 재빨리 머릿속에서 계산하고 신음과도 같은 소리를 냈다.

"그 가치로 계산하면 동화(銅貨)한 닢으로 그 구슬을 두 개 살 수 있다는 계산이 되네."

실제로는, 노동자의 임금으로 비교한 경우와 주식인 쌀이나 보리의 가격으로 비교한 경우, 일반적인 식당에서 식사 한 끼를 하는 비용으로 비교한 경우 등에서 각각 다른 계산 결과가 나오기 때문에 동화한 닢이 곧 20엔이라고 잘라서 말할 수 없었지만, 대충 그런 정도의 비율은 될 것이다.

저쪽 세계에서는 한 알에 10엔 조금 넘는 구슬이 이쪽에서는 금화 50닢. 단순히 계산해도 백만 배다.

"응, 그러니까 좀 놀랐어. 이쪽 세계에서 구슬을 많이 만들어 내면 눈 깜짝할 새에 억만장자가 되는 거 아냐? 아니, 안 되나. 이런 건 희소가치가 중요한 거니까. 대량생산 같은 걸 하면 가치가 무너져서 도루묵인가."

젠지로는 이것도 아니다, 저것도 아니다, 이야기를 계속하고 있었지만, 중간부터 그 말은 아우라의 귀에 전혀 들리지 않고 있었다.

도중에 귀에 들어온 너무나도 충격적인 말에, 아우라는 반쯤 사고가 정지된 채 옆에 앉은 남편의 팔을 잡았다.

"아우라?"

"……기다려, 당신, 지금 뭐라고 했어? 그 구슬을 '만든다'고 말한 거야?"

"아, 응, 그렇게 말했는데……?"

팔을 잡고 형형하게 빛나는 눈으로 이쪽을 보는 아내의 박력에 밀린 젠지로는 소파 위에서 뒤로 쓰러지면서 그렇게 대답했다.

노골적으로 꽁무니를 빼는 젠지로였지만, 지금의 아우라는 전에 없이 그에 대해 배려를 할 여유가 없었다.

아우라는 진지한 표정으로 더욱 젠지로에게 다가왔다.

"그건, 광물이 아닌 거예요? 수정이나 마노같이, 자연에 있는 것을 깎아내는……"

"아, 아니야. 구슬은 유리야. 모래나 석탄 같은 걸 섞어서 인공적으로 만든 물건이야."

"모래에 석탄…… 당신은 그 제조법을 알고 있어?"

거기까지 말하면 아우라가 무엇을 기대하는 것인지 젠지로도 알 수 있었다.

소파 위에서 고쳐 앉은 젠지로는 쓴웃음을 짓고는 고개를 옆으로 저었다.

"무리야, 무리. 유리 제조는 기원전부터 알려진 기술이니까 이쪽 세계에서도 재현할 수 없지는 않겠지만, 상당히 전문적인 지식과 기술이 필요하거든. 나 같은 아마추어가 대충 흉내 내서 재현할 수 있는 것이 아니야."

젠지로의 대답에 아우라는 금세 풀이 죽었다.

"……그런가. 역시 그렇게까지 잘 풀리는 일은 아니라는 건가."

젠지로의 오른팔을 양손으로 잡은 채 아우라는 축 처져서 소파 위에서 고개를 숙였다.

아내가 깊이 실망한 모습에 괜한 죄책감을 느낀 젠지로는 그만 반사적으로 위로의 말을 입에 올렸다.

"아, 하지만 분명히 내가 녹화해 온 DVD 중에 유리 만들기에 도전하는 프로그램이 있었어. 어차피 그걸 봐도 재현을 하기는 어렵겠지만, 한 번 보겠어?"

그 말에 대한 아우라의 반응이 또한 극적이었다.

"볼래!"

"오케이, 알았어. 준비할게."

젠지로는 아내에게 꽉 잡혔던 오른팔에서 아내의 손을 다정하게 풀고 DVD를 세팅하기 위해 일어섰다.

◆

몇 분 뒤, 젠지로와 아우라는 사이좋게 어깨를 나란히 하고 텔레비전을 향해 소파에 앉았다.

텔레비전에 나오고 있는 것은 젠지로가 녹화한 어떤 프로그램이었다. 남자 아이돌 그룹이 마을 하나를 만들어 농사를 짓거나 물건 만들기에 도전한다는 프로그램이었는데, 그중에 유리 공예에 도전하는 회차를 골라 재생했다.

진지한 표정으로 잡아먹을 듯이 화면을 응시하고 있는 아우라 옆에서, 젠지로는 리모컨을 조작해 몇 번이나 일시 정지를 반복하며 프로그램의 내레이션이나 등장인물의 말을 번역, 해설했다.

왜냐하면, 기계에서 나오는 말은 '언령'이 작용하지 않기 때문이다. 젠지로가 통역을 하지 않으면 아우라는 화면 저쪽에서 들려오는 설명을 전혀 이해할 수 없었다.

"그러니까, 유리를 녹이기 위해서는 1,300도 이상의 고온이 필요하다. 따라서 먼저 그 고온에 견딜 수 있는 화로를 만들기 위해 '내화벽돌'을 쌓아서 유리를 녹일 가마를 만든다."

"호오오, 과연. 그 '내화벽돌'인지 뭔지만 해도 충분히 가치가 있을 것 같네. 그런데 1,300도라는 건 얼마나 뜨거운 걸까?"

"에에…… 확실히 전편에서 철을 만들 때, 주철이 녹는 온도가 1,200도라고 말했으니까, 불순물이 많이 섞인 단단한 철이 녹는 온도보다 100도나 높은 온도겠지?"

"세상에! 철을 녹이는 온도보다 높아? 철을 액체로 만들 수 있는 화로는 남대륙에는 없어."

"그렇다는 건 남대륙 이외에는 있는 거야?"

"응, 제철에 관해서는 북대륙이 선진국이에요. 그쪽에는 철을 녹여서 주조하는 기술이 존재한다고 들었어. 우리나라의 철은 전부 단조

(담금질해서 만드는 것)예요. 주조는 동과 은 정도밖에 못 해."

"헤에, 이쪽 세계에도 기술의 편차는 있구나."

진지한 표정으로 화면을 보는 아우라였지만, 젠지로의 설명이 거듭됨에 따라 점점 그 얼굴이 험악해졌다.

"잠깐, 지금 뭐라고 한 거야?"

"그러니까 평범한 점토를 반죽하는 것만으로는 '내화벽돌'을 만들 수 없으므로, 깨진 '내화벽돌'을 빻은 가루를 섞어서 '내화벽돌'을 만든다는데."

"……그러면, 깨진 '내화벽돌'을 구할 수 없을 때는 어떻게 '내화벽돌'을 만들지?"

"글쎄?"

아우라의 심기가 조금 불편해진 가운데 DVD는 계속 재생됐다.

잠시 후 또 젠지로의 설명을 들은 아우라가 날카로운 목소리로 물었다.

"잠깐, 저게 무슨 말이야?"

"아니, 그러니까 '내화벽돌'을 구울 때는 상당한 고온이 필요하니 '내화벽돌'을 굽기 위한 가마를 특별히 만든 거야."

"그 가마는 뭘로 만든 거라고?"

"다른 데서 구해 온 '내화벽돌'로."

"……그러면 '내화벽돌'을 구할 곳이 없을 때는 어디서 구우면 되는데?"

"글쎄?"

더욱 심기가 불편해진 아내 옆에서 젠지로는 조금 조마조마한 심정으로 설명을 계속했다.

　사실, 그렇게 화를 내면 곤란했다. 이건 어디까지나 텔레비전의 오락 프로그램을 녹화한 것에 불과할 뿐 본격적인 유리 공예의 제조 매뉴얼이 아니다. 이 영상만 보고 재현할 수 있을 정도로 유리 제조라는 기술은 쉽지 않다고 사전에 분명히 말해 뒀는데, 아우라에게 제대로 전달되지 않았던 모양이다.

　역시 유리란 것은 만들 수 있는 물체다, 라는 기대감이 지나치게 컸던 것일까.

　하긴, 불만을 느끼는 아우라의 기분도 이해할 수 있었다.

　'내화벽돌'을 만드는 법의 설명이란 게 잘게 부순 '내화벽돌'을 섞은 점토를 틀에 넣고, '내화벽돌로 만들어진 가마에서 천천히 굽는다'는 이야기니, 누가 봐도 뭐라고 한마디 해 주고 싶어지는 설명이었다.

　'내화벽돌 만드는 법' 매뉴얼의 준비물 목록에 '내화벽돌'이라고 적혀 있는 셈 아닌가. 확실히 이건 좀 너무하지 않은가.

　"그러니까, 맨 처음에 '내화벽돌'을 만들 때는 '내화벽돌'을 사용하지 않았을 것 아니에요? 그 만드는 법은 나오지 않는 거야?"

　"없어."

　"으.으.으……."

　전에 없이 불편한 심기를 전면에 드러내는 아우라의 등을 젠지로는 리모컨을 들고 있지 않은 손으로 통통 두드렸다.

　"진정해, 여보."

"무리에요, 서방님."

"워워."

"멍멍."

일일이 젠지로의 농지꺼리에 대응해 주는 것을 보아하니 아우라도 진심으로 기분이 상하지는 않은 모양이었다.

"그래서, 어떡할 거야? 어차피 도움이 되지 않을 거면 이쯤에서 중단할까?"

곁눈질로 시계를 확인한 젠지로가 그렇게 제안했지만, 아우라는 조금 생각한 후 고개를 가로저었다.

"……아니, 모처럼이니까 끝까지 볼래. 어쩌면 어딘가에 돌파구가 있을지도 몰라."

"없을 것 같은데."

젠지로의 중얼거림은 작았기 때문에 옆에 앉은 아우라의 귀에까지 들리지는 않은 것 같았다.

시계가 가리키고 있는 시각은 평소였다면 벌써 사이좋게 침실에 들었을 시간대였다.

병상에 누워 있던 관계로 이 7일 동안 줄곧 혼자서 자야 했던 젠지로는 오늘 밤을 무척이나 기대하고 있었건만, 어쩌면 하룻밤을 더 '대기'해야 할 판국이 된 건지도 몰랐다.

(뭐, 할 수 없지. 우리 색시가 어디 도망가는 건 아니니까.)

"그럼, 계속해 줘요, 서방님."

"……오케이, 여보."

아우라에게 들키지 않는 각도에서 쓴웃음을 흘린 젠지로는 애처의 등에 두른 손을 어깨로 이동시키고는 꽉 하고 아내의 몸을 끌어당기며 프로그램의 번역과 설명을 계속했다.

———◆———

다음 날 오후.

여왕 아우라는 왕실 주치의인 미셸 의사 앞에 앉아 그 풍만한 가슴을 크게 풀어헤치고 얌전하게 앉아 있었다.

"실례하겠습니다, 폐하. 여기를 이렇게 누르면 무엇인가 느껴지십니까?"

"으응, 조금 당기는 것 같아."

"그러면 이쪽은?"

"아니, 거기는 특별히 아무 느낌도 없어."

가슴께를 드러낸 육감적인 미녀와 그 몸을 촉진하는 초로의 남자. 언뜻 보면 선정적인 광경이었지만, 섹시한 상황을 연상하기에는 아우라의 모습이 너무 당당했고, 미셸 의사는 어디까지나 일에 몰두하고 있었다.

이윽고 아우라의 촉진과 문진을 마친 미셸 의사는 한 번 끄덕이고는 아우라에게 고했다.

"예, 아우라 폐하. 이제 앞을 여미셔도 됩니다."

"흠. 그래, 미셸. 어때, 뭔가 알아냈나?"

드레스의 어깨끈을 고쳐 매면서 묻는 아우라에게 미셸 의사는 잠시 그 흰색이 섞인 눈썹 사이에 주름을 모으며 생각한 후, 질문에 대답했다.

"폐하, 마지막으로 한 번 더 확인하겠습니다. 맨 처음에 자각한 몸의 불편함은 미열이 있는 것 같은 느낌이었다고 하셨죠?"

"그래. 그다음엔 의자에서 일어날 때 현기증처럼 시야가 흔들렸어."

"요 며칠 미각이나 후각에 변화를 느끼신다고?"

"응. 생선이 유독 뻘 냄새가 나거나 지금까진 그다지 좋아하지 않았던 간이 센 음식이 굉장히 먹고 싶어지거나 해."

"그리고 하복부에 약간 당기는 느낌이 있고요?"

"음, 거긴 자네의 촉진을 받을 때까지는 자각이 없었지만."

"그리고 '달거리'는 벌써 두 달쯤 오지 않고 있고요?"

"으응, 하지만 내 '달거리'는 원래 불규칙하니까. 지난 대전 때 전장에서는 반년 가까이 오지 않은 적도 있었어."

대답하는 아우라가 미셸 의사를 쳐다보는 눈동자에는, 어떤 종류의 기대감이 가득 차 있었다.

처음엔 가벼운 컨디션 불량 정도를 생각하며 의사를 부른 아우라였지만, 이렇게 미셸 의사의 문진을 받고 있으니, 그가 무엇을 말하려하는지 대충 감이 왔다.

임신.

이 초로의 의사는 아우라의 몸이 안 좋은 원인이 그것이라고 생각하고 있는 것이다.

생각해보면, 지극히 당연한 일이었다. 아우라가 젠지로와 몸을 섞기 시작한 지 어언 수개월. 임신의 징조가 나타난다 해도 아무런 이상한 일이 아니었다.

카파 왕가에서 유일하게 살아남은 아우라에게 있어서 자신의 핏줄을 잇는 아이를 낳는 것은 의무이자 희망이기도 했다.

"그래서, 어떤 거야, 미셸?"

아우라는 의자 위에서 몸을 내밀듯이 하며 노의사의 말을 기다렸다.

미셸 의사는 케헴, 하고 한 번 헛기침하고는 결론을 말했다.

"확실하게는 말씀드리지 못합니다만, 제 소견으로는 회임의 가능성이 지극히 높다고 생각됩니다. 단, 회임이라고 하면 이제부터 가장 유산되기 쉬운 시기에 들어가므로 조심하셔야 합니다."

임신 검사약 따위 존재하지 않는 이쪽 세계에서는 배가 부르지 않은 단계에서 임신을 특정하는 것이 어려웠다. 아우라처럼 생리가 불규칙한 여성이라면 특히 그랬다.

단언은 하지 않았지만, 어딘가 확신을 느끼게 하는 노의사의 말에 아우라는 만면에 웃음을 지었다.

"호오, 그래! 하지만 이 미각의 변화가 임신에 의한 것이었다니 말이야. 난 줄곧 임신 중에는 과일 종류가 먹고 싶어지는 줄로만 알았는데.”

“그건 가장 일반적인 미각의 변화일 뿐이고, 실제로는 사람마다 다릅니다. 폐하처럼 기름진 것이나 간이 센 음식이 먹고 싶어지는 분도 있는가 하면, 끊임없이 단것만 먹고 싶어지는 분도 계십니다. 더 나쁜 경우는 술이 마시고 싶어지는 분도 계셨고, 가장 손을 쓰기 어려운 경우로는 입덧과 더불어 '아무것도 먹고 싶지 않다'는 분도 계셨습니다.”

“그 말을 듣자하니, 역시 임신 중에는 술을 피하는 편이 좋은 건가?”

특별한 미각의 변화가 없다 하더라도 원래 술을 좋아하는 아우라는 조금 입가를 비틀며 그렇게 확인했다.

아우라의 말에 미셸 의사는 씰룩, 하고 그 온후한 얼굴을 찡그리며 입을 열었다.

“당연합니다. 그 밖에도 주의사항은 많이 있습니다. 애초에 폐하는 평소에도 조금 음주량이……”

“알았어, 알았어. 내 아이를 위해 일체 따르지. 뭐든지 말해 줘.”

다가서는 의사에게 아우라는 쓴웃음을 지으며 항복했다는 듯이 양손을 들어 올리는 것이었다.

--------◆--------

“에~ 임신? 정말?”

그날 밤, 아내의 입에서 임신 이야기를 들은 젠지로의 반응은 한마디로 경악이었다.

비유가 아니라, 소파 위에서 벌떡 일어난 젠지로는 그대로 방 입구에 오도카니 서서 미소 짓고 있는 아우라에게 다가가 조금 떨어진 곳에서 아우라의 복부를 응시했다.

아우라는 기쁨의 미소를 떠올린 채 자신의 복부를 오른손 손바닥으로 쓰다듬으며 천천히 발걸음을 옮겨 소파로 향했다.

"뭐, 아직 확정은 아니에요. 그럴 가능성이 높다는 것뿐. 난 '달거리'가 불규칙한 편이거든. 주치의 미셸도 단언은 할 수 없다고 하고. 물론 그 가능성이 높은 이상 이제부터 나는 이 뱃속에 아이가 있다는 전제하에 움직일 거예요. 당신도 조금 불편해지겠지만, 협력을 부탁해요."

"그, 그야 물론. 응, 내가 할 수 있는 일이라면."

소파에 앉는 아우라에게 그렇게 대답한 젠지로였지만, 남자들이 대개 그렇듯이, 이 시점에서는 아직 자신이 아버지가 된다는 실감을 하지 못하고 우왕좌왕할 뿐이었다.

평소라면 당연하다는 표정을 짓고 아우라 옆에 앉았을 젠지로가 얌전한 얼굴로 맞은편 소파에 앉았다.

어제까지는 아무렇지도 않게 그 어깨를 껴안고 잠자리에서는 깔아 눕혔던 아내의 몸이, 갑자기 깨지는 물건처럼 섬세한 존재로 느껴졌다.

명백하게 동요를 보이는 남편의 모습에 아우라는 조금 웃었지만 언제나처럼 옆에 앉을 것을 권유하지는 않았다.

이러쿵저러쿵해도 아우라 자신이 첫 경험이다. 각자의 심경 따위 비교할 것이 아니지만, 젠지로보다 긴장하고 있을지도 몰랐다.

"솔직히 나 자신도 뭘 해야 할지 모르겠으니까. 지금은 이래라저래라 할 것이 없네."

"아, 응, 그렇겠네. 그렇구나, 아기인가."

각오는 했었다. 애초에 아우라가 젠지로에게 세계를 초월해 구혼한 가장 큰 이유가 '다음 세대에 핏줄을 남긴다'는 것이었으므로, 의식하지 않는 편이 이상했다. 하지만 이렇게 막상 그 상황이 되고 보니, 뭐라고 말로 표현하기 어려운 충격에 휩싸이는 것이었다.

기쁨과 불안이 중압감이 되어 찍어 누르는 것 같은 압박감. 기쁘지 않은 것이 아닌데도, 이 상황에서 도망치고 싶어지는 긴장감.

무릎 위에서 양손을 꽉 깍지 끼고 있던 젠지로는 손가락이 긴장으로 차갑게 굳어졌다는 것을 깨달았다.

젠지로는 차갑게 식은 손가락을 덥히기 위해 양손의 손바닥을 비비면서 긴장을 감추려는 듯이 적당한 질문을 던졌다.

"하지만 그렇게 되면 오늘부터는 함께 자기도 어렵겠네. 밤일이 일시적으로 금지되는 건 물론이겠지만, 그 이전에 내 잠버릇이 좋은 편이 아니라."

젠지로와 아우라가 평소에 함께 자는 침대는 도심의 원룸 맨션보다 넓은 무지막지한 물건이었지만, 두 사람은 그 한가운데에서 몸을 붙이고 자는 게 습관이었다.

지금까지도 아침에 일어나 보면 손과 발이 아우라의 몸 위에 올라가 있던 경우가 몇 번인가 있었다. 팔이나 다리 한두 개가 올라갔다고 해서 그렇게 간단하게 유산될 가능성이 높아지리라고 생각하지는 않았지만, 비록 단 1퍼센트라도 피할 수 있는 위험은 피해야 할 것이다.

　젠지로의 그런 말에 계속 웃음을 짓고 있던 아우라의 표정이 움찔하고 움직였다.

　일단 웃음을 거두고 진지하게 표정과 자세를 가다듬은 아우라는 천천히 입을 열었다.

　"그렇네. 확실히, 임신했을 가능성이 있는 지금 상황에서, 침대를 함께 쓰는 것은 조금 위험이 따른다고 의사도 말했어요."

　그렇게 말하는 아우라의 말투에는 조금 남편의 반응을 살피는 기색이 서려 있었지만, 그것이 굉장히 희미했기 때문에, 긴장과 놀라움으로 제정신이 아닌 지금의 젠지로는 눈치챌 도리가 없었다.

　"그렇다면, 함께 자는 건 안 되는 건가. 오늘 밤은 할 수 없으니까 다른 방에서 자는 걸로 하고, 내일 낮까지 침실에 침대를 하나 더 들여놓을까. 내일부터 난 그쪽 침대에서 잘게."

　임신했을 가능성 때문에 성교를 할 수 없는 상태가 된 아내와 같은 방에서 자기 위해 침실의 배치를 바꿀 것을 제안하는 남편.

　아내로서 그 말은 굉장히 매력적이었지만, 아내이기 이전에 여왕인 아우라는 그 제안에 대해 곧바로 동의를 표할 수는 없었다.

　"당신은 정말 그걸로 괜찮은 거예요?"

　진지한 표정으로, 아우라는 그렇게 젠지로에게 물었다.

"어?"

아우라가 한 말의 의미를 이해할 수 없었던 젠지로는 얼빠진 목소리를 내며 고개를 갸웃했다.

LED 스탠드 라이트의 하얀 조명이 비추는 남편의 얼굴을 주시하며 거짓말을 간파해 내기 위해 신경을 곤두세운 아우라는, 이번엔 좀 더 직접적인 말을 부딪쳐 왔다.

"앞으로도 나를 침실에 불러들이겠다는 말은, 내가 임신한 중에도 '나 외의 여자'를 침실에 부르지 않겠다는 의미인데?"

그렇게까지 분명하게 말하니, 머리 회전이 잘되지 않는 지금의 젠지로도 무슨 뜻인지 이해할 수 있었다.

요컨대 아우라는 자신이 몸이 무거워져 있는 동안 젠지로가 자신 외의 여자에게 손을 댈 가능성을 시사하고 있는 것이다.

(아, 그런가. 일단 나도 왕족이니까. 원래대로라면 아우라 이외에 아내가 있어도 이상하지는 않다, 는 얘기?)

카파 왕국의 왕족으로서 아내를 한 명밖에 두지 않는 남자는 지극히 소수에 불과하다는 것을 젠지로도 몇 개월 전에 배워서 알고 있었다.

지금까지는 여왕 아우라와의 사이에 '카파 왕가의 혈통이 진한 정통 계승자'를 만든다는 최대의 임무가 존재했기 때문에 부부가 오붓하게 지낼 수 있었지만, 정작 아우라가 몸이 무거워 성교를 할 수 없는 상태가 되면 작업을 걸어오는 여자——정확히 말하면 여자를 내세운 유력 귀족——이 반드시 나타날 것이었다.

자신이 처한 처지를 이해한 젠지로는 노골적으로 눈썹을 찡그리고 당장에라도 혀를 찰 것 같은 말투로 대답했다.

"나한테는 당신의 뱃속에 내 아이가 있는 상태에서 다른 여자에게 한눈을 팔 주변머리 따위 없다고. 그렇다기보다 나, 아우라가 무사히 출산할 때까지 당신과 아기 외의 것을 생각할 여유 따위 없을 걸, 아마도."

젠지로의 말은 조금 과장하긴 했지만 80퍼센트는 진실이었다. 지금은 그렇다 치고, 앞으로 출산까지의 긴 시간 동안 계속 아우라의 몸 상태를 걱정할 거라는 건 아무래도 좀 말이 과했지만, 만약 만에 하나 측실을 들인다고 해도 측실과 잠자리를 할 때 젠지로의 뇌리를 아우라의 얼굴이 가로지를 것만은 틀림없었다.

이건 현시점에서는 그저 예상에 불과했지만, 확신을 품고 단언할 수 있는 예상이었다.

듣기에 따라서는 정열적인 사랑의 고백으로도 들리는 젠지로의 말에 아우라는 뺨이 누그러지려는 것을 의지력으로 견디고, 진지한 표정을 유지한 채 말을 받았다.

"하지만 현실적인 문제로서 나의 임신이 확정되고 그것이 공공연한 사실이 되면 그 시점에서 틀림없이 유력 귀족들의 움직임이 있을 거예요. 그 경우 정당성은 거절하는 당신이 아니라 밀어붙이는 귀족들한테 있을 거고."

"그건, 뭐, 그렇겠지만…… 저기, 아우라. 아우라가 나한테 말했었지? '조금쯤은 더 이기적인 요구를 해도 좋다'고. 그러면 내가 '그런 건 싫다'고 억지를 부린 걸로 하고, 그 억지를 받아들였다고 하면 안 될까?"

지금까지 언제나 아우라의 처지를 배려해 답답할 정도로 원하는 것을 말하지 않던 남편이 처음으로 부린 억지. 그 내용은 '측실의 거부'라는 예상치도 못한 것이었다.

아우라는 그 '남편의 억지'에 몸의 심지가 뜨거워지는 것 같은 기쁨을 느끼면서도 곤혹스러움을 감추지 못했다.

"당신이 그렇게까지 말하다니. 그렇게 싫어요?"

젠지로는 검은 가죽 소파 위에서 한 번 고쳐 앉고는 정면으로 아우라의 눈을 바라보며 고개를 끄덕였다.

"글쎄, 싫은지 좋은지 두 가지 중에서 대답하라고 한다면 싫어. 싫은지 좋은지, 아무래도 좋은지의 세 가지 중에서 대답하라고 해도 역시 대답은 싫어. 나도 아우라와 결혼한 시점에서 왕족으로서 의무가 발생한다는 건 이해하고 있었으니까, 내가 거부함으로써 아우라나 나라에 막대한 불이익을 초래할 정도라면 어떻게든 받아들이려고 노력하겠지만…… 솔직히, 그다지 잘 해 나갈 자신은 없어."

"흠. 당신이 그렇게까지 결벽한 사람이라고는 생각하지 않았는데."

그런 아우라의 평가를 젠지로는 쓴웃음을 지으며 얼굴 앞에서 손을 저어 부정했다.

"아니, 특별히 결벽하기 때문이 아니야. 예를 들면, 난 전에 1년 좀 넘게 애인을 사귄 적이 있었는데, 만약 그때 아우라에게 소환돼서 구혼을 받았다면 아마 나는 손바닥 뒤집듯이 아우라로 갈아탔을 거라고 생각해. 만약 저쪽 세계와 이쪽 세계를 자유롭게 왕래할 수단이 있었다면 양다리를 걸쳤을지도 몰라. 그러니까 특별히 내가 결벽한 것은 아니야. 아까도 말했듯이 이건 단순히 떼를 쓰는 거야. 제3자에게 떠밀려 좋아하지도 않는 사람을 측실로 들여서, 모처럼 잘 돼가고 있는 당신과의 관계가 틀어지는 것이 싫을 뿐이야."

약간 위선이 섞인 말로 젠지로는 그렇게 아우라의 과대평가를 부정했다.

"관계가 틀어지지는 않겠죠. 확실히 당신이 다른 여자와 살을 섞는다면 좋은 감정은 들지 않겠지만, 그걸 표면에 드러내지 않을 정도의 양식과 왕족으로서 의무를 알고 있으니까."

의외라는 듯이 그렇게 반론하는 아우라에게 젠지로는 좀 화가 난 얼굴로 받아쳤다.

"내가 틀어진다고. 밤에 바람을 피워 놓고 낮에 당신 곁에 가서 '뱃속의 아이는 어때?'라는 둥, 죄책감도 없이 얼굴을 들이밀 수 있을 만큼 난 낯짝이 두껍지 않아."

"음……"

아우라는 대답할 말을 잃었다.

이건 예상했던 것 이상의 강한 반발이었다. 그보다, 애초에 젠지로가 이 제안에 반발할 거라는 것 자체를 예상하지 못했다. 평상시라면 몰라도 정실이 임신 중임에도 측실을 취하기를 거부한다는 것은, 직계 왕족으로서는 굉장히 괴짜 축에 속하는 것이다.

(그렇구나…… 어느 틈엔가 난 이세계의 일반인이었던 서방님이 이쪽 세계

의 귀족과 똑같은 가치관을 가지게 됐다고 상정해 버린 것 같군)

아우라는 그렇게 생각하고 자신의 남편이 일반적인 내력을 가진 사람이 아니라는 것을 다시 한 번 인식했다.

그것은 어떤 의미에서 젠지로에게 응석을 부리고 있었다는 얘기가 된다.

상세한 설명이나 설득이 없어도 남편이 이쪽의 처지를 이해하고 제안을 받아줄 거라고, 무의식중에 생각하고 있었다는 것이니까. '응석'이었다고 해도 부정할 수가 없었다.

(잘못했군. 입으로는 '조금 더 필요한 걸 요구하라'고 말한 주제에, 내심 어떤 요구도 하지 않는 남편의 태도를 '당연한 것'으로 여기고 있었다니……)

아우라는 반성의 마음을 깊이 새기기 위해 눈을 감고 작고 가늘게 한숨을 뱉었다.

예상 밖의 형태였지만 모처럼 남편이 한 첫 요구였다. 가능하면 들어주고 싶다. 게다가 그 내용이 '측실의 거부'이므로, 심정적으로는 아우라도 크게 기뻐하며 받아들이고 싶은 '억지'였다.

그러나 현실은 어떨까? 현재의 왕실과 유력 귀족 간 권력 구도를 냉정하게 돌아봤을 때, 여기서 측실을 걷어차는 것은 과연 허용범위 안의 '억지'로 무마될 수 있을 것인가.

최악의 경우는 그것이 젠지로의 요구가 아니라 아우라의 요구라고 오해를 받는 것이었다.

그리고 그 가능성은 충분히 높았다. 아우라와 젠지로의 처지를 생각하면 측실을 거절하는 것은 아우라 쪽일 테니까.

아우라가 남편의 의사를 무시하고 측실을 거절했다고 주위의 오해를 사면 그 악평은 치명적이라고까지는 할 수 없어도 꽤 큰 상처가 될 것이었다.

이윽고 눈을 뜬 아우라는 침착한 말투로 고했다.

"알았어요. 가능한 한 당신의 의사를 존중하는 형태로 결론을 짓도록 할게. 그건 약속하지. 하지만 난 여왕이에요. 비록 가족과 한 약속이라고 해도 나라에 간과할 수 없는 커다란 불이익이 생긴다고 판단하면 짓밟을 수도 있어. 그건 각오해 줘요. ……미안."

진실한 표정으로 작게 머리를 숙인 아우라에게 젠지로는 이날 처음으로 늘 그녀에게 향하던 부드러운 미소를 보여주었다.

"……알고 있어. 그렇게까지 심각하게 받아들이지 않아도, 나도 내가 처해 있는 처지를 머릿속에서는 이해하고 있으니까. 자, 너무 풀이 죽어 있으면 뱃속의 아이에게 해로울지도 몰라."

젠지로의 말에 머리를 든 아우라는 표정을 누그러뜨리고 남편의 말을 받아들였다.

"그래, 알았어요. 그러면 시간도 늦었으니까 오늘 밤은 이 정도로 해둘까."

그렇게 말하고 아우라는 소파에서 일어났다.

순간 눈이 동그래져서 고개를 갸웃한 젠지로였지만, 곧 아우라의 뜻을 알아챘다. 오늘 밤부터는 같은 침대에 들지 않기로 정한 것이다. 지금부터 침실에 예비 침대를 넣을 시간적 여유가 없는 만큼, 오늘 밤 젠지로와 아우라는 다른 방에서 자는 방법밖에 없었다.

하룻밤 정도는 같은 침대에서 자도 괜찮지 않을까, 라는 말이 목구멍까지 튀어나왔지만, 젠지로는 그 생각을 애써 삼키고 일어났다.

아우라가 무사히 아이를 낳는 것이야말로 젠지로에게 주어진 유일하고도 가장 큰 의무다. 그것을 방해하는 일 만큼은 절대로 해서는 안 되었다.

"그런가. 그럼, 조심해. 가능한 한 배를 차갑게 하지 말고."

"알고 있어요. 의사한테 잔소리를 잔뜩 들었으니까. 술은 안 된다, 오래 목욕하는 것도 안 된다, 혼자서 목욕하는 건 물론이고, 잠버릇에도 조심하라고. 이렇게까지 속박을 당해 놓고, 만약 임신이 아니면 난 아마 기운이 빠져서 당분간 일어서지도 못할 거야."

"아하하, 그만큼 소중하다는 거야, 아우라와 그 아기가."

그런 대화를 나누면서 아우라는 젠지로의 배웅을 받으며 입구의 문까지 걸음을 옮겼다.

6개 있는 LED 스탠드 라이트는 소파를 중심으로 한 생활공간을 에워싸듯이 배치해 놓았기 때문에, 이 주변은 어두침침했다.

"그럼."

그 어둠 속에서 아우라는 문의 손잡이를 잡기 전에 한 번 남편 쪽으로 방향을 틀어 그 양팔을 남편의 목에 둘렀다.

"응, 잘 자."

그 포옹을 순순히 받아들인 젠지로는 아내의 등과 허리에 손을 두르고 그 육감적인 갈색 몸을 끌어당겨 가볍게 입맞춤을 나눴다.

"음……"

"음…… 으음……. 잘 자요."

잠시 서로의 체온을 음미하듯이 포옹과 입맞춤을 나눈 후, 아우라는 아쉬워하는 미소를 남기고 방에서 나갔다.

◆

남편에게 밤 인사를 건넨 여왕이 향한 곳은 다른 침실이 아니라 왕궁에 있는 어느 방이었다.

"어서 돌아오십시오, 폐하. 결과는 어땠습니까?"

어두운 방 안을 서성이고 있던 좁은 얼굴의 중년 남자는 그렇게 말하고 공손하게 머리를 숙였다.

"어둡군. 좀 더 불빛을 늘려."

아우라는 쌀쌀맞은 말투로 그렇게 말하고 등나무를 엮어 만든 의자에 평소와 같은 기세로 앉으려다가 문득 생각났다는 듯이 움직임을 멈추고 살며시 앉았다.

"예, 잠시 기다리십시오."

피비오 비서관이 기름 접시의 불꽃을 촛대의 초에 옮겨 붙이는 동안, 아우라는 의자의 등받이에 기대 위를 올려다보며 이야기를 시작했다.

"일단은 서방님에게 회임했을 가능성과 그 후에 일어날 측실 문제에 관해 얘기해 뒀어. 단, 서방님이 좀 예상 밖의 '요구'를 해서."

"호오? 거참 드문 일이로군요. 어떤 것입니까?"

"뭐, 어려운 일은 아니야. 간단히 말하면 서방님은 가능한 한 측실을 들이고 싶지 않다는 거야. 왜냐하면……"

스윽, 방심하지 않고 눈을 가늘게 뜨는 비서관에게 아우라는 툴툴 대는 말투로 조금 전에 후궁에서 남편과 나눈 대화의 내용을 이야기 하기 시작했다.

"과연, 요컨대 측실과 몸을 섞는 것보다 몸을 섞을 수 없는 폐하와 같은 침실을 쓰는 편이 좋다, 라는 것이군요. 이거야 원, 폐하, 사랑받고 계시는군요."

일련의 설명을 다 들은 비서관은 다분히 놀리는 투의 말을 주군에 게 날렸다.

"그래. 덕분에, 이 이상 없을 만큼 행복한 신혼생활을 만끽하고 있고말고. 하지만 그렇기에 지금은 반성해야 해. 난 '이해심이 많은 서방 님'을 지나치게 당연한 존재로 받아들이고 있었는지도 몰라."

"그렇군요. 설마 이런 형태로 젠지로 님이 '고집'을 부리실 줄이야 상상도 하지 못했습니다. 저조차도 그분의 넓은 아량에 익숙해지기 시작한 참이었던 건 사실입니다."

아우라의 말에 비서관은 싸악, 표정을 지우고 작게 끄덕여 보였다.

"하지만 묻지도 따지지도 않고 측실을 거추장스럽게만 여길 정도로 폐하를 사랑하는 남성이 계실 줄이야."

"파비오, 하고 싶은 말을 확실히 해."

반쯤 뜬 눈으로 의자 위에서 노려보는 여왕에게 비서관은 직립 부동인 채 작게 어깨를 으쓱하고 대답했다.

"아니요, 단지 '제 눈에 안경'이라고 생각했을 뿐, 다른 의미는 없습니다."

"……그 이상 다른 의미가 있으면 가만둘까 보냐. 지나치게 무례하군, 파비오."

"어이쿠, 그럼 폐하는 자신이 남자들에게 인기가 있는 편이라고 생각하십니까?'

"뭣……"

일부러 그러는 것처럼 물어 오는 비서관에게 아우라는 사나운 노여움의 표정을 지어 보였지만 반론을 하기는 어려웠다.

원래 남성 중심 사회로, 남존여비의 경향이 강한 카파 왕국에서는 아무리 미인에 스타일이 좋아도 아우라처럼 기가 센 여자는 그다지 환영받지 못했다.

아우라에게도 그런 자각은 있었다. 자신의 외모나 성격에 불만이 있는 건 아니지만, 옥타비아 부인처럼 전형적인 '남자가 좋아하는 여자'를 보면 조금은 짚이는 데가 없지 않았다.

형세의 불리함을 깨달은 아우라는 케헴, 하고 한 번 헛기침하고는 화제를 되돌렸다.

"뭐, 어쨌든 이번 건은 좋은 기회야. 나도 조금은 서방님을 과대평가했던 것 같으니까. 서방님은 본인이 말한 대로 확실히 평민 출신이야. 왕후 귀족의 가치관이나 생활방식을 이해할 수 있을 만큼의 지식과 이해력을 갖추고 있는데다가, 이쪽의 가치관에 맞춰 주는 이성과

관용까지 지니고 있어서 오해하고 말았지만, 그 인격을 이루는 근저의 가치관은 우리와는 크게 달라."

"그런 것 같군요. 왕족, 귀족이라면 측실의 존재 정도는 '당연한 것'으로 받아들이지 않으면 안 됩니다만."

애초에 직계 왕족이 측실을 취하는 것을 '바람'이라고 표현하는 것 자체가 근본적으로 틀렸다. 측실은 엄연히 두 번째 '아내'다. 아내와 관계를 가지는 것을 바람이라고 표현하는 사람이 세상 어디에 있단 말인가.

"거기까지 서방님에게 요구하는 건 지나친 만용이야. 저렇게나 분별력이 좋고 이쪽의 처지를 전면적으로 이해해 주는 서방님이잖아. 하나부터 열까지 이쪽의 이상대로 움직여주는 신랑을 처음엔 기대도 하지 않았잖아."

아우라의 말에 비서관은 동의를 표했다.

"그건 확실히 그렇습니다만, 측실을 들이는 것을 거부하는 행동은 지금 상황에서는 젠지로 님의 고집으로 받아들여지지 않을 겁니다. 폐하의 억지라고 여겨서, 질투에 사로잡힌 여왕 아우라가 젠지로 님에게 여자를 붙이지 않고 있다며 수군댈 것이 뻔합니다."

"그건…… 알고 있어."

아픈 곳을 찔린 아우라는 오른손 중지와 엄지로 양쪽 관자놀이를 누르며 커다랗게 한숨을 쉬었다.

카파 왕국에서 '남편을 받들지 않는 여자'라는 악평은 무시할 수 없을 만큼 큰 대미지가 된다. 특히나 아우라는 여왕으로서 어떻게 해서든 피하지 않으면 안 되는 악평이었다.

"무리해서라도 그 고집을 받아주려고 한다면, 젠지로 님이 어느 정도 앞에 나서서 적극적으로 억측을 깨부숴 주실 필요가 있을 겁니다."

즉, 앞으로 좀 더 젠지로가 사교계 등에 얼굴을 내밀어 그가 맹목적으로 아우라를 사랑하고 있으며, 그녀 외의 여자는 눈에 들어오지도 않는다는 것을 젠지로 자신의 입으로 설명해야 한다고 말하는 것이다.

그건 아우라의 평판을 지키기 위해 젠지로의 평판을 떨어뜨리라고 말하는 것과 같았다.

"……결국은, 서방님에게 폐를 끼칠 수밖에 없나."

얼굴을 찡그린 아우라에게 비서관은 무표정인 채 냉정하게 대답했다.

"방법이 없습니다. 이미 폐하의 회임 소문은 온 왕국에 퍼졌습니다. 주요 유력 귀족들이 득달같이 면회를 신청하고 있는 상황에서, 그 모든 신청을 거절하려면 그 정도의 고생은 해 주셔야지요."

파비오 비서관의 말에 아우라는 쳇, 하고 혀를 찼다.

"벌써 그렇게 퍼진 거야?"

각오는 하고 있었지만, 발 없는 말이 천 리를 가는군.

그만큼 여왕의 회임에 모두가 주목하고 있었다는 얘기일 것이다. 정통성이 있는 혈통을 가진 자라면 측실을 보내는 데 주저할 필요가 없었다.

    계속 한숨을 쉬는 아우라에게 파비오 비서관은 문득 생각났다는 듯이 다른 얘기를 시작했다.

    "아아, 면회라니 생각났습니다만, 궁정 기사인 나탈리오 말도나도가 젠지로 님에게 면회를 요청했습니다."

    비서관의 말에 아우라는 조금 놀라서 성량을 높였다.

    "나탈리오? 처음 듣는 이름인데, 어떤 용건이지? 서방님은 원칙적으로 후궁을 나오지 않아. 웬만한 일이 아닌 한 남자에게 서방님의 면회를 허가할 수는 없어."

    "그게, 젠지로 님에게서 하사받은 '용궁'의 답례를 직접 전하고, 다시 한 번 젠지로 님에게 충성을 맹세하고 싶다고."

    "아아, 과연. 그 파티 때의 일인가."

    전후 사정을 떠올린 아우라는 그거라면 어쩔 수 없지, 하고 이해했다.

    푸죠르 장군이 젠지로에게 주려고 했던 '용궁'이라는 진상품. 그걸 젠지로는 재치있게 '그 활을 사용하기에 합당한 역량과 충성을 겸비한 기사에게 빌려 준다'는 말로 무마했던 것이었다.

    푸죠르 장군은 그 말대로 장래성이 있는 기사에게 '용궁'을 전달한 것이리라.

    다섯 자루에 전투용 기룡 한 마리의 가치를 가진 '용궁'을 하사받은 기사가 젠지로에게 예를 표하고 싶다고 신청한 것은 지극히 당연한 순서였다.

    "그러면 그 나탈리오라는 기사는 문제없는 인물인가? 서방님은 '왕가에 대한 충성'이 두터운 사람에게 전하라고 명했잖아?"

만약 '충성'의 방향이 왕가가 아니라 푸죠르 장군을 향하고 있는 인물이라면 절대로 면회를 시킬 수는 없는 노릇이었다.

어깨에 힘을 주고 묻는 아우라의 말을 비서관은 냉정하게 부정했다.

"아니요, 그 정도는 푸죠르 장군도 분별하겠지요. 나탈리오 기사의 말나도 가문은 신분은 낮지만, 유서 깊은 왕가의 측근 가문입니다. 본인도 지극히 품행이 방정하므로 나탈리오 기사 자신에게 문제는 없다고 봅니다. 단, '용궁'을 하사받은 만큼 푸죠르 장군에게 좋은 감정을 품게 되기는 했겠지만, 그렇게 간단하게 휘둘리지는 않을 것입니다."

"하지만 그 말은, 아직 뭔가 더 있다는 말인 것 같은데? 나탈리오 기사 자신에게는 문제가 없어도 그 주변에는 뭔가 문제가 있다, 그건가?"

아우라의 말에 비서관은 순순히 긍정했다.

"네. 추측하신 대로입니다. 나탈리오 기사에게는 나이가 찬 여동생이 있습니다. 이름은 케이트. 그녀도 인격적으로 문제는 없는 인물입니다. 상당히 아름답고 총명하고 오빠와 마찬가지로 왕가에 대한 충성심이 두터운 아가씨입니다. 단, 문제는 그녀가 젠지로 님이 계시는 후궁에서 일하고 있다는 점이지요."

"…………"

그 대답에 천하의 아우라도 머리를 감싸 쥐었다.

쓴 벌레라도 씹은 것 같은 표정을 짓는 주군에게 비서관은 담담하게 쐐기를 박았다.

"듣자하니 젠지로 님은 후궁에서는 상당히 스스럼없는 태도로 시녀들을 대하신다면서요. 그렇다면 그녀는 틀림없이 오빠에게 내려진 '용궁'에 대해 젠지로 님께 답례의 말씀을 올리겠지요? 너무 친해지지 않으면 좋을 텐데요."

변함없이 푸죠르 장군의 노림수는 알기 쉬웠다.

왕가에 대한 충성이 두터운 궁정 기사와, 마찬가지로 왕가에 대한 충성이 두텁고 후궁에서 일하는 그 여동생. 그 기사 나탈리오를 앞세워 여동생이 젠지로와 거리를 좁히는 데 성공한다면, 조금 빙 돌아가기는 하지만 왕가에 연줄이 놓이게 된다.

"……나탈리오 기사는 어떤 부서에 배속되어 있지?"

"전에는 수도 수비 기병단 소속이었지만 지금은 푸죠르 장군 바로 밑에 있는 '용궁기병단'으로 전속이 결정되었습니다."

비서관이 되돌려준 말은 아우라의 예상을 전혀 벗어난 것이 아니었다. '용궁'을 하사받은 자가 정예인 '용궁기병단'으로 소속을 옮겼다. 적어도 표면적으로는 아무런 문제가 없는 절차였다.

물론 그 뒤에 나탈리오를 자신의 파벌로 엮으려는 푸죠르 장군의 노골적인 의도가 있다는 건 말할 필요도 없었다.

"그렇다는 건, 여동생을 서방님의 측실로 들여보내려는 야망은 포기한 건가?"

"아닙니다. 장군 본인도 폐하께 면회를 요청하고 있는 걸 보면 그

가능성은 희박하지 않을까요? 아마도 두 전략을 동시에 진행하려는 것이겠지요."

"여전히 알기 쉬운 남자로군……"

이 수개월 동안, 왕군과 지방 영주군의 재편성에 관해 푸죠르가 아우라를 배려하는 언동이 상당히 많았기 때문에 웬만큼 야망이 수그러든 것인가 생각했지만, 아무래도 '굶주린 늑대'의 야심은 아직도 건재한 모양이었다.

"정말이지, 골치 아픈 일이야."

"이해합니다."

한숨을 쉬는 여왕에게 비서관은 전혀 감정이 들어있지 않은 목소리로 그렇게 말하고는 슬며시 머리를 숙이는 것이었다.

[제4장] 쌍왕국에서 온 밀서

한 달 후, 아우라의 임신이 확정되었다.

아직 배가 눈에 띄는 체형이 되지는 않았지만, 임신 초기의 독특한 증상이 여실히 나타나고 있는데다가, 달거리도 석 달 이상 오지 않은 것을 봐서 미셸 의사는 확신을 품고 회임을 단언했다.

여왕의 회임. 그 대서특필할 만한 기쁜 소식에 당연하게도 카파 왕국은 온 나라가 요동쳤다.

즉시 회임 축하 선물 목록을 손에 들고 여왕에게 면회 요청을 하는 자. 그 참에 슬쩍 젠지로에게 들여보낼 측실 후보의 이름을 보여주는 자.

심지어 유력 귀족들은 자신의 파벌에서 여왕의 친자를 돌보는 유모를 배출하기 위해 현재 젖먹이 아이를 가진 사람이나 배가 불러 출산을 곧 앞둔 사람의 목록을 작성하고 있다는 것이었다.

여왕 대신에 젖을 먹이는, 문자 그대로 '유모'와 젖을 뗀 후의 양육을 담당할 '유모'는 다른 사람일 경우가 많아서, 이 시점의 결정이 절대적인 의미를 띠지는 않았지만, 유모나 젖형제가 차기 왕에게 강한 영향력을 끼칠 수 있다는 점은 틀림없는 사실이었다.

후궁이라는 폐쇄된 공간은 원래 바깥의 잡음이 잘 들리지 않는 곳이었지만, 이번 건만큼은 사건의 근원지가 후궁이었기 때문에 무사하지 못했다. 그래서 젠지로는 이 한 달 동안 좀처럼 마음 편할 날이 없이 정신없는 나날을 보내고 있었다.

"아아, 역시 제대로 된 정보가 없네——완벽한 실수였어."

열어젖힌 창문으로 최근에 조금 온화해진 햇살이 비쳐드는 후궁의 방에서 줄곧 컴퓨터를 향해 있던 젠지로는 한 번 크게 기지개를 켜고 목 근육을 푼 다음, 낙담에 찬 한숨을 내뱉었다.

아우라에게 임신의 가능성을 전해 듣고 나서 몇 번이나 모든 데이터를 뒤져 보았기 때문에 새삼스럽게 새로운 걸 발견하지는 못할 거라고 알고는 있었지만, 그래도 시간이 생길 때마다 확인하지 않을 수 없었다. 그 정도로 젠지로는 과거, 미흡했던 자신의 준비성을 원망하고 있었다.

"아아, 정말. 어째서 그때 나는 아이가 태어난 다음의 일밖에 생각하지 못했던 거지?"

후회해도 소용없다고, 그렇게 머리로는 이해하면서도 불평이 튀어나오는 입을 멈출 수 없었다.

애초에 아이를 만들 의무를 지고 이쪽 세계에 온 젠지로다. 아이를 만드는 일에 관해서도 나름대로 준비를 했다고 생각했다.

젖병, 모유 냉동 보존 용기, 만일에 대비한 분유 몇 통. 그 밖에도 영유아에게 입힐 귀여운 옷도 몇 벌쯤은 준비했고, 서점에서 '아빠의 육아지침서'라든가 '아빠가 할 수 있는 일' 같은 제목의 육아서도 사왔다.

그러나 그 물건들과 정보는 모두 무사히 아기가 태어난 다음에나 필요한 것들이었고, 임신 중의 아내에게 도움이 되는 것이 아니었다.

"무의식중에 육아는커녕 출산은 나와 관계없는 일이라고 생각하고 있었던 거야."

그런 반성의 말을 뱉은 젠지로는 컴퓨터 앞에서 고개를 푹 숙였다.

솔직히 말하면 임신, 출산을 '다른 사람의 일'로 여겼다기보다는, 출산이 엄마와 아이에게 위험이 미치는 일이라는 인식 자체가 옅었다는 쪽이 진실일 것이다.

젊은 미혼의 일본인 남성이라면 무리한 얘기도 아니다.

오늘날의 일본에서 출산 시에 산모의 목숨이 위험에 노출되는 경우는 거의 없었다.

현대 일본에서 임신, 출산에 따른 산모의 사망률은 0.005퍼센트 전후, 불과 10만 명 중 다섯 명이라는 비율이다. 도쿄에서 교통사고를 당할 확률보다 낮다.

하지만 현대의 지구에서도 위생적인 환경이나 설비가 갖춰지지 않은 개발도상국에서는 산모의 사망률이 무려 5퍼센트에 가까운 지역도 있었다. 20명 중 한 명의 확률로 죽는다는 것이다.

다행히도 카파 왕국의 위생 환경이나 의료기술은 그렇게까지 낮지 않은 것 같지만, 그래도 일반 시민 중에서는 출산을 견디지 못하고 엄마가 목숨을 놓아 버리는 일이 그다지 드물지 않은 모양이었다.

물론, 여왕인 아우라의 주위를 에워싸고 있는 건 왕국 최고의 의

료진이고, 아우라 자신도 지극히 건강하고 기력과 체력 면에서 모자람이 없는 사람이었다. 미셸 의사는 "아직 별문제 없다."고 보증해 주었지만, 젠지로의 처지에서는 역시 최악의 상황을 연상할 수밖에 없었다.

"쌍왕국의 지르벨 법왕가 사람을 부르면 한 번에 해결될 텐데."

현대 일본보다 의료기술의 레벨이 한참 낮은 이쪽 세계에서 예외적인 것이 지르벨 법왕가에 내려오는 '치유마법'의 존재였다.

마법이라는 초인간적인 힘으로 환자의 상처를 낫게 하고 체력을 부여하고, 정신의 피로를 없앨 수 있는 지르벨 법왕가의 사람이 곁을 지키고 있어 준다면, 아무것도 무서울 것이 없었다. 임신 중의 안전이 현대 일본 이상으로 보장될 것이었다.

그러나 아무리 카파 왕국이 남대륙 서부의 패권을 장악한 대국이라고 해도, 임신 기간에 계속 지르벨 법왕가의 사람을 고용하는 것은 불가능에 가까웠다.

출산은 아직 반년이나 미래의 얘기였다. 왕족의 신변 안전과 혈통의 유출 문제에 신경을 곤두세우고 있는 지르벨 법왕가가 그렇게 오랜 기간의 계약에 응해 줄 리 없었다.

그렇다면 적어도 용태가 급변하는 경우만이라도 즉시 법왕가 사람을 부르고 싶었다. 가장 빠른 이동 수단이 주룡인 이쪽 세계에서는 꿈같은 얘기였지만, 그 꿈을 실현할 수 있는 예외적인 수단이 이 카파 왕국에는 존재했다.

"순간이동을 다룰 수 있는 사람이 아우라 외에 또 있다면 문제는 대부분 해결될 텐데."

젠지로는 이미 몇 번째인지 모를 불평을 내뱉었다.

'시공마법'을 다룰 수 있는 카파 왕가의 사람에게 거리와 장벽이란 건 의미 없는 것들이었다. 순간이동의 마법을 사용하면 대륙 어디라도 순식간에 갈 수 있었다.

그러나 현재 시공마법을 쓸 수 있는 건 아우라 단 한 사람뿐.

치료를 받을 사람이 아우라이기 때문에, 치료술사를 부를 때 당사자인 아우라가 순간이동과 같은 대마법을 사용할 수 있는 상태일 리 없을 것이다.

"그러니까 원래 이건 내 역할이야. 내가 시공마법을 사용할 수 있어야만 해."

어디까지나 잠재적인 얘기지만, 젠지로에게는 시공마법을 발휘할 소양이 있다고 한다.

그러나 젠지로가 마법 공부를 시작한 지는 불과 몇 달에 불과했다. 마법을 쓸 수 있게 되기까지는 보통 평균적으로 3년 가까운 수련의 시간이 필요했다.

그러나 이 3년이라는 숫자는 개인차도 있고 주변 환경이나 하루 중 수련에 쏟아 붓는 시간의 차이에 따라서도 상당히 변동이 크다고, 가정교사인 옥타비아 부인이 말했었다. 물론 그렇다고 해서 3년이 1년이나 반년까지 단축될 수 있는 건 아니었다.

기껏해야 2년 10개월, 가장 빨랐던 예가 2년 반이라 했던가. 그 정도의 얘기였다. 아무리 생각해도 아우라가 해산할 때까지 젠지로가 시공마법을 사용할 수 있게 될 가능성은 없었다.

"하지만 그게 내가 마법의 습득을 게을리해도 된다는 이유는 안 돼. 무엇보다, 아우라의 출산이 이번 한 번에 그치지는 않을 테니까."

마우스를 조작해 컴퓨터의 전원을 끈 젠지로는 기분을 전환하기 위해 양손으로 짝하고 양 볼을 가볍게 치고 기세를 몰아 의자에서 일어섰다.

"마법을 배우는 시간을 늘리고 싶은데, 아우라가 임신해 있는 동안 옥타비아 씨를 자주 만나거나 하면 괜한 오해를 사겠지. 소문 따위 나지 않을 만한 할머니 선생님을 소개해 달라고 할까? 아니면 후궁을 나가서 남자 선생님에게 배우는 편이 나을지도 몰라."

아우라의 권력을 지킨다는 명분을 방패로 지금까지 은둔 생활을 만끽한 젠지로였지만, 아우라와 아이의 생명을 지키기 위해서는 다소 번거로운 일을 겪는다 해도 후궁 밖으로 나갈 마음이 있었다.

그러고 보니 아우라의 임신에 관한 이런저런 일로 계속 미뤄 온, '용궁'을 빌려 준 기사와의 대면을 위해 짧은 시간이긴 하지만 후궁을 나가기로 되어 있었다.

젠지로가 후궁에서 나간다면 어떤 문제가 생길지, 그때 조금 양상을 관찰할 수 있을지도 모른다.

"어쩌면 아우라가 안정기에 들어갈 때까지는 어려운 판단이 필요 없는 공적인 행사 정도는 내가 대리로 나가는 편이 좋을지도 모르겠어."

컴퓨터 앞에서 꼬리에 꼬리를 물고 장래의 일을 생각하고 있던 젠지로는 문득 떠오른 생각을 입에 담았다.

젠지로가 아우라의 대리로 나선다는 것은 남성 사회인 카파 왕국에서 여왕의 권위를 뒤흔드는 일이 아닐 수 없었다. 그건 틀림없는 사실이었지만, 한편 아우라가 무리하는 바람에 모자의 생명이 위험에 빠지게 된다면 그것이야말로 너무나도 본말전도인 이야기였다.

요컨대 젠지로가 조심해서 예의 바른 인형처럼 행동한다면 만사 OK라는 얘기다.

"좀, 진지하게 생각해 볼까."

속으로 이런저런 결의를 다진 젠지로는 옥타비아가 수업하러 오기 전까지, 지금 자신이 할 수 있는 일과 해야 할 일을 머릿속에서 정리하고 있었다.

◆

"……과연, 이건 좀 힘들군."

같은 때, 왕궁에서는 갑자기 올라온 구역질 때문에 업무를 중단시킨 아우라가 드물게 약한 소리를 흘리고 있었다.

'입덧'이라고 불리는 임신 초기의 증세다. 미셸 의사의 말이 맞는다면 입덧이 심한 시기는 슬슬 끝나가고 있다는 것인데, 그날이 기다려져서 견딜 수가 없었다.

"구역질을 참는 건 전쟁터에서 이미 익숙해졌다고 생각했는데……"

"정신적인 것에 의한 일시적인 구토감과 입덧에 의한 연속적인 구토감은 동일시할 수 없다는 얘기로군요."

"그래, 뼈에 사무치도록 통감해…… 아무런 도움도 되지 않는 정보지만."

아우라는 의자에 앉은 채 나무 대야에서 얼굴을 들고는 옆에 선 파비오 비서관을 노려보며 그렇게 말했다.

평소라면 아무렇지도 않게 흘려버릴 비서관의 까칠한 말투를 지금은 일일이 물고 늘어지고 싶어서 참을 수가 없었다. 지금이라면 병상에 있을 때 사람을 곁에 두고 싶어 하지 않았던 젠지로의 심경을 이해할 수 있었다. 컨디션 악화에 수반해 증폭된 공격성을 주위 사람에게 들키지 않게 조심하는 건 상당한 부담이었다.

그런 의미에서 파비오 비서관의 존재는 오히려 고마웠다.

조금쯤 사나운 말을 쏘아붙여도 이 중년 비서관은 그걸 받아넘길 도량과 충성심을 겸비하고 있었고, 평소에도 아부라고는 눈곱만큼도 없는 말만 하는 사람이기 때문에 이쪽에서 물고 늘어지고자 하면 얼마든지 그럴 수 있었다.

무사히 출산을 마친 다음에 어떤 형태로든 감사와 사죄를 표해야 하겠지만, 지금은 그 충성심에 기대도 괜찮을 것이다.

"……후우."

은잔에 든 물로 입을 가시고 나무 대야에 뱉은 아우라는 조금 안정된 모습으로 의자에 깊숙이 앉았다.

"그래서, 다음 의제는 뭐지?"

직무로 의식을 되돌린 여왕에게 비서관은 "이제 좀 괜찮으십니까?"라는 상냥한 말을 건네는 일도 없이 대화를 재개했다.

"네. 샤로와·지르벨 쌍왕국에서 사신이 서한을 들고 온 건입니다."

"아아, 그건가."

비서관의 말에 아우라는 눈을 꼭 감고 두세 번 머리를 흔들어 의식을 각성시켰다.

쌍왕국에서 온 정식 사신. 원래대로라면 아우라가 직접 알현의 방에서 배알을 허용해도 이상하지 않을 상대였지만 임신에 따른 컨디션 난조 상태인 아우라는 현재 대외적으로 얼굴을 내미는 일을 가능한 한 줄이고 있었다.

"아마도 이자벨라 전하에게 건넨 반지의 마법 도구화에 관한 것이겠지. 읽어 볼까."

"네, 여기에."

그렇게 말하고 내민 아우라의 손에 비서관은 척~ 하고 품에서 꺼낸 서한을 올려놓았다.

"응? 이 문장은 샤로와 왕가의 문장인가?"

봉인의 문장이 이자벨라 왕녀의 지르벨 법왕가의 문장이 아니라 샤로와 왕가의 문장이라는 것을 깨달은 아우라는 조금 미심쩍어하는 표정을 짓고 고개를 갸웃했다.

그러나 생각해보면 지르벨 법왕가의 이자벨라 왕녀에게 부탁하긴 했지만 실제로 반지를 마법 도구로 만드는 건 샤로와 왕가의 사람이다.

샤로와 왕가에서 직접 서한을 보내와도 이상하지는 않은 일이었다.

그렇게 이해한 아우라는 책상 서랍에서 섬세하게 장식된 청동 단검을 꺼내 그 칼날로 봉투를 찢었다.

"흐음……"

처음은 예상했던 내용이 적혀 있었는지 냉정하게 읽고 있던 아우라가 어느 지점에 다다르자 급격하게 눈꼬리를 추어올렸다.

"뭣!?"

"폐하?"

벌떡 의자에서 일어난 아우라를 드물게도 놀란 모습의 비서관이 재빨리 지탱하려고 했다.

"……괜찮아, 별일 아니야."

그렇게 파비오 비서관에게 말한 아우라였지만, 말과는 달리 얼굴에서 핏기가 사라져 새파랬다.

아무리 봐도 괜찮은 것 같지 않았지만, 일단은 주군의 다음 태도를 살피기로 했는지, 비서관은 순순히 물러났다.

이윽고 서한을 다 읽은 아우라는 심호흡을 크게 세 번 했다.

아직 얼굴색은 검푸릇했지만 그 표정을 보니 조금은 안정을 되찾은 것 같았다.

틈을 살피던 파비오 비서관은 조심조심 여왕에게 말을 건넸다.

"폐하, 내용을 알려주시겠습니까?"

국내의 '소비룡 우편'과는 달리 이 서한은 왕족이 왕족에게 보내는 외교문서다. 일개 비서관에 지나지 않는 파비오가 그 내용을 읽을 자격은 없었다.

비서관의 말에 아우라는 한 번 더 크게 심호흡을 한 뒤, 어딘가 격정을 억누르는 표정으로 천천히 입을 열었다.

"주된 내용은 예상대로야. 이자벨라 전하를 마법으로 전송해 준 것에 대한 감사 인사, 그리고 내가 부탁한 반지의 마법 도구화를 응낙하겠다는 보고사항이야."

충실한 비서관은 아우라의 이야기를 조용히 듣고 다음 내용을 기다렸다.

여왕 아우라를 이렇게까지 동요하게 한 내용. 철가면과 같은 무표정이 특기인 파비오 비서관도 무의식중에 꽉 쥔 주먹 안에서 땀이 배어나오기 시작했다.

"문제는 그 안에 세상 돌아가는 이야기를 하듯이 섞어 놓은 '소문'에 대한 부분이야. 소문의 주인공은 샤로와 왕가에서 태어난 한 명의 왕녀고."

"샤로와 왕가의 왕녀 말입니까? 방계는 상당한 수가 있습니다만, 직계라면 15세의 카롤리나 전하가 최고 연장자입니다만."

"아니, 지금 얘기가 아니고. 지금으로부터 약 150년 전의, 공식 기록에서 말소된 왕녀 얘기야."

"150년 전……."

아우라의 말에 비서관의 그 가면과도 같은 무표정이 움찔, 하고 흔들렸다.

150년 전. 존재를 말소당한 왕족. 게다가 여자.

무슨 얘기인지, '누구'와 연결된 얘기인지, 이미 이 시점에서 거의 정확히 이해한 파비오 비서관은 마른 입술을 한 번 핥아서 적시고 아우라의 말을 기다렸다.

"공식 기록에서 완전하게 말소되었기 때문에 어디까지나 소문이라고는 하지만, 150년 전에 샤로와 왕가 직계의 공주가 절대 맺어질 수 없는 남자와 사랑에 빠졌다는군. 상대 남성은 그냥 평민이었다고도, '당시 적대적이었던 나라의 왕족'이었다고 하는 설도 있다나. 그렇게 결코 맺어져서는 안 되는 두 사람 사이에서 싹튼 사랑은 이윽고 두 사람을 사랑의 도피행각으로 이끌었다. 그 후 두 사람은 '추적자의 손길이 절대 미치지 않는 신천지'로 떠났다."

마지막엔 자포자기한 듯 아우라는 뱉어버리는 것처럼 빠른 말투로 말을 마쳤다.

비서관은 조금 전의 아우라와 마찬가지로 크게 몇 번인가 심호흡을 했다. 과연, 이건 확실히 동요하지 않을 수 없는 엄청나게 나쁜 소식이었다.

그래도 당사자가 아닌 만큼 아우라보다는 훨씬 냉정함이 남아 있던 파비오 비서관은 목소리의 흔들림도 없이 확인하기 시작했다.

"카파 왕국에 전해 오는 '150년 전에 이세계로 달아난 왕자'의 상대가 샤로와 왕가의 왕녀였다. 즉 젠지로 님은 카파 왕가의 핏줄을 잇는 동시에 샤로와 왕가의 핏줄도 잇는다, 그런 얘깁니까?"

비서관의 말에 아우라는 토할 것 같은 표정의 얼굴을 께느른하게 옆으로 저었다.

"글쎄. 진실은 아무도 모르지. 하지만 이 편지의 주인은 그렇게 생각하고 있는 것 같아."

아우라는 불쾌한 듯이 코 주변에 주름을 잡고는 손에 든 서한을 난폭하게 테이블 위로 던졌다. 불쾌하기 짝이 없는 얘기이긴 하지만 사태의 중대함은 아우라도 충분히 인식하고 있었다.

이쪽 세계에서 왕족이란 특수한 마법력을 그 혈통에 간직한 자를 가리키는 말과 같다.

그 때문에 지구의 중세 유럽처럼 왕족이 다른 나라의 왕가와 통혼하는 일은 절대 있을 수 없었다. 카파 왕가를 예로 들면 직계 2단계 이내의 '시공마법' 소유자는 다른 나라의 사람과 혼인하지 못한다고 명확하게 법으로 정하고 있었다.

혈통마법의 보유자인 왕족은 그 나라의 재산이며, 경우에 따라서는 무력이 될 수도 있었다. 그 혈통이 다른 나라의 왕족에 편입된다고 하면 도저히 마음 편하게 있을 수 없게 된다.

"하지만 그 서한의 내용은 정말 진실일까요? 이쪽의 소문 얘기에 편승해서 우리나라를 뒤흔들려는 것이 목적인 엉터리이거나 할 가능성은?"

신중한 말투의 비서관에게 아우라는 재미없다는 표정으로 고개를 가로저었다.

"그럴 가능성도 없다고는 할 수 없지만, 그렇다고 보기엔 사신이 온 것이 너무 늦어. 그들이 정보를 입수한 지 한 달이 지났어. 아마도 이 서한은 소비룡 따위를 사용하지 않고 신중하게 사신이 직접 운반해 온 것일 테지. 소문으로 동요를 일으키는 것이 목적이었다면 소비룡을 사용하는 편이 자연스럽지."

소비룡으로 보내는 전령은 같은 서한을 여러 개 날려서 한 통이라도 목적지에 닿으면 되는 부류의 것이다. 그만큼 정보가 옆으로 새기 쉽다. 확실히 소문으로 이쪽을 동요시키는 것이 목적이었다고 한다면 소비룡을 사용하지 않을 이유가 없었다.

"과연, 그렇다면 모르는 척 발뺌을 하는 선택지는?"

비서관의 대담한 제안에 아우라는 난처하다는 듯이 슬쩍 시선을 피하면서 대답했다.

"안 돼. 문병 때 서방님이 이자벨라 전하 앞에서 벌써 불어버렸어. 자기는 150년 전에 이세계로 사랑의 도피행각을 벌인 카파 왕족의 자손이다, 라고 말이야."

아우라의 고백에 비서관은 드물게도 할 말을 잃은 표정이었다.

"그건…… 경솔했군요."

"할 수 없잖아. 그 시점에서, 그 정보가 이런 큰일이 될 거라고 누가 생각했겠어. 게다가 그때 서방님은 병상에 누운 몸이었다고."

"사정은 알겠습니다만, 경솔했던 건 사실입니다."

반사적으로 젠지로를 감싸는 아우라를 비서관은 차가운 정론으로 반박했다. 그리고 조금 생각한 후 극도로 곤란해져 버린 현재 상황을 말로 표현했다.

"그렇다는 건, 최악이지만 '소문'의 신빙성이 높다는 얘기가 되는군요. 폐하, 젠지로 님이 카파 왕국의 핏줄을 이었다는 건 확실한가요?"

이제 와서 새삼스럽게 확인하는 비서관에게 아우라는 의자의 등받이에 몸을 기대면서 긍정했다.

"그래, 그건 틀림없어. 소환마술을 쓸 때 그렇게 조건을 붙였으니까. 게다가 서방님의 마력은 왕족으로서는 그다지 높은 편이 아니야. '시공마법'과 '부여마법'을 동시에 다루거나 하는 건 절대 불가능해."

두 개의 혈통을 이어받은 왕족의 전례가 없어서 단언하기엔 곤란했지만, 이론상으로 한 사람이 두 개의 혈통마법을 다루는 것이 불가능하지는 않다는 것이 오늘날의 정설이었다. 하지만 그게 가능하려면 일반적인 왕족의 두 배에 달하는 마력량이 필요하다고 한다.

"그렇다면 역시 샤로와 왕가 사람들이 두려워하는 건 젠지로 님의 잠재적인 혈통 능력, 즉 자손의 존재겠군요."

비서관의 시선을 복부에서 느낀 아우라는 무의식중에 손바닥으로 배를 쓰다듬으며 대답했다.

"맞아. 하지만 내 아이는 전혀 문제없어. 만약 서방님에게 카파 왕가와 샤로와 왕가의 피가 비슷한 비율로 흐르고 있다고 해도, 내 진한 카파 왕가의 피가 섞이면 샤로와 왕가의 피는 틀림없이 제압될 테니까."

그야말로 아이가 규격 외의 마력을 갖고 태어나 '시공마법'도 '부여마법'도 전혀 문제없이 사용할 수 있는 괴물이 아닌 한, 그럴 가능성은 있을 수 없다. 과연 그렇게까지 비현실적인 일이 있으리라고는 쌍왕국도 생각하지 않을 것이다.

아우라의 말에 파비오 비서관은 동의를 표했다.

"네. 그건 말씀하신 대로일 것입니다. 하지만 젠지로 님이 다른 측실과의 사이에서 아이를 만들면 얘기는 달라집니다. 그 아이는 '시공마법'이 아니라 '부여마법'의 혈통을 발현할 가능성이 있습니다."

"그렇겠지. 아마도 샤로와 왕가가 두려워하고 있는 건 바로 그것일 거야."

나라의 최고 기밀인 왕가의 혈통마법이 다른 나라에 유입된다. 샤로와 왕가 사람들이 위기감을 갖는 것도 이해가 된다. 특히 샤로와 왕가의 경우 혈통마법의 존재는 국방만이 아니라 나라의 재정에도 밀접하게 연결되어 있었다. 마법 도구의 독점이 붕괴하면 모르긴 몰라도 샤로와·지르벨 왕국의 재정은 크게 기울 것이다.

대응이 한 발짝만 빗나가더라도 쌍왕국이 '다음 대전'에 대한 결의를 굳힐 수도 있었다.

"일단, 서방님에게 측실은 들이지 않는다. 그런 방침을 알려서 쌍왕국을 달랠 수밖에 없겠군."

"그걸로 쌍왕국이 창끝을 거둘까요?"

비서관의 의구심에 아우라는 한숨을 내쉬며 고개를 옆으로 저었다.

"절대 무리겠지. 공식적으로 측실을 들이지 않아도 남모르게 여자를 임신시켜서 다른 사람의 아이로 키워 '부여마법'을 다루는 인물을 만든다. 그런 의심을 버릴 수 없겠지, 저쪽은."

실제로 추궁이 없다면 아우라 자신이 그런 수단을 쓸지도 몰랐다. 대국 샤로와·지르벨 쌍왕국을 분노하게 할 위험성을 알지만, 그래도 왠지 저질러버리고 싶을 만큼, '부여마법'의 보유자를 국내에 둔다는 건 매력적인 일이었다.

"어쨌든 지금은 최악의 타이밍을 피했다는 것을 다행으로 여기도록 할까."

"그렇군요. 만약 사태가 발각된 것이 폐하가 임신하기 전이었거나 젠지로 님이 측실을 취한 다음이었다면…… 솔직히 생각하고 싶지도 않습니다."

아우라의 말에 파비오 비서관은 그렇게 말하고 굳은 표정으로 고개를 흔들었다.

만약 아우라와 젠지로 사이에 아이가 생기기 전에 이 사태가 발각되었다면, 쌍왕국은 좀 더 강제적으로 젠지로의 신병을 양도할 것을 압박해 왔을지도 몰랐다.

반대로 이미 측실을 들인 상태였다면 폭발적으로 일거에 개전의 봉화를 올렸을 가능성조차 있었다. 그런 의미에서는 확실히 지금 상황은 결코 최악의 타이밍이라고 할 정도는 아니었다.

"정말이지, 이런 서한을 받지 않았다면 난 서방님의 혈통 같은 건 알지도 못했을 텐데. 샤로와 왕가 사람들도 뱀이 무섭다면 처음부터 뱀 굴을 쑤시지 않는 게 좋았을 것을."

망연해져서 불만을 터뜨리는 아우라에게 비서관은 어느 틈엔가 완전히 냉정을 되찾은 목소리로 대답했다.

"아마도 저쪽은 이쪽도 진실을 몰랐다는 걸 알지 못했겠지요. 좀 더 정확히 말하자면 '모른다고 확신할 수 없다'는 지점이 아니겠습니까. 만에 하나 이쪽이 알아챘을 경우 손을 쓰기에는 이미 늦어서 팔짱을 낀 채 바라볼 수밖에 없을 것 같으니 그럴 바에야 차라리, 하는 판단을 내린 것이 아닐까요?"

"대충 그런 것일 테지. 어쨌거나 우선은 서방님과 상의해야겠어. 나는 이런 상태고 사태는 중하니까. 당사자에게 비밀로 한 채 일을 무마시킬 수 있을 가능성은 없다고 생각하는 편이 좋아."

순간 뭔가를 말하고 싶은 표정을 보인 파비오 비서관이었지만, 그 말을 입 밖에 내지는 않았다.

"……알겠습니다. 아무리 중요한 일이라 해도 결국 근원은 부부간의 문제니까요. 폐하에게 맡기겠습니다."

"으응, 맡겨 둬."

힘차게 고개를 끄덕여 보이는 아우라는 어느새 입덧의 구토감도 잊고 있었다.

◆

그날 밤.

"……따라서 샤로와·지르벨 쌍왕국, 정확히 말하면 샤로와 왕가는 부여마법의 혈통을 잇는 당신을 내버려 두지 않을 거야. 자꾸 번복해서 미안하지만, 그런 이유로 당신이 측실을 들일 수는 없게 됐어. 당분간은 당신 주변이 시끄러워지겠지만, 협력을 부탁해요."

저녁식사와 목욕을 마친 아우라는 후궁의 처소에서 젠지로와 마주 앉아 낮에 도착한 서한의 내용과 그것을 통해 추측한 정보, 그리고 그에 대한 이쪽의 대응에 대해 자세하게 설명했다.

150년 전, 카파 왕국의 왕자와 이세계로 달아난 여인은 샤로와 왕가의 왕녀였을 가능성이 높다는 것.

그 자손인 젠지로는 카파 왕가만이 아니라 샤로와 왕가의 핏줄도 잇는다고 여겨진다는 것.

그 때문에 시공마법의 적성이 명백한 젠지로 자신뿐만이 아니라 그 아이에게는 부여마법의 적성이 나타날 가능성이 있다는 것.

따라서 샤로와 왕가를 쓸데없이 자극하지 않기 위해 당분간 젠지로에게 공적인 측실은 들일 수 없다는 것.

(단, 나보다 훨씬 진한 카파 왕가의 피가 흐르는 아우라와의 사이에서 태어난 아이는 카파 왕가의 피에 샤로와 왕가의 피가 묻힐 것이기 때문에 문제가 되지 않는다, 라는 건가.)

아직도 그다지 실감을 하지 못한 채 머릿속에서 막 들은 정보를 일단 정리한 젠지로는 소파에 깊숙이 앉은 채 테이블 위에서 설탕과 과실즙을 섞은 물이 담긴 유리잔을 들고 입으로 가져갔다.

유리를 기울인 찰나, 안에 있던 얼음이 움직이는 바람에 물방울이 젠지로의 얼굴에 튀었다.

"우왓!"

이런 어린애 같은 실수는 평소의 젠지로라면 저지르지 않았을 것이다. 출생의 비밀을 듣고 자신이 생각하는 것보다 훨씬 동요하고 있는 것이리라.

"괜찮아? 젠지로. 그건 눈에 들어가면 엄청 아프다고."

"응, 괜찮아. 얼굴에 튀었을 뿐이야."

아우라의 말에 젠지로는 겸연쩍은 표정으로 바지 주머니에서 흰 손수건을 꺼내 얼굴을 닦았다.

"하지만 그렇다면 솔직하게, 내 존재가 나라에 불이익을 줄 가능성도 있어?"

솔직하게 물어오는 남편에게 아내는 입가에 강인한 미소를 띠고 단호하게 고개를 옆으로 흔들었다.

"아니, 확실히 당신의 핏줄에는 다소 문제가 있지만, 지금 우리나라의 처지를 생각하면 당신이 없는 쪽이 훨씬 문제인걸. 그러니까 신경 쓸 필요 없어요."

아내의 말에서 쓸데없는 걱정을 끼쳤다는 걸 알게 된 젠지로는 수줍게 웃었다.

"아아, 응. 괜찮아. 특별히 내가 물러난다거나 그런 걸 생각한 건 아니니까. 내가 그렇게까지 희생정신이 강한 갸륵한 사람도 아니고. 하지만 만약에 객관적으로 봐서 내 존재가 왕국에 불이익을 가져올 것 같으면, 귀족 중에는 여러 가지 움직임을 일으키는 사람도 나오지 않을까, 생각해서."

젠지로는 그렇게 대답하고 자신의 상상에 공포심이 자극되었는지 부르르 몸을 떨었다.

"흐음……"

그 대답이 조금 예상 밖이었는지, 아우라는 한 번 입을 다물었다.

기대했던 것 이상으로 냉정하고 엄중하게 사태를 파악한 남편의 말에 아우라는 잠시 생각을 한 후 천천히 입을 열었다.

"아니, 아마도 그럴 걱정은 없을 거야. 애초에 당신이 샤로와 왕가의 피를 잇고 있다는 정보는 현재로선 저쪽과 이쪽 왕가만 아는 극비 사항이고, 만약 그 정보가 만천하에 드러난다고 해도, 우리나라의 귀족이 단편적인 생각으로 당신을 해칠 가능성은 낮을 터. 지금 내 뱃속에 후계자가 있다고는 해도 당신이 몇 안 되는 카파 왕가의 혈통이라는 사실은 변하지 않으니까. 어떻게 생각해도 당신이 있음으로써 발생하는 불이익보다, 당신을 잃음으로써 발생하는 불이익이 앞서요."

따라서 현실적으로 주의를 기울인다면 역시 카파 왕국의 귀족이 아니라 샤로와·지르벨 쌍왕국의 동향이라고, 아우라는 내심 덧붙였다.

샤로와 왕가에게 있어서 지금의 젠지로는 틀림없는 '걸림돌'이다. 젠지로가 없어진다면 이익을 얻는 건 샤로와 왕가뿐이었다.

그러니까 어떻게든 비밀 교섭을 통해 '전쟁을 일으켜서까지 배제해야 할 걸림돌이 아니'라는 걸 샤로와 왕가에 납득시킬 필요가 있었다.

물론 그런 논리적인 부분을 도외시하고 폭력적으로 젠지로를 제거하려는 사람은 카파 왕국에도 쌍왕국에도 나타날 가능성이 있지만, 그런 것까지 염두에 두면 행동을 전혀 취할 수가 없게 된다. 그런 예상하기 어려운 위험은 대증요법으로 대처할 수밖에 없었다.

거기까지 말한 후 아우라는 조금 눈썹을 찡그리며 말을 이었다.

"단, 지금 말한 대로 당신이 샤로와 왕가의 핏줄을 잇는다는 사실은 극비 사항이야. 즉, 측실을 거절할 때 그 사실을 표면에 내세울 수가 없다는 것. 그 의미를 알겠어요?"

아우라의 물음에 시선을 잠시 천장으로 향하고 생각한 젠지로는 자신이 없다는 듯이 대답했다.

"그러니까, 즉…… 사실과는 다른, 내가 측실을 거부하는 표면상의 '핑계'가 필요하다는 건가?"

젠지로의 대답이 아무래도 정답이었던 듯, 아우라는 작게 한 번 끄덕였다.

"응. 하지만 전에도 말한 대로 현재 당신이 측실을 들이지 않는 건 정치적으로 봤을 때 상당히 부자연스러운 일이야. 분명히 말하면 귀족들의 반론을 허용하지 않을 만한 이유를 붙이기가 어려워. 그러니까 미안하지만, 대외적으로 측실을 거부하는 이유를, 당신이 억지를 부리는 것이라는 형태로 밀어붙여 주지 않겠어요?"

"억지? 무슨 뜻이야?"

고개를 갸웃하는 젠지로에게 역시 부끄럽지만, 이성이 앞섰는지, 약간 시선을 피하면서 분명하지 않은 말투로 아우라는 대답했다.

"전에 당신이 측실 얘기를 들었을 때 말했던 의견을, 그대로 세간에 퍼뜨려주면 돼요. 그러니까, 그…… 나와 둘만의 시간을 방해받고 싶지 않다, 라거나. 나와 아이에 대한 생각으로 꽉 차서 다른 걸 생각할 여유가 없다……라거나."

"아……아이! 그래, 그런 거구나, 그래, 그래."

그 말을 들은 젠지로도 동요를 감추지 못했다. 얼굴이 뜨거워지는 것을 자각하면서 횡설수설 대답했다. 생각하면 그때는 이런 쑥스러운 얘기를 잘도 했었다.

거짓은 조금도 없었지만, 사실이라고 해도 부끄러움이 줄어드는 건 아니다.

"…………"

"…………"

이미 아이까지 가진 부부끼리 뭘 이제 와서, 라고 말하고 싶어지는 근질근질한 침묵이 두 사람 사이에 흘렀다.

그 침묵의 근지러움을 견딜 수 없다는 듯이 아우라는 일부러 큰 목소리로 이야기를 계속했다.

"으, 으음. 당신의 내력을 발표할 수 없는 이상, 귀족들을 완전히 납득시킬 수 있을 정도로 사리 분명한 핑계는 존재하지 않아요. 그렇다면 이 대목은 강하게 당신의 감정론을 내세워서 밀어붙이는 것이 가장 무난해. ……미안해요. 결국, 당신이 흙탕물을 뒤집어쓰게 돼. 앞으로 당분간 당신은 '한 여자에게 빠져서 정치적인 판단력을 잃어버린 멍청이'라는 꼬리표를 달게 될 거야."

소파 위에서 무릎을 모으고 작게 머리를 숙이는 아내에게 젠지로는 말없이 맞은편 소파에서 일어나 아우라가 앉아 있는 소파 옆에 옮겨 앉았다.

"젠지로?"

아우라의 옆에 앉은 젠지로는 아우라가 무릎 위에서 깍지를 끼고 있던 왼쪽 손을 잡고 옆에서 아우라의 얼굴을 바라보면서 말했다.

"하지만 그것이 최선이잖아? 그렇다면 상관없어. 그다지 실질적인 해가 없는 레벨의 오명이라면, 오히려 쓸데없이 떠받들어지는 것도 피할 좋은 기회가 아닐까. 게다가…… 실제로, 그건, 전면적으로 진실이기도 하고."

"젠지로……"

젠지로에게 왼손을 잡힌 채 아우라는 활짝 미소를 짓고 오른손을 젠지로의 얼굴로 가져갔다. 그리고,

"당신, 얼굴이 빨개."

수치심을 견디며 아내를 위로하던 남편은 꽤 드물게 감정을 드러내며 큰 소리를 냈다.

"마, 말이 많네! 사람이 부끄러움도 참고 고백하고 있는데……"

얼굴이 빨개진 남편의 모습에 완전히 웃음을 되찾은 여왕은 오른손으로 사랑스럽게 남편의 뺨을 쓰다듬으며 웃음이 섞인 목소리로 사죄했다.

"미안, 미안. 나도 모르게 그만. 당신의 헌신적인 말이 정말 기뻐서, 농을 치고 말았어. 고마워요. 답례는 반드시 할게."

젠지로는 홍조를 띤 뺨에 차가운 아내의 손가락 감촉을 느끼면서 목소리 톤을 낮춰 대답했다.

"괜찮아. 답례하지 않아도. 사실 평소에 신세를 지고 있는 건 전면적으로 이쪽이니까. 지금의 생활을 유지하는 데 필요한 노력이라고 생각하면 아무렇지도 않아."

젠지로의 말에 이번엔 아우라도 장난기 없이 순순히 대답했다.

"그래요. 난 여왕이라는 처지 때문에 오명을 쓸 수가 없으니까. 전쟁터에서의 치열함이나 외교적인 냉철함에 따라붙는 오명이라면 쓸 데라도 있지만, 남녀관계에서 비롯된 오명은."

여왕의 반려가 '여왕에게 푹 빠져서 측실을 거부했다'는 소문이 난다 해도 기껏해야 '정치에 어두운 멍청이 녀석' 정도로 끝나겠지만, 여왕이 '반려에게 빠져서 측실을 들이는 걸 저지했다'는 소문이 나면 순식간에 '저런 여왕을 왕좌에 앉혀 두는 건 불안하다'는 소리가 나올 것이었다.

젠지로와 아우라, 둘 중 하나가 '색정광'이라는 오명을 뒤집어써야만 한다면, 젠지로가 쓰는 것이 당연하다고 할 수 있었다.

한동안 손을 잡고 아내가 뺨을 쓰다듬는 손길을 받고 있던 젠지로는 이윽고 애처의 손을 살포시 놓고, 다시 진지한 표정을 지으며 이야기를 시작했다.

"그런데 사실은 나도 부탁이 있어. 나도 전에 했던 말을 철회해서 미안하지만, 앞으로는 나도 좀 더 후궁 밖으로 나가는 활동을 늘리고 싶다고 생각하는데, 안 될까?"

젠지로의 말에 아우라의 느슨해졌던 표정이 순식간에 굳어졌다.

후궁에서 나가고 싶다. 당연하다면 당연한 얘기지만, 지금까지의 젠지로의 언동과는 동떨어져 있는 그 요청에, 아우라는 의도치 않게 목소리가 날카로워지고 말았다.

"당신이? 어째서?"

여왕의 목소리에 날이 서 있음을 민감하게 눈치 챈 젠지로였지만, 그 목소리에 기죽지 않고, 부드러운 말투를 유지하며 대답했다.

"응, 이 한 달 동안 누가 봐도 아우라가 떠안고 있는 부담이 너무 컸어. 그러니까 어려운 판단을 할 필요가 없는, 내가 대역을 할 수 있는 행사 정도는 내가 대신할까 해서. 물론 그렇게 함으로써 나에게 접근하는 귀족이 나타나거나 할 위험이 있다는 건 알지만, 지금의 아우라를 보고 있으면 당신의 건강이 더 걱정되거든."

"음……"

자신의 몸을 걱정해 주는 남편의 신실한 말에 아우라는 잠시 침묵했다.

확실히, 임신이 확실해지고 난 근 한 달 동안, 업무에 지장이 있었던 건 사실이다. 여왕이 해야 할 업무를 최소한으로 줄여도 나라가 돌아갈 수 있을 만큼 인재나 법을 정비해 두긴 했지만, 대리 역할을 해 줄 왕족이 있으면 무척 어깨가 가벼워질 거라는 말은 사실이었다.

"음, 당신의 제안은 기쁘지만 그렇게 되면 주변이 꽤나 시끄러워질 텐데?"

주의를 환기하는 아우라에게 젠지로는 웃으며 끄덕였다.

"그건 각오하고 있어. 라고 해도 내 상상 이상일지도 모르겠지만."

"틀림없이 상상을 훨씬 웃돌 거야. 당신이 후궁 밖에서 활동을 시작하면 시끄러워지는 건 야심가 귀족들뿐만이 아니에요. 나에게 충성을 맹세한 심복들도 당신에게 의심의 눈을 향하게 될 테니까."

후궁에서 적극적으로 치고 나오는 여왕의 반려. 국내의 야심가들에게는 그 존재가 호재일 것이었고, 동시에 아우라에게 충성을 약속한 심복들에게는 그 존재가 위협으로 비칠 것이었다.

아우라의 오른팔인 파비오 비서관 등은 틀림없이 젠지로의 일거수일투족에 의심의 시선을 향할 것이다.

아우라의 대답에 젠지로는 조금 어려운 얼굴을 하고 말을 받았다.

"물론, 아우라에게 성가신 일이 될 것 같으면 자중하겠지만……"

"흐음……"

아우라는 잠시 생각했다. 확실히 처음에는 '정치에 한 마디도 관여하지 않는 남편'을 원하고 있었지만 '나의 권한이 뒤흔들리지 않게끔 배려해 주면서 뒤에서 조력해 주는 남편'이라면 그건 '아무것도 하지 않는 남편' 이상으로 고마운 존재다.

지금까지 함께 지내온 바, 젠지로가 그녀를 밀어내고 권력을 잡으려는 사악한 뜻을 품고 있지 않다는 것은 확신할 수 있지만, 산전수전 다 겪은 귀족들을 상대로 꼬투리를 잡히지 않을 만한 화술이나 교섭 능력을 갖추고 있는지 묻는다면 의문이 남는다.

(하지만 분명히 내가 이 모양이면 앞으로 국정에 지대한 영향을 끼치게 될 것은 확실해. 임신이라는 것이 이렇게까지 행동을 제약하는 것일 줄이야.)

당초 예정으로는 당분간 '연년생'으로 아이를 낳을 심산이었던 아우라지만, 상황을 고려했을 때 그 선택지는 비현실적이라고밖에 말할 수 없었다.

임신에서 출산까지의 기간은 보통 '열 달 열흘'이라고 한다. 1년은 12달, 윤달이 있는 경우라도 13달이다. 매년 아이를 낳는다고 하면, 1

년의 6분의 5를 무거운 몸으로 지내야 한다는 것이 된다.

정무에 지장을 초래할 것이 뻔했다.

(역시 '엄마'와 '여왕'을 동시에 해 나가는 건 부담이 너무 큰가.)

적어도 지금까지처럼 원수도 재상도 두지 않고 친정을 펼치는 것은 비현실적이라고 생각할 수밖에 없었다. 하지만 원수와 재상을 두면 아우라의 부담이 줄어드는 것과 비례해서 권한과 권력도 줄어든다.

그렇게 되면 지금까지 이상으로 유력 귀족들과의 세력 균형에 골머리를 앓게 될 것이었다.

(그렇게 생각하면 능력 면에서는 좀 불안해도 인격적으로는 신뢰할 수 있는 높은 직위의 내 편이 있는 것도 의미가 있겠군.)

아우라는 젠지로에게 시선을 향했다.

"…………"

젠지로는 아우라의 시선을 정면으로 받아들이며 잠자코 아우라의 결단을 기다렸다.

가까운 거리에서 서로를 바라보는 침묵의 시간. 이윽고 표정을 느슨하게 한 아우라가 말했다.

"알았어. 확실히, 이대로는 내 부담이 너무 크니까. 당신에게 도움을 받을 수 있다면 고마운 일이에요. 단……"

"응, 알고 있어. 되레 일을 성가시게 만들고 있다고 '아우라가 판단'한 경우엔, '나의 의지'로 다시 후궁에 틀어박힐 거야."

아우라가 끝까지 말하도록 하지 않고 젠지로는 웃는 얼굴로 그렇게 약속했다.

아무리 여왕이라고 해도 남편의 자유의사를 아내가 저해하려 하면 악평이 일고 말 것이다. 그런 부분에 대한 이 나라의 가치관에 대해서는 대략 배워서 파악한 젠지로였다.

아아, 정말로 이 서방님은 이렇게까지 사리분별이 올바르다니. 남편의 깊은 애정에 순간 표정을 누그러뜨린 아우라였지만 곧 표정을 가다듬고 대답했다.

"으응, 미안하지만, 부탁해요. 그러고 보니, 당신은 기사 나탈리오 말도나도의 충성 서약을 받기 위해 후궁 밖으로 나갈 예정이었지? 그때 내 심복인 파비오를 붙여 줄게."

파비오 비서관이라면 젠지로에게 적확한 어드바이스를 해 줄 것이다. 그리고 생각하고 싶지는 않지만, 만에 하나 젠지로가 야심에 눈을 뜬다면 재빠르게 눈치채고 '적확하게 대처'해 줄 것임이 틀림없었다.

"그러면 난 슬슬 침실로 갈게요. 조금 이르지만, 중간에 잠이 깨는 만큼 자는 시간을 늘리지 않으면 안 돼서."

아우라는 그렇게 말하고 천천히 소파에서 몸을 일으켰다.

매일은 아니지만 요즘 아우라는 속이 안 좋아서 밤에 잠을 깨는 일이 있었다. 그렇지 않아도 미셸 의사가 가능한 한 수면을 많이 취하라고 말했다.

그동안 젠지로가 가져온 LED 스탠드라이트 때문에 밤에도 활동하는 습관이 붙어버렸지만, 그 이전의 생활습관이었다면 지금쯤 이미 자고 있을 시간이었다.

"어라? 벌써 그런 시간?"

아우라의 말에 선반 위에 놓아둔 디지털 시계를 본 젠지로는 아우라 뒤를 따르듯이 소파에서 일어나서는 살며시 아내의 손을 잡았다.

"응, 그럼 잘까."

"괜히 당신까지 날 따라서 일찍 잘 필요는 없는데."

순순히 남편에게 이끌려 가면서도 아우라는 그렇게 사양했다.

"아냐, 어차피 거실에는 시녀들이 대기하게 될 테니까. 여기에 있어도 편하지는 않아."

아우라의 말에 젠지로는 그렇게 대답했다.

요즘 몸이 무거운 데다가 입덧 증상도 있는 아우라에게 이변이 생길 경우를 대비해 후궁의 시녀들이 불침번을 정해 처소를 지키게 되었다. 아우라가 침실에 들어간 뒤에는 침실로 연결된 유일한 방인 이곳, 거실에서 시녀들이 대기하는 것이다.

평소에는 시녀들을 사적인 공간에 들이는 걸 싫어하는 젠지로였지만, 애처의 안전을 위해서라고 생각하면 그런 작은 소망을 고집하고 있을 계제가 아니었다.

덕분에 젠지로도 요즘은 옆방에 시녀들이 대기하고 있어도 그다지 신경을 쓰지 않게 되었다. 그렇다고 해도 시녀들과 같은 방에 있으면서 편안하게 지낼 수 있는 정도는 아니었다.

"그런가, 그럼 둘 다 자야겠네."

아우라가 그렇게 말하고는 젠지로의 팔에 자신의 팔을 끼웠다.

"응. 잘 자."

지금 침실의 침대는 두 개. 방은 같지만 다른 침대에 드는 아내와

남편은 아쉽다는 듯이 팔짱을 꼭 낀 채 천천히 침실의 문을 여는 것
이었다.

[제5장] 바깥으로 내딛는 첫걸음

　며칠이 지난 오후.

　"기사 나탈리오. 그대를 내 직속 근위 기사로 임명한다. 그대의 무용과 충성을 기대하노라."

　왕궁의 안쪽에 있는 어느 방에서 젠지로는 무릎을 꿇은 젊은 기사 앞에 서서 최대한 위엄을 자아낸 목소리로 말을 건네고 있었다.

　나탈리오 말도나도.

　그것이 젠지로 앞에 무릎을 꿇은 기사의 이름이었다.

　나이는 20대 중반쯤, 젠지로와 거의 동세대일까. 진한 갈색 머리칼과 잿빛 눈동자, 갈색 피부라는 전형적인 카파 왕국 사람의 생김새를 한 그 남자는 온순한 표정으로 무릎을 꿇고 조아리고 있었다.

　잔뜩 긴장한 그 표정은 사실 꽤나 외골수일 것 같은 인상을 풍겼지만, 직계 왕족 앞에서 충성의 의식을 행하면서 표정을 풀 만큼 대담한 사람은 거의 없을 것이다. 첫인상으로 그 성격을 추측하는 건 위험한 일이었다.

　젠지로는 건네받은 나탈리오의 검을 칼집에서 쑥 빼냈다.

　잘 손질된 단조철로 만든 날이 창으로 들어온 햇빛에 반사되어 번쩍 빛났다.

칼날의 길이는 50~60센티 정도일까? 길이로 보아 한 손으로 드는 검 같았지만, 그 묵직한 무게는 간단하게 한 손으로 휘두를 수 있다고는 생각되지 않았다.

젠지로는 칼집에서 뺀 검의 평평한 면으로 무릎을 꿇은 나탈리오의 양쪽 어깨를 한 번씩 두드리고 천천히 칼집에 넣었다.

그리고 젠지로가 내민 칼집에 든 칼을 나탈리오는 바닥에 무릎을 댄 채 양손으로 공손하게 받고 대답했다.

"예! 주인의 명을 등지지 않고, 도의에 반하지 않으며, 곤란을 두려워하지 않고 젠지로 님의 수족이 되어 이 한목숨 바칠 것을 맹세합니다."

이렇게 기사 나탈리오의 충성 의식은 막힘없이 끝을 맞이했다.

기사 나탈리오가 물러간 왕궁의 한 방에서 젠지로는 주위에 들리지 않게 작은 안도의 한숨을 내쉬었다. 어떻게든 이렇다 할 실수를 저지르지 않고 일을 끝낼 수 있었다.

"애쓰셨습니다. 젠지로 님."

뒤에 대기하고 있던 중년 남자——파비오 비서관의 말에 젠지로는 반사적으로 움찔 몸을 떨었다.

이 중년 남자는 지위상으로는 아우라가 젠지로에게 빌려준 부하였지만, 젠지로의 사람 보는 눈이 틀리지 않았다면 그가 젠지로에게 보내는 눈길에 그런 다소곳함은 요만큼도 포함돼 있지 않았다.

'염치 좋게 바깥으로 기어 나온 종마가 바보 같은 짓을 하지 않도록 그 언동을 철저하게 감시하는 역할'이 그의 실체라고, 젠지로는 보고 있었다.

(애초에 날 윗사람으로 인정한다면 '애썼다'는 아니지…… 않나? 아차, 조심해야지. 그건 아닌가. '언령' 덕분에 위화감 없이 말이 통하니까 자꾸 잊어버리는데, 여긴 이세계란 말이지.)

처음 대면한 뒤 지금까지 호의적이라고는 죽어도 말할 수 없는 태도만 보이는 중년 남자에게, 젠지로는 무의식중에 필요 이상으로 부정적인 감정을 품고 말았다.

노고를 위로하는 말을 건네는 행위는 윗사람이 아랫사람에게 하는 것이고 그 반대는 실례다, 라는 건 어디까지나 일본 사회의 상식이었다. '애썼다'는 말에 악의가 있다고 생각하는 건 아무래도 지나친 의심일 것이다.

젠지로는 머릿속에서 옥타비아의 수업에서 배운 왕족으로서의 올바른 응대를 떠올리면서 입을 열었다.

"아니, 별것 아니야. 이걸로 된 거지?"

뒤쪽을 향하며 그렇게 되물은 젠지로에게 파비오 비서관은 변함없이 탈을 쓴 것 같은 무표정으로 긍정했다.

"네. 앞으로 나탈리오 기사는 용궁기병단의 일원인 동시에 젠지로 님의 직속 신하로서 직무를 맡게 될 것입니다. 왕족 직속 신하의 봉록은 1년에 대형은화 20닢이니까, 말도나도 가문에도 큰 도움이 될 것입니다. 실제로는 아우라 폐하의 주머니에서 나갑니다만, 형식상으로는 젠지로 님이 나탈리오 기사에게 지급하는 것으로 돼 있으니, 기억해 두십시오."

"호오, 특별수당이 나가는 건가?"

조금 놀란 것 같은 표정으로 말하는 젠지로를 파비오 비서관은 무표정을 조금도 움직이지 않고 긍정했다.

"네. 기사의 충성은 금전으로 사는 것이니까요."

판타지의 세계관에는 어울리지 않는, 꿈도 희망도 없는 얘기였다.

젠지로는 조금 고개를 갸웃하며 거듭 물었다.

"그런 건가?"

"물론 금전만으로 완성되는 것은 아닙니다. 충성심을 높이는 것은 주군의 말이고, 지속시키는 것은 주군의 행동입니다. 그러나 충성심의 근저를 지탱하는 것은 어디까지나 금전입니다. 금전이라는 토대 없이 충성심은 성립하지 않습니다."

단호하게 잘라 말하는 파비오 비서관의 얘기는 지독하게 속물적이었지만 그만큼 젠지로에게는 알기 쉬웠다.

꿈이 없는 얘기였지만, 영지가 없는 기사들은 왕국에서 지급되는 봉급만으로 생활하고 있다. 무용과 충성은 문자 그대로 그들의 상품이었고, 가능한 한 비싸게 팔아야 할 필요가 있었다.

"과연."

납득했다는 듯이 끄덕이는 젠지로의 모습을 가면을 쓴 것 같은 무표정으로 바라보고 있던 파비오 비서관은 문득 떠올랐다는 듯한 말투로 물었다.

"아아, 그러고 보니 젠지로 님은 영지나 작위를 가질 예정이 없습니까?"

갑작스러운 화제의 전환에 젠지로는 다시 한 번 움찔 몸을 떨면서도 애써 표정과 목소리에 드러내지 않고 되물었다.

"영지나 작위? 무슨 소린가?"

"네. 우리 카파 왕국에서는 수도와 그 부근 외에도 멀리 떨어진 땅에 왕가 직할령이 존재합니다. 그 영지들의 영주는 현재 아우라 폐하가 겸임하고 있고 현지에는 대관이 파견되어 있습니다만, 왕족이신 젠지로 님 역시 그 땅들의 소유권을 주장할 수 있습니다. 물론 그 소유권은 젠지로 님 한 세대에서 끝나는 것이긴 하지만요."

왕이나 왕족이 왕위 및 왕위 승계권과는 별도로 독자적인 영지나 작위를 동시에 갖는다는 건 드문 일이 아니었다. 오히려 독자적인 영지를 가지지 않는 왕 쪽이 소수파일 것이다. 한 나라의 왕이 다른 나라의 작위를 소유하는 꽤 성가신 상황도 있다.

"지금까지처럼 후궁에 은거하고 계시는 것이라면 필요가 없겠지만, 앞으로 바깥의 활동을 늘리실 거라면 지위나 자유롭게 쓸 수 있는 자금도 필요하겠지요. 게다가 나탈리오 기사와 같은 직속 신하를 늘릴 생각이시라면 독자적인 재원은 필수불가결합니다."

파비오 비서관은 그렇게 설명을 마쳤다.

젠지로는 생각했다.

(과연, 확실히 하는 말에 일리는 있지만……)

일리는 있어도 '여왕의 심복'이 하는 말로는 명백하게 이상했다.

여왕의 남편인 젠지로가 비록 형식적일지라도 영지나 작위를 얻어

독자적인 재원을 손에 넣으면 그건 젠지로에 대한 제어력이 아우라의 손을 떠난다는 것을 의미한다. 애초에 현재 모두 아우라 앞으로 묶여 있는 먼 영토의 수익을 일부이긴 해도 젠지로에게 나눠 준다는 건, 단순하게 생각해도 아우라가 자유롭게 쓸 수 있는 돈이 줄어든다는 얘기다.

국서가 독자적인 지위와 재원을 가지고 그 재원으로 독자적인 전력을 갖춘다.

아무리 생각해도 여왕의 측근이 꺼낼 만한 제안이 아니었다.

(이쪽의 반응을 떠보는 거야? 아니, 그렇다고 해도 지나치게 노골적이잖아. 오히려 못을 박아두려는 것이겠지. 좀 에두른 얘기로.)

"…………"

그러고 있는 동안 비서관은 등을 꼿꼿하게 편 채 물끄러미 그 가는 눈으로 이쪽의 일거수일투족을 살폈다.

젠지로의 태도에 수상한 점이 있으면 이 남자는 절대로 놓치지 않을 것이다.

그런 남자가 아우라에게 충성을 맹세했다고 생각하면 믿음직하긴 하지만, 이렇게 그 냉랭하고 의심 가득한 시선을 자신에게 향하고 있으면 불쾌하기도 하고 괜히 무섭기도 했다.

젠지로가 아우라의 편이라면 이 제안은 '거부'할 수밖에 없었다.

지금 괜한 고집으로 비뚤어진 대답을 돌려줄 장면이 아니라는 것 정도는 이해했기 때문에, 젠지로는 한 번 일부러 헛기침한 후 솔직하게 부정의 뜻을 내보였다.

"필요 없어. 재정과 권한의 일원화는 '왕가'의 건전화를 위해 필요 불가결한 요소다."

"하지만 젠지로 님은 아우라 폐하를 도와드리기 위해 후궁에서 나올 각오를 정하신 것 아닙니까? 실례입니다만 아무리 폐하의 반려이자 직계 왕족으로 인정받는 젠지로 님이라고 해도 무위무관인 채로는 운신의 폭이 좁지 않겠습니까?"

담담한 목소리와 표정없는 얼굴. 거기서 흘러나오는 도발적인 단어들. 이제 짜증이 폭발한 젠지로는 분노가 치민 나머지 눈앞의 남자에 대한 경계심과 공포심을 일시적으로 잠재우고, 조금 감정적으로 받아쳤다.

"……그렇다고 해도, 그건 나와 폐하 사이에서 논의할 현안이네. 폐하를 제쳐놓고 자네가 나에게 제언할 맥락의 얘기가 아니야."

말하고 나서 '망했다. 너무 심했나.'라고, 곧바로 반성한 젠지로였지만 이미 늦었다. 하지만 짜증을 감추지 않은 가시 돋친 젠지로의 대답은 의외로 파비오 비서관에게는 만족스러운 것이었던 모양이다.

"……옛, 무례를 용서하십시오."

아주 미미하게 무표정을 허물고 입가에 웃음을 띤 파비오 비서관은 젠지로에 대해 깊숙이 머리를 조아리는 것이었다.

◆

그로부터 몇 시간 뒤. 창으로 들어오는 햇살이 살짝 석양빛을 띠기 시작했을 즈음, 집무실에서 간단한 업무를 보고 있던 아우라에게 파비오 비서관이 찾아왔다.

"폐하, 다녀왔습니다."

작게 머리를 숙인 파비오 비서관에게 아우라는 집무 책상을 향해 앉은 채 힐끗 시선만 그쪽을 향했다.

"수고했어, 파비오. 알레한드로, 자네도 수고했네. 물러가도 좋아."

아우라의 뒤에 대기하고 있던 젊고 성실해 보이는 청년——제2비서인 알레한드로는 주군의 명을 받고 손에 든 용피지 다발을 파비오 비서관에게 건넸다.

"파비오 님, 이것이 오늘의 기록입니다."

"그래, 나머지는 내가 이어서 하지."

"네, 잘 부탁드립니다."

용피지 다발을 중년의 제1비서에게 건넨 젊은 제2비서는 충직하게 한 번 절한 후 물러갔다.

탁, 하고 문이 닫히는 소리를 등 뒤로 들으면서 파비오 비서관은 책상에 앉아 펜을 놀리고 있는 여왕에게 말을 걸었다.

"어떠셨습니까, 폐하. 알레한드로의 일처리는."

파비오 비서관의 물음에 아우라는 볼펜을 놀리던 손을 멈추고 시선을 손 밑의 종이에서 앞에 선 비서관의 좁은 얼굴로 옮겼다.

"나쁘지 않더군. 자네와는 달리 언동이 사근사근해. 하지만 일처리 능력은 아직 '척하면 척'까지는 아니야. 내가 몸상태가 좋을 때라면 당분간 곁에 두고 단련시켜도 좋겠지만, 지금은 대리를 시키는 것이 고작이겠어."

가차없는 평가를 하는 여왕에게 파비오 비서관은 작게 어깨를 으쓱하며 대답했다.

"알겠습니다. 만족하실 수 있도록 앞으로 지도에 힘을 쓰도록 하지요."

젊은 비서관들을 지도하는 것도 제1비서인 파비오의 책무였다.

그를 오래 봐 온 아우라는 파비오가 가면과 같은 무표정 아래 후진 교육에 정열을 불태우고 있다는 것을 민감하게 알아채고, 젊은 비서관들을 조금 동정했다.

하지만 젊은 비서관의 실력이 부족한 건 사실이다.

"그렇게 해 줘. 그런데 그쪽은 어땠어?"

갑작스러운 화제 전환에 당황하는 기색도 없이 중년의 비서관은 '척하면 척'하는 식으로 대답했다.

"네. 나탈리오 기사의 충성 의식은 순조롭게 끝났습니다. 젠지로 님은 이미 후궁으로 돌아가셨습니다."

일단 아무 문제도 없었다는 비서관의 보고에 아우라는 안도의 한숨을 쉬었다.

"그래, 그거 잘 됐군. 그래서, 얘기를 들어보도록 할까? 자네의 눈에 서방님이 어떤 인물로 비쳤는지."

젠지로가 이쪽 세계에 온 지도 벌써 반년 가까이 되었다. 왜 이제 와서야, 라고 할 만한 질문이었지만 줄곧 남자 금지 구역인 후궁에 틀어박혀 있던 젠지로와 파비오가 본격적인 대화를 나눈 일은 지금까지

없었다.

그러나 젠지로가 무리가 없는 범위 안에서 후궁 밖에서의 활동을 늘리기로 정한 이상, 이 철가면과 같은 무표정을 자랑하는 심복이 서방님에게 어떤 인상을 받았는지는 파악해 둘 필요가 있었다.

여왕의 물음에 중년의 비서관은 이미 대답을 준비해 두었던 것인지 즉시 말을 받았다.

"네, 표정이나 언동을 구사하는 것은 원래부터 어느 정도 익숙하신 것 같았습니다. 그 정도라면 공적인 업무를 맡겨도 치명적인 실수는 범하지 않으리라 사료됩니다. 예의범절도 급제점입니다. 지적하고 싶은 점이 몇 가지 있기는 하지만 모두 허용 범위 안의 것들입니다. 바깥에 나가도 예의를 몰라서 문제를 일으킬 가능성은 낮을 거라고 생각됩니다."

세워 둔 판자에 물을 붓듯이 술술 말하던 비서관은 거기서 한번 말을 끊고 조금 어깨를 으쓱하더니 마지막으로 이렇게 덧붙였다.

"그리고 왕가가 보유하고 있는 영지와 작위를 떼어 받는 게 어떻겠냐고 부추겨 보았습니다만, 단칼에 차였습니다."

한 점 부끄러워하는 기색도 없이 그렇게 내뱉는 비서관의 말에 아우라는 떫은 표정을 짓고 손으로 얼굴을 감쌌다.

"또, 또, 자네는 그렇게 도발적인 말을…… 그나저나 영지와 작위인가. 앞으로 서방님의 활동을 고려하면 확실히 검토의 여지는 있군."

얼굴을 감싸고 있던 손을 턱에 대고 진지한 표정으로 생각에 잠기는 여왕에게 비서관은 입가를 약간 웃는 형태로 비틀면서 냉랭하게 말했다.

"그건 폐하와 젠지로 님 두 분이서 충분히 대화를 나눠 주십시오. 아무래도 그런 일은 '폐하를 제쳐놓고' 일개 비서관에 불과한 저따위가 참견할 문제가 아닌 모양이니까요."

파비오 비서관의 말투로 봐서 젠지로가 그렇게 말했다는 걸 안 아우라는 작게 웃어 보였다.

"그건 신중한 서방님다운 말이로군. 덕분에 이쪽은 운신이 편해. 관록을 붙여주는 의미에서라도 먼저 작위만 준비하는 편이 좋을지도 모르겠어."

아우라는 그렇게 호의적인 감상을 늘어놓았지만, 사실 젠지로는 특별히 신중하게 행동한 건 아니었다. 단지 자신과 아우라가 사적으로는 동격이라도 공적으로는 명확한 상하관계에 있음을 자연스럽게 자각하고 있을 뿐이었다.

정확한 정보의 공유와 명령 계통의 일원화가 갖춰져 있지 않은 조직이 얼마나 간단하게 무너지는지, 3년 조금 넘는 사회 경험을 통해 뼈저리게 알고 있는 젠지로였다.

"폐하의 남편이라는 지위라면 '발렌티아 공작'의 작위를 계승하셔도 문제는 없습니다만."

도발적인 비서관의 말에 아우라는 웃음을 거두지 않은 채 위협하듯이 낮은 목소리로 받아쳤다.

"파비오. 날 떠보려는 언동은 그만둬. 걱정하지 않아도 그렇게까지 서방님에게 실권을 넘겨줄 생각은 없으니까. 적어도 내가 왕좌에 앉아 있는 동안은 '발렌티아' 공작위와 '포트시' 백작위는 내가 겸임한다. 다른 사람에게 양보할 뜻은 없어."

"현명한 판단이십니다."

여왕의 질책을 받은 비서관은 황송해하는 기척도 보이지 않고 작게 어깨를 들어 올리며 그렇게 여왕의 판단을 평가했다.

'발렌티아'는 왕국에서도 가장 번영한 항구도시였고, '포트시'는 왕국 제일의 은광이 자리한 땅이었다.

이러한 왕가 고유의 재원이 봉건제 국가로서는 예외적이라 할 만큼 왕권을 강하게 해 주는 밑바탕이었다. 그 2대 재원을 아무리 남편이라고 해도 왕 이외의 인간에게 넘겨주는 건 바보짓 그 자체였다.

"하지만 몸이 무거우신 폐하는 당분간 현지에 '날아가는' 것이 불가능합니다. 대관에게 맡겨 둔다 해도 그것대로 위험합니다."

비서관의 지적에 얼굴을 찡그린 아우라였지만, 그래도 고개를 위아래로 끄덕이며 긍정할 만큼의 이성은 있었다.

"그래, 알고 있어. 서방님이 '순간이동'을 사용할 수 있게 되면 작위 계승과는 별도로 감독관 정도는 해 주면 좋을 거야."

원래 부정이나 반란의 온상이 되기 쉬운 먼 영지에 대한 관리가 카파 왕국에서는 예외적으로 문제없이 이루어져 온 이유는, 왕가 사람이 사용하는 마법, '순간이동'이 존재했기 때문이다.

언제 불시에 시찰하러 올지 알 수 없는 상황에서 부정이나 반란을 도모하려면 엄청난 담력과 꾀가 필요했다.

하지만 현재 카파 왕국에서 '순간이동'을 할 수 있는 사람은 여왕인 아우라 하나뿐. 그런 의미에서도 젠지로의 마법 습득과 직계의 혈통을 잇는 자손을 많이 낳는 것이 바람직했다.

"그렇군요. 그 정도의 역할은 기대하고 싶은 심정입니다. 그렇지만 젠지로 님이 하셔야 할 최대의 임무가 폐하와의 사이에서 후손을 만드는 일이라는 것에 변함은 없습니다만."

"뭐 그렇지. 다행히도 아이는 순조로워. 입덧도 오늘은 한 번도 안 왔고. 의사 말로는 가장 입덧이 심한 시기는 이제 지나갔다는군."

오늘 하루 중 가장 기뻐하는 표정을 지은 아우라에게 파비오 비서관은,

"그건 좋은 일이로군요. 그러고 보니, 오늘은 쌍왕국의 사자와 직접 만나기로 하셨지요. 어땠습니까, 그쪽의 태도는."

그렇게 화제를 전환하며 아우라에게 물었다.

쌍왕국과의 외교 문제. 젠지로가 잠재적으로 보유하고 있는 '부여 마법'의 힘을 어떻게 할 것인가. 해결 지점을 찾기 위해 오늘 막 비밀리에 회담을 연 참이었다.

비서관의 물음에 아우라는 작게 어깨를 으쓱하고 대답했다.

"일단 첫 느낌은 나와 서방님 사이의 아이를 제한할 생각은 없는 것 같아. 다만 서방님이 나 외에 다른 사람과 아이를 만드는 일이 있으면 개입해 올 태세였어."

아우라는 그렇게 말하고 의자의 등받이에 묵직하게 체중을 싣고 한 번 뭉친 근육을 풀듯이 머리를 돌렸다.

그것은 이쪽에서도 애초부터 예상하고 있던 선의 얘기였다. 납득하

면서 파비오 비서관은 질문을 이었다.

"하지만 그렇게 되면 폐하와 젠지로 님 사이에 태어난 아기씨에게 는 틀림없이 '샤로와 왕가'의 피가 남게 됩니다. 젠지로 님이 측실을 만들지 않는다고 해서 쌍왕국이 창끝을 거두겠습니까?"

아우라는 다시 한 번 어깨를 으쓱하고 순순히 고개를 가로저었다.

"무리겠지. 실제로 저쪽은 서방님에게 샤로와 왕가의 방계 공주를 측실로 붙인다는 생각을 은근히 비쳐 보이더군. 물론 그 사이에서 태 어난 아이는 쌍왕국이 데려간다는 전제로, 말이야. 이건 아직 확정적 인 건 아니지만 내 느낌으로는 아무래도 저쪽은 우리나라에 '부여마 법'의 혈통을 남기지 않는 것보다 자기네 나라에 '시공마법'의 혈통을 끌어가는 게 주된 목적이라는 느낌이 들어."

그렇게 되면 카파 왕가에 샤로와 왕가의 피가 섞이는 것과 동시에 샤로와 왕가에도 카파 왕가의 피가 섞인 왕족이 탄생하는 셈이 된다. '이걸로 쌤쌤이다'라고 저쪽은 말하고 싶은 모양이다.

물론 그건 저쪽의 주장일 뿐이고, 이쪽은 이쪽대로 할 말이 있다.

젠지로가 잠재적으로 샤로와 왕가의 피를 잇고 있다는 것이 확정적 인 정보가 아닌 이상, 선불리 저쪽의 주장을 받아들이면 '시공마법'의 혈통을 그저 도둑맞을 뿐이라는 결과가 나올 것이다.

애초에 이쪽으로서는 저쪽의 핏줄을 의도적으로 훔친 게 아니기 에, 필요 이상으로 양보할 의리는 없는 셈이다. 단순한 이치만 따지자 면, 아우라와 젠지로가 결혼했을 때 쌍왕국은 '축복'의 말을 보내왔기 때문에 지금 와서 젠지로의 혈통에 대해 이러쿵저러쿵 말할 자격은 없는 것이다. 하지만 국제사회가 그렇게 딱 떨어지게 규율대로 움직인다고는 아우라도 생각지 않았다.

"그렇다면, 과연 어디쯤이 타협점이 될까요."

"몰라. 현시점에서는 뭐라고 말하기 어려워. 아마도 당분간은 평행선을 유지하겠지. 아무래도 걸려있는 것이 '혈통마법'이니까. 서로 양보할 수 없는 게 너무 많아. 불행 중 다행인 것은 저쪽도 전쟁을 일으키는 건 최악 최후의 수단으로 인식하고 있다는 것 정도일까."

아우라는 그렇게 말하고 다시 등받이에 몸을 기댄 채 빙글빙글 목을 돌렸다.

카파 왕국과 샤로와·지르벨 쌍왕국. 둘 다 남대륙에 패권을 떨치는 손에 꼽는 대국이다. 섣부른 불장난이 화상으로 끝나지 않을 거라는 정도는 서로 이해하고 있었다. 그러나 이 일에 걸려있는 건 체면과 같은 실리 없는 물건이 아니다. 나라의 근간을 이루는 힘, '혈통마법'이었다. 간단하게 타협점을 찾아낼 수는 없으리라.

"경우에 따라서는 폐하와 젠지로 님의 세대에서 해결되지 않을지도 모르겠군요."

비서관이 입에 올린 현실감 있는 예상에 아우라는 눈썹을 찡그렸다.

"……가능하면 그건 피하고 싶은 일이야. 이런 종류의 문제는 시간이 흐르면 흐를수록 자신의 주장에서 더욱 정당성을 발견하는 법이기 때문에 서로 양보할 수 없게 돼 버리지. 내 아이의 세대가 다음 대전쟁의 계기를 만드는 것은 피하고 싶어."

라고는 말해도 아우라도 왕이다. 왕의 책무로서 자국에 불리한 밀약을 체결할 수는 없었다. 그런 것을 하면 아우라의 권력 기반이 흔들려 내전의 위기가 올 수 있었다.

"이 건은 장기전을 각오할 수밖에 없겠어. 나도 출산까지는 자유롭지 않은 몸이고, 성급하게 결론을 내는 건 위험해. 만에 하나라도 비밀이 유출되면 성가실 거야. 푸죠르 따위가 이 얘기를 들으면 뭐라고 떠들어댈지, 상상이 가지?"

아우라가 하고 싶은 말을 이해한 파비오 비서관은 작게 한숨을 쉬고 동의를 표했다.

"……틀림없이, 희희낙락하며 젠지로 님에게 측실을 밀어붙이겠지요. 적극적으로 '부여마법'의 혈통을 훔치기 위해서."

야심가인 푸죠르 장군이 다른 나라의 혈통마법을 취할 기회를 놓칠 리가 없었다. 게다가 더 성가신 건 푸죠르 장군이 그렇게 제언하면 동조하는 귀족이 다수파일 거라는 점이다. 그만큼 '부여마법'의 혈통은 매력적이다.

쌍왕국을 배려하는 신중파는 뒷전으로 밀려날 가능성이 높았다.

"신중하게, 어디까지나 신중하게, 해야 해."

자신을 설득하듯이 그렇게 중얼거린 아우라는 무의식중에 오른손으로 아이를 품은 복부를 쓰다듬고 있었다.

[제6장] 교섭이라는 이름의 줄다리기

그로부터 몇 달이 지난 어느 날.

그날, 여왕 아우라는 왕궁의 어느 방에서 샤로와·지르벨 쌍왕국의 사신과 이미 몇 번인가 이어졌던 회담 자리를 갖고 있었다.

지금은 카파 왕국이 1년 중 가장 시원한 시기였다. 한낮에도 25도를 넘지 않는 부드러운 햇살이 열어젖힌 창으로 쏟아져 들어와 실내를 기분 좋게 비추고 있었다.

입덧이 그친 대신 부풀은 배가 눈에 띄기 시작한 아우라는 평소에는 거의 입지 않는 넉넉한 만듦새의 붉은 드레스로 몸을 감싸고 소파에 몸을 맡긴 채 맞은편에 공손하게 앉아 있는 쌍왕국의 사신에게 숙연하게 말을 건넸다.

"보다시피 무거운 몸이라, 편한 차림으로 실례하오."

"아닙니다. 무슨 말씀을. 폐하를 뵈올 수 있어서 황공하기 그지없습니다."

여왕의 말에 쌍왕국의 사신은 형식적인 말을 되돌려주고 예의 바르게 머리를 숙였다.

사신은 보라색과 흰색을 기조로 한 쌍왕국의 정장을 갖춰 입은 중년 남자였다. 작위도 영지도 없는 낮은 귀족이었지만 이번에 이렇게 큰 임무를 맡았다는 건 그 인격이나 능력을 그만큼 신뢰받고 있다는 얘기일 것이다.

실제로 이렇게 대국의 왕인 아우라와 마주 보고 있어도 남자는 현재까지 태연하게 침착함을 유지하고 있었다.

아우라가 이 남자와 회담을 하는 건 이것이 다섯 번째였다. 남자가 왕궁에 입성한 지 두 달이나 지났다는 걸 생각하면 다섯 번째 대면이라는 건 의제의 무거움에 비해 다소 느슨한 감이 있었지만, 기밀 유지가 우선이었기에 어쩔 수 없었다.

한 나라의 여왕인 아우라가 아무리 대국 샤로와·지르벨 쌍왕국의 사신이라고는 해도 일개 외교관에 지나지 않는 인물과 빈번하게 1대 1 면회를 하면 주위에서 '뭔가 심상치 않은 사태가 일어났다'는 의심을 살 것이기 때문이었다.

서로 주장이 대립하고 있는 두 나라였지만, 비밀리에 일을 진행하고 싶다는 생각만큼은 일치했다.

"이해하고 있으리라 생각하네만, 귀공과의 회담에 긴 시간을 낼 수는 없소. 바로 시작하지. 쌍왕국은 나와 서방님의 혼인 때 축복의 말을 보냈다. 그것을 번복할 의사는 없겠지?"

아우라는 미리 전제한 대로 단도직입적으로, 위압적인 말을 위압적인 태도로 던졌다.

"예, 물론, 우리나라는 폐하의 성혼을 진심으로 축하드렸습니다. 결코, 거짓은 없습니다."

쌍왕국 사신은 조아리며 머리를 숙이면서도 기죽지 않고 대답했다.

아우라와 젠지로의 결혼을 축하하는 말을 취하할 의사는 없다. 그것은 즉 아우라와 젠지로 사이에 태어난 아이에 대해서는 간섭할 생각이 없다는 쌍왕국의 의사 표현이었다.

이 말을 이끌어낸 것만으로도 아우라의 처지에서는 최소한의 목적은 달성한 셈이었다. 적어도 이로써 카파 왕국의 정통 혈통에 대해서는 간섭을 받을 염려가 없어진 셈이다. 당연하다면 당연하다 할 얘기지만, 분명한 언질을 받아낸 아우라는 내심 안도의 한숨을 쉬었다. 몇 개월이 걸려 얻어낸 최대의 성과였다.

하지만 안심할 틈도 없이 사신은 정중한 말로 아우라를 추궁했다.

"젠지로 님은 카파 왕가의 일원으로 인정받으신 몸입니다. 그 몸을 어떻게 움직이시든 타국의 인간이 참견할 일은 아닙니다. 물론 그건 이해하고 있습니다. 하지만 우리 왕국의 처지도 이해해 주셨으면 합니다."

"……확실히, 그렇지. 하고 싶은 말이 뭔지 모르는 바는 아닐세."

아우라는 어려운 표정을 지으며 끄덕였다.

이미 젠지로가 대륙의 나라들에게 카파 왕국의 국서로 인정받고 있는 지금, 원래대로라면 쌍왕국이 젠지로의 핏줄에 간섭할 정당성은 어디에도 없었다.

그러나 혈통마법의 유출이라는 문제의 거대함은 경우에 따라서는 표면적인 정당성을 걷어차 버릴 수도 있을 정도라는 것도 사실이다. 더구나 샤로와·지르벨 쌍왕국은 남대륙 중앙의 패권을 장악하고 있는 대국이다.

만에 하나라도 폭발할 가능성을 생각하면 아우라로서는 세게 밀어붙일 수만도 없는 노릇이었다.

부아가 치밀기는 하지만 어딘가에서 한 발짝 물러날 필요가 있을 것이다.

아우라는 깍지 낀 양손을 배 위에 살며시 놓고 의도적으로 톤을 낮춘 목소리로 제안했다.

"서방님은 그쪽의 처지를 이해하고 나 이외의 여인과 아이를 갖지 않는다고 했소. 내 아이에게는 간섭하지 않겠다고 했으니 그걸로 충분하지 않은가?"

현재 혈통마법의 계승자가 두 사람밖에 없는 카파 왕국에게 있어서 핏줄의 확산을 의도적으로 제한한다는 것만으로도 충분한 양보였다. 아우라는 이 이상 양보할 생각은 없었다.

하지만 쌍왕국의 사자에게는 또 다른 가치관이 있었다.

"그건 대단히 감사한 말씀입니다. 하지만 왕족의 혼인이란 건 마음대로 할 수 없는 일. 어쩔 수 없이 부득이한 사정이 생겨 젠지로 님이 측실을 들일 경우, 그리고 그렇게 태어난 아이가 '부여마법'을 자각할 경우는 어떻게 하시겠습니까.

주눅이 들지도 않고 날카로운 의견을 제시하는 남자에게 아우라는 여유 있는 미소를 무너뜨리지 않은 채 내심 혀를 찼다.

실제로 남자가 말하는 대로다. 왕족이 측실을 들이지 않겠다는 말을 영원히 지킬 것이라는 보장은 없었다. 약속이 깨졌을 때의 벌칙도 없는 밀약 따위 있으나 마나 한 것이었다.

실제로 아우라도 그런 약속을 평생 소중하게 지킬 생각은 없었다. 물론 서투르게 쌍왕국을 자극하는 멍청한 짓을 할 생각은 없었지만, 여차하면 적당한 사죄의 말을 둘러대고 조약을 파기하는 것 정도는 생각하고 있었다.

이렇게까지 정면으로 못을 박고 들어올 줄은 솔직히 생각하지 못했다. 적어도 담력은 충분한 남자인 것 같았다.

하지만 아우라도 상대의 주장을 정면으로 받아들여 줄 만큼 쉬운 여자가 아니었다.

"그건 가정에 가정을 더한 말이오. 지금 상황에서 그런 것까지 대답해야 할 이유는 찾지 못하겠소만?"

딱 잘라 버리는 아우라에게 남자는 침착한 음색으로 물고 늘어졌다.

"그러나 현실로 나타나도 이상하지 않을 가정이 아닙니까. 뒷날 분쟁의 씨앗이 될 가능성은 사전에 조율해 놓는 것이 좋다고 사료됩니다."

남자는 어디까지나 물러서지 않았다. 이것을 정면에서 물리치는 것은 힘들 것 같다.

그걸 깨달은 아우라는 공격의 방향을 조금 틀었다.

"과연, 일리가 있군. 그렇다면 묻겠는데, 나와 서방님 사이에 태어난 아이에게는 간섭하지 않겠다는 약정을 샤로와 왕가 쪽이 깨는 경우는 어쩔 텐가? 서방님의 출생이 방계 왕족에게 알려져 그 정보를 안 방계 왕족 사람들이 주제넘은 행동을 할 경우다. 가정에 가정을 거듭한 얘기이긴 하지만 현실로 드러나도 이상하지 않소?"

"음……"

아우라의 반격에 남자는 이날 처음으로 말을 흐렸다. 단순한 반격이었지만 상당히 효과적이었다. 한 나라의 톱인 아우라와는 달리 본국의 대변자에 불과한 사신은 애드리브를 구사할 수 있는 폭이 한정돼 있었다.

그 틈에 아우라는 몰아붙였다.

"뭐, 귀공이 하는 말도 옳소. 고려의 여지는 있겠지. 지금 내가 물은 가정과 같은 만큼은 말이오."

빙빙 돌린 말투였지만 요컨대 '이쪽의 현안과 그쪽의 현안을 나란히 진행해야 한다.'고 말하고 있는 것이었다. 나란히 진행한다고 하면 평등한 제안으로 들리지만, 사실은 달랐다.

아우라는 자신의 판단으로 모든 것을 결정할 수 있는 여왕이었지만, 그에 반해 남자는 권한이 제한된 일개 외교관에 지나지 않았다.

"……알겠습니다. 조속히 본국에 문의하겠습니다."

결국, 이날, 남자는 그 이상의 성과를 올리지 못했다.

———◆———

같은 때, 왕국의 대형 홀에서 열린 식전에는 아직 약간 어울리지 않는 빨강을 기조로 한 카파 왕가의 정장을 차려입은 젠지로의 모습이 있었다.

빈 왕자 옆에 마련된 부좌. 거기가 젠지로의 지정석이었다.

보통 왕이 앉는 왕좌와 그 옆에 있는 왕비의 의자는 크기나 장식에서 한 눈에 알 수 있게끔 격차를 두는 것이 상식이었지만, 현재 젠지로가 앉아 있는 이 의자는 옆의 왕좌와 크기도 장식도 소재가 된 돌의 질도 거의 동격이었다.

이 부분에서도 왕국 최초의 '여왕과 그 반려'를 모시는 어려움이 드러나 있었다.

(왕의 배우자가 왕보다 더 훌륭해서는 안 되지만, 여자인 여왕이 남자인 남편보다 설치는 것처럼 보이는 것도 안 된다, 는 건가. 정말 까다로운 처지에 처해 있구나, 아우라는.)

이렇게 공식 행사에 얼굴을 내밀 때마다 새삼스럽게 사랑하는 아내가 얼마나 힘든 위치에서 분투하고 있는지를 실감할 수 있었다.

가격을 매기는 듯한 귀족들의 시선은 솔직히 이쪽의 위장에 적지 않은 부담을 주었지만, 무거운 몸으로 이 일을 혼자서 떠안고 있는 아우라를 생각하면 이 정도의 수고는 아무 것도 아니었다.

젠지로는 일부러 눈의 초점을 맞추지 않고 정렬한 귀족들 모두에게 흐릿한 시선을 향한 채 인형처럼 예의바르게 식전이 끝나기를 기다렸다.

원칙적으로 젠지로가 아우라를 대리해서 나오는 식전은 '왕족'이라는 지위에 있는 사람이 얼굴만 내밀면 충분한 것들이었다.

어려운 대화나 복잡한 행사가 얽힌 식전은 아우라에게 부탁할 수밖에 없었다.

(예의 바르게, 그저 조용히 시간이 지나가길 기다리면 돼.)

붉은 돌로 만들어진 부좌 위에서 인형처럼 단정하게 앉은 자세를 유지한 채, 젠지로는 자신에게 그렇게 들려주었다.

젠지로의 역할은 사회자인 문관이 자신의 이름을 불렀을 때 한쪽 손을 들어 귀족들에게 인사를 하는 것뿐이었다.

낭랑한 사회자의 목소리에 귀를 기울이고 젠지로가 마음의 준비를 하기 시작한 그때였다.

"오늘은 이곳에 황공하게도 카파 왕가를 대표해서 젠지로 님이 와 주셨습니다. 여러분, 단상의 폐하에게 큰 박수를 부탁합니다!"

사회자의 생각지도 못한 말에 젠지로는 그만 숨이 턱 막힐 만큼 놀랐다.

그러나 지금은 놀라고 있을 계제가 아니었다. 사회를 담당하고 있는 젊은 문관의 얼굴을 보니 아무래도 지금 한 말에 악의가 있는 것 같지는 않았지만, 그렇기 때문에야말로 그 말을 그대로 내버려둘 수는 없었다.

본래대로라면 여기서는 아무 말 없이 오른손을 들어 보이는 것만이 젠지로의 역할이었다. 여기서 자신이 애드리브를 하는 것이 절대 옳다고는 보장할 수 없었지만, 그냥 넘길 수 없는 사태가 된 이상 용기를 내서 한 발짝 내디딜 수밖에 없었다.

젠지로는 왼쪽 허리에 찬 장식 동검의 칼자루에 오른손을 가볍게 얹고 긴장을 억누르며 큰 소리로 질책의 말을 발했다.

"정정한다! 나는 '왕가를 대표해서' 이 자리에 있는 것이 아니다. 카파 왕국 유일의 절대적 소유자인 '아우라 폐하의 대리로서' 이곳에 있는 것이다!"

그것은 평소의 젠지로와는 동떨어진, 날카롭고 강압적인 말이었다. 물론 젠지로의 원래 모습은 아니다. 있는 힘껏 무리해서 연기한, 엄청나게 애써서 만들어낸 언동이었다.

그러나 '허리의 검에 손을 얹는다'는 행위는 '경우에 따라서는 처벌도 불사하겠다'는 의사의 표현이었다. 젠지로의 속마음 따위 알 리 없는 젊은 문관은 견딜 수가 없었다.

사회자인 문관은 예정에 없었던 직계 왕족의 질책에 얼굴이 창백해져서 다급히 정정했다.

"시, 실례했습니다! 정정합니다. '아우라 폐하의 대리로서' 그 부군이신 젠지로 님이 와 주셨습니다!"

금방이라도 쓰러질 것 같은 젊은 문관의 모습을 보자 젠지로도 무심코 '미안, 너무 심했어!'라고 사과하고 싶었다.

사실, 자세한 사정을 모르는 사람이 보면 지위가 센 사람이 지위가 약한 사람의 사소한 실수를 지적하고 괴롭히는 것에 대해 의문을 느낄지도 몰랐다.

실제로 단상을 올려다보고 있는 귀족 중에 그런 시선을 젠지로에게 향하고 있는 자가 적지 않았다.

하지만 이 잘못은 젠지로의 처지에서 보면 절대 간과할 수 없는 부분이었다.

'아우라 폐하의 대리로서' 젠지로가 이곳에 있는 것이라면, 그것은 어디까지나 아우라의 허가를 받아 이 자리에 있는 것을 의미했다.

한편 '왕가의 대표로서' 이 자리에 있다는 표현인 경우, 그것은 식전의 주최자가 '아우라를 통하지 않고' 직접 젠지로에게 참석을 의뢰해서 이 자리가 성립했다는 형태가 되어버린다.

아우라의 허가 없이 젠지로가 왕족으로서 권한을 행사한다. 그것만큼은 무슨 일이 있어도 행해서는 안 되었다. 개미구멍 하나 때문에 제방이 무너진다는 비유를 할 필요도 없이, 이러한 사례는 단 하나라도 전례를 남기지 않는 것이 최선의 대비책인 것이다.

(큰일 났네. 어느 정도는 예상하고 있었지만, 예상보다 훨씬 빨리 내가 왕족으로서 인정받기 시작했어.)

웅성거리는 귀족들로부터 의식적으로 시선을 돌린 젠지로는 속으로 그런 초조감을 억눌렀다.

식전이 끝나면 참석자들이 모여 뷔페 파티를 여는 것이 관례였다.

귀족들과 스스럼없는 대화를 나눌 기회가 많은 이런 자리에는 결점을 보이지 않기 위해 최대한 참석하지 않기로 한 젠지로였지만, 지금은 어떤 목적을 위해 이런 자리를 적극적으로 이용할 필요가 있었다.

그 때문에 제2 정장에서 조금 가뿐한 제3 정장으로 갈아입은 젠지로는 같은 대형 홀에서 열린 파티장을 배회하고 있었다.

낮은 지위의 사람이 윗사람에게 쉽게 말을 걸어서는 안 된다. 라는 이 나라의 예법이 있었기 때문에 젠지로가 목적을 달성하기 위해서는 이쪽에서 적극적으로 말을 걸어야만 했다.

붉은 양탄자 위를 젠지로는 목적을 달성할 셈으로 익숙하지 않은 천 신발을 신고 정력적으로 돌아다녔다.

"오오, 귀공은 그, 볼로냐 백작이로군. 우수한 문관이며 풍류를 체현하는 문화인이라고, 아우라 폐하께 그 이름을 들은 적이 있소."

"아아, 이거야, 젠지로 님. 칭찬의 말씀 황공하기 그지없습니다."

젠지로는 회장에 있던 귀족 중에 기억 속의 얼굴과 이름이 일치하는 사람들에게 체면을 차리지 않고 말을 걸고 돌아다녔다.

"이런 자리에서 젠지로 님이 알아봐 주시다니, 저는 정말로 운이 좋습니다. 오늘은 식전에 발걸음을 해주셔서 대단히 감사합니다."

"뭐, 별것 아니네. 내가 사랑하는 아내인 아우라 폐하가 친히 명령하신 일이니까. 이 정도의 책무를 수행하는 건 신하로서 또 남편으로서 당연한 일이오."

어디까지나 '아우라의 명령으로 이곳에 있다'는 것을 젠지로는 강조했다.

"예, 그렇습니까. 그런데 요즘은 젠지로 님도 혼자서 후궁 밖으로 나오는 일이 많아지셨습니다. 신하로서는 실로 기쁜 일이 아닐 수 없습니다. 역시 혼자서 날개를 펴고 싶은 일도 많으실 테니까요."

파티라는 스스럼없는 자리라고는 해도 상당히 위험수위인 그 말씀씀이에 젠지로는 속으로 혀를 차면서 있는 힘껏 머리를 굴려, 가장 적당한 대답을 모색했다.

"아니, 날개를 펴다니, 말도 안 되오. 폐하가 바쁘셔서 계시지 않는 후궁 따위, 불이 꺼진 촛대와 같으니까. 그 쓸쓸함을 달래기 위함이오."

그렇게 말하고 젠지로는 빙긋 웃었다.

(됐나? 이걸로 내가 아우라에게 푹 빠져 있다는 어필을 할 수 있으면 좋을 텐데.)

그런 젠지로의 속마음을 아는지 모르는지, 눈앞의 귀족은 과장스럽게 어깨를 흔들며 웃었다.

"하하하, 그것참. 젠지로 님은 대단히 폐하를 사랑하고 계시는군요."

"음. 나 자신도 이렇게까지 내가 한 사람에게 몰두하는 인간인 줄은 몰랐소. 눈을 뜨나 감으나 머리에 떠오르는 건 아우라 폐하와 그 뱃속에 있는 우리 아이뿐이라오. 한심한 일이지만 일도 제대로 손에 잡히지 않아. 정말 곤란하기 그지없소."

(지금 나는 색정광 놈팽이, 지금 나는 색정광 놈팽이……) 몇 번이나 자신에게 그렇게 들려주면서 수치심이나 자존심처럼 원래라면 소중하게 여기는 편이 좋은 정신적 재산을 일시적으로 내던진 젠지로는, 자포자기한 것처럼 너털거리며 웃었다.

그 보람이 있었다고나 할까, 주위에서 젠지로를 보는 시선에 실망과 멸시의 빛이 도는 일이 조금씩 늘어나고 있었다.

해 질 녘, 쌍왕국의 사신과 회담을 끝낸 아우라가 후궁에 돌아오자 아직 거기에는 사랑하는 남편의 모습이 없었다.

아우라가 젠지로보다 먼저 귀가하는 일은 드물었다.

"그러고 보니 서방님은 오늘 나를 대신해서 식전에 얼굴을 내밀고 있는 것이로군."

기억해 낸 아우라는 그렇게 중얼거리고 방의 한구석에 있는 바구니 속에서 오렌지색 목욕 수건을 꺼내 소파에 앉았다.

그리고 드레스의 허리띠를 푼 복부에 그 목욕 수건을 살며시 덮었다.

"후우……"

임신 중이라 아우라는 최대한 몸을 조이지 않는 드레스를 선택하고 있었지만, 여왕이라는 처지 때문에 밖에 나갈 때는 그에 맞는 복장을 해야 했다.

이렇게 허리띠를 풀자 안도감이 들었다. 목욕 수건은 최근 눈에 띄기 시작한 복부를 차갑게 하지 않기 위한 것이었다.

흐트러진 모습으로 소파의 등받이에 체중을 실은 아우라는 문득 목이 마르다는 생각에 소리를 냈다.

"누구 없는가."

"예, 폐하."

여왕의 말을 받아 옆방에 대기하고 있던 시녀가 즉시 모습을 드러

냈다.

아우라는 소파에 몸을 기댄 채 시선만을 조아리고 있는 젊은 시녀에게 향하고 명령했다.

"목이 마르다. 마실 것을 내 와. 아아, 그리고 뭔가 가볍게 먹을 것을 다오."

"네, 알겠습니다."

여왕의 지시에 젊은 시녀는 작게 고개를 숙이고 군더더기 없는 동작으로 방의 한편에 있는 냉장고를 열어 설탕과 과즙으로 맛을 낸 물을 유리잔에 따라 테이블로 가져왔다.

"간식은 조금만 기다려 주십시오. 무언가 드시고 싶은 것이라도?"

시녀의 말에 아우라는 조금 생각하고 대답했다.

"음…… 그래. 뭔가 단 것이 좋겠구나. 아아, 과일 종류는 됐어. 특별히 서두를 필요는 없다."

"네, 알겠습니다. 잠시 기다려 주십시오."

시녀는 한 번 절하고 방에서 나갔다.

남겨진 아우라는 테이블에서 유리잔을 집어 들고 그 내용물에 입을 댔다.

차갑게 식은 새콤달콤한 음료가 상쾌하게 목을 축이자 아우라는 만족스럽게 숨을 내쉬었다.

"흐음, 요즘은 서방님도 시녀들에게 익숙해진 것 같단 말이야. 덕분에 나도 좀 편해졌어."

전에는 사적인 공간에 다른 사람이 들어오는 걸 싫어하는 서방님을 배려해서 이 방과 침실에는 가능한 한 시녀를 불러들이지 않도록 신경을 썼지만, 아우라가 임신하고 나서는 반대로 젠지로 쪽이 아우라를 배려해서 가까운 곳에 항시 시녀가 대기하는 것을 허용하게끔 되었다.

모자의 안전을 위해 젠지로가 타협한 것이었지만, 요즘은 젠지로도 옆방에 시녀가 대기하고 있는 일상에 익숙해진 것처럼 보였다. 그것을 당연한 상태로 받아들이며 살아온 아우라로서는 기쁜 일이었다.

물론 젠지로가 "역시 익숙해지지 않아. 시녀는 밖에 내보내 줘."라고 말하면 받아들일 생각이지만, 몸이 무거운 동안에는 호의에 기대도 괜찮을 것이다.

잔을 테이블 위에 되돌려 놓은 그때, 아우라는 등 뒤에서 딸깍 하고 문이 열리는 소리를 들었다.

순간 시녀가 벌써 간식을 가져온 걸까 생각했지만, 시녀라면 입실하기 전에 반드시 노크할 것이었다. 이 방의 문을 노크도 말도 없이 여는 사람은 단 한 사람밖에 없다.

소파에 앉은 채 아우라가 돌아보자 거기에는 예상했던 얼굴이 있었다.

"다녀왔어, 아우라. 몸은 좀 어때?"

아우라의 대리로 행사에 참석했던 젠지로는 카파 왕국의 왕족 남성의 정장에 해당하는 붉은 조끼와 금실의 자수가 놓인 흰 상의, 그리고 통이 넓은 바지를 완벽히 차려입은 모습으로 방 입구에 서 있었다.

아우라의 대행으로 공식 행사에 참석하게 된 뒤로, 젠지로의 그런 정장 차림도 서서히 틀을 잡아가고 있었다.

돌아온 남편——젠지로의 얼굴을 본 아우라는 자연스럽게 입가에 미소를 떠올리고 밝은 목소리를 냈다.

"아아, 문제없어요. 요즘은 입덧도 나았고, 오늘은 업무를 중단하는 일도 없었어. 덕분에 순조로워요."

"거참 다행이네."

웃는 얼굴로 그렇게 대답하는 젠지로는 손을 등 뒤로 돌려 문을 닫고 빠른 걸음으로 양탄자 위를 지나 방 구석에 있는 옷걸이로 향했다.

벗은 붉은 상의를 옷걸이에 걸어 가뿐해진 젠지로는 돌아오면서 냉장고 안에서 과실수가 든 은 주전자와 자신의 잔을 꺼내고는 아우라 옆에 푹 꺼지듯 앉았다.

"후우."

기온은 그렇게 높지 않았지만 익숙하지 않은 공식 행사로 피곤해졌기 때문인지 전신에서 흥건하게 땀이 솟아나고 있었다. 젠지로는 옷깃을 검지로 당기고 펄럭펄럭 바람을 불어넣었다.

젠지로가 아우라의 대역으로 공식 행사에 참석하게 된 지도 두 달이 넘었지만, 이 모습을 보아하니 아직도 영 익숙해지지 않은 모양이었다.

스트레스에서 해방되어 이완된 몸을 소파에 내던진 남편을 바라보며 아우라는 입을 열었다.

"그쪽은 어땠어? 식전에 참석했었죠? 뭔가 신경 쓰이는 일은 없었어요?"

그건 젠지로가 후궁 밖에서 활동하게 된 이후로 매일 건네는 말이었다. 자기가 생각해도 조금 걱정이 지나치다고 여겨졌지만, 확인을 게을리해서 일이 커지는 것보다는 나았다. 다행히 남편도 그 생각에 동조해 주고 있어서 매몰차게 대하거나 하는 일은 없었다. 항상 웃는 얼굴로 "아니, 특별히 아무 일도 없었어."라고 대답해 주었다.

그러나 오늘의 젠지로는 갑자기 얼굴을 찌푸리고는 진지한 표정으로 평소와는 다른 대답을 돌려주었다.

"응, 그 얘긴데, 좀 신경 쓰이는 일이 있었어."

"응……?"

뭔가 문제가 있었던 것일까. 남편의 태도에 바짝 긴장한 아우라는 소파 위에서 자세를 고쳐 앉고 진지한 얼굴로 남편의 말을 기다렸다.

젠지로는 옆에 앉은 아내와 시선을 맞추고 느릿한 말투로 이야기를 시작했다.

"실은 오늘 식전에서 내 이름이 불릴 때, '왕가를 대표해서'라는 말을 들었어. '아우라 폐하의 대리로서'가 아니라."

물론 곧바로 정정해 두었다고 젠지로는 덧붙였다.

"그건…… 확실히, 조금 문제군."

젠지로의 말에 아우라도 젠지로와 같은 떨떠름한 얼굴이 되었다.

젠지로가 식전이나 야회에 아우라의 대리로 참석하게 된 지 몇 달이 흘렀다.

자신은 몸이 무거운 아우라 폐하의 대역에 불과하다…, 라는 처지를 무너뜨리지 않는 젠지로였지만, 남자 왕족이 공적인 자리에 혼자서 참석하게끔 되면, 비록 여왕이긴 하지만 여자인 아우라보다 남자인 젠지로를 중요시하는 인간이 나타날 것은 이 나라의 문화를 고려하면 필연적인 일이라 할 수 있다.

물론 임신 중인 현재도 공적인 행사에 얼굴은 내미는 횟수는 아우라 쪽이 훨씬 많았다. 젠지로가 대리를 수행하는 것은 그다지 중요하지 않은 행사나 애드리브를 동원한 대응이 불필요하다고 생각되는 일부 식전뿐이었다.

그래도 여왕의 대리를 남자 왕족이 맡게 되면 '권력의 이양'이라는 말이 돌게 돼 있다. 아무래도 임신으로 업무에 지장이 생기는 것을 눈으로 확인하면 여자 왕이라는 존재에 대해 불안과 불만이 분출하는 것이다.

아우라와 젠지로는 서로를 바라보며 거의 동시에 입을 열었다.

"만약 그것이 일부러 그런 것이라면, 문제군."

"만약 그것이 일부러 그런 게 아니라면, 문제지?"

언뜻 듣기에는 비슷한, 그러나 완전히 정반대의 말을 동시에 말한 부부는 잠시 침묵한 후 동시에 고개를 갸웃했다.

"……응?"

"……어?"

침묵을 깨고 먼저 입을 연 것은 젠지로였다.

"에…… 어째서 일부러 그런 거라면 문제라는 거지? 설명해 주겠어?"

"응. 그야 그렇잖아요. 일부러 틀리게 말했다는 건 명백히 나와 당신을 이간질하겠다는 의사가 있다는 거니까. 그 움직임이 문제가 되지 않을 리 없지. 당신은 어째서 일부러가 아닌 쪽이 문제라고 생각하는 거예요?"

명랑한 말투로 스스로의 생각을 밝힌 아우라는 그 다음에 이어서 젠지로의 의도를 캐물었다."

한편 질문을 받은 젠지로도 아우라만큼 또박또박한 말투는 아니었지만 그래도 당차게 자신의 생각을 표현했다.

"응. 일부러 한 게 아니라면 왕궁의 사람들이 무의식중에 나를 '아우라의 대리'가 아니라 '한 사람의 왕족'으로 보기 시작했다는 거잖아. 그렇다고 하면 이 나라의 가치관을 고려할 때, 내가 아우라의 꼭두각시 인형 노릇을 하는 것에 불만을 느끼는 사람이 나오는 건 아닐까, 생각해서."

비록 여왕과 그 반려라고 해도 남성 사회인 카파 왕국에서 여자가 주이고 남자가 종인 관계라는 것은 환영받지 못했다. 지금까지는 아우라가 쌓아올린 실적과 젠지로가 이세계 출신이라는 수상쩍은 면 때문에 보고도 못 본 척했을 뿐이다.

잘못하면 왕궁에 '여왕파'와 '국서파'라는 대립구도가 생길 수도 있었다.

게다가 성가신 것은 아우라를 끌어내리고 젠지로를 치켜 올리려는 사람의 논리가 현실적으로 설득력을 가진다는 점이었다.

이쪽 세계에서는 왕족은 곧 혈통마법의 보유자이다. 왕족의 수는 그대로 나라의 국력이었다.

그러나 현재 카파 왕국의 왕족은 아우라와 젠지로 두 사람뿐. 둘 사이에 많은 아이가 생기는 것이 바람직한 건 필연이었고, 그러려면 모체인 아우라는 오랜 기간 임신과 출산을 반복해야만 했다.

그렇다면 표면적인 정무는 젠지로가 담당하고 아우라는 건강한 아이를 낳는 일에 전념하는 편이 효율이 높았다.

과연, 이치에 맞는 얘기다. 젠지로의 정무 능력이 아우라의 그것과 같은 레벨일 경우의 얘기지만.

아무튼, 아우라도 젠지로가 하고자 하는 말을 이해할 수 있었다.

아우라는 소파의 등받이에 무거운 몸을 맡기고 크게 한숨을 쉬었다.

"과연. 즉, 고의로 틀린 일부 사람들의 암약보다 무의식적으로 틀린 다수의 의식 변화 쪽이 문제가 크다고 당신은 말하고 있는 거죠."

"응. 난 그렇게 생각해. 뭐, 어차피 내가 표면에 나선 이상 이렇게 되는 건 시간문제였다고 생각하지만."

젠지로는 그렇게 대답하고 단정치 못하게 소파의 등받이에 몸을 맡긴 채 작게 어깨를 으쓱했다.

"확실히. 그렇다면 대항 수단은 나와 당신이 이간질 공작이나 세간의 평가에 지지 않도록 긴밀히 정보를 교환하는 것인가."

"응. 그거랑 또 하나는 내가 권한이나 재산을 지나치게 자유롭게 쓸 수 있는 처지가 되지 않는 거겠지. 이건 아우라 쪽에서 제안하면 '남편의 권리를 저해하고 있다'는 악평이 나올 테니까, 내 쪽에서 '귀찮은 일은 사양'이라는 처지를 전면에 내세워야겠어."

측실 문제로도 오명을 뒤집어쓴 바 있는 젠지로는 여기서 또 자기가 흙탕물을 뒤집어쓰겠다고 아무렇지도 않은 말투로 잘라 말했다.

"음…… 확실히 그게 가장 무난하지만."

무심코 떫은 표정을 짓는 아우라였지만, 젠지로의 말대로 하는 것이 왕가로서 최선이라는 것을 이해할 수 있었기 때문에 반론하기 어려웠다.

그러나 그렇다면 현시점에서도 측실을 거절하기 위해 '여왕의 색에 빠져 허우적대는 남자'라는 악평을 뒤집어쓰고 있는 남편에게, '일하기 싫어하는 게으름뱅이'라는 오명까지 떠안기게 된다.

그걸 합치면 '여색에 빠져 허우적대느라 일도 하지 않는 게으름뱅이'가 된다. 사실 아우라에게 한눈에 반하고 샐러리맨 생활에서 벗어나기 위해 이세계로 도망쳐 왔다는 젠지로의 행동을 생각하면 의외로 정당한 평가인지도 몰랐다.

좀처럼 순순히 받아들이지 않는 아내의 등을 떠밀듯이 젠지로는 덧붙였다.

"여기로 돌아오는 도중에 파비오 비서관과도 상의했는데, 그 사람도 '그게 무난하겠군요.'라고 하던데."

당사자가 말을 꺼내고 심복이 그것을 인정했다면 아우라의 처지에서 안 된다고는 말할 수 없었다. 아우라 자신만 죄책감과 같은 감정을 무시할 수 있다면, 그 유효성을 이해하고 있는 만큼 더욱 그랬다.

한숨을 내쉬면서도 결국 아우라는 고개를 끄덕였다.

"알았어. 또 당신의 호의에 기대기로 하죠. 그나저나 보아하니 파비오와는 꽤 잘 지내고 있는 모양이네. 안심했어요. 그자는 유능하긴 하지만 인간관계를 잘 꾸리는 편은 아니라서 조금 걱정했거든."

화제가 바뀌자 젠지로는 슬쩍 시선을 피해 저쪽을 향한 채 웅얼거리며 대답했다.

"응, 뭐, '잘' 지내고 있긴 해. '사이좋게' 지내는 건 아니지만……"

떨떠름한 표정을 감추지 않는 남편의 모습에 아우라는 저도 모르게 입가에 웃음을 지었다.

"그건 다행이네요. 당신이 그 남자와 '사이좋게' 지내는 성격이었다면 내가 견디지 못했을 테니까. 직장에서도 가정에서도 그런 부류의 남자가 기다리고 있다면 내가 마음의 평화를 찾을 공간이 없잖아."

처음엔 농담 섞인 말투로 시작한 아우라였지만 마지막은 토로하는 것 같은 말투가 됐다. 아무래도 자신이 생각하는 것 이상으로 심복의 신랄한 말투에 불만이 쌓인 모양이었다.

아내의 말투를 보아하니 아무래도 파비오라는 남자에게 부부가 같은 감정을 품고 있는 것 같다고 느낀 젠지로는 표정을 풀고 아내 쪽을 향했다.

"확실히, 그건 한 사람으로 충분하지."

"응. 하지만 한 사람은 필요해. 솔직히 가끔은 한 대 때려주고 싶지만, 왕족을 두려워하지 않고 불쾌한 말을 할 수 있는 사람은 귀하니까. 더욱이 악의가 아니라 선의에서 그럴 수 있는 사람은 희귀하지. 당신도 가능한 한 잘 지내줘요."

"알고 있어. '가능한 한' 잘 지내볼게."

끄덕이는 젠지로의 얼굴에는 감출 길 없는 쓴웃음이 번지고 있었다.

[제7장] **밀약 체결**

한 달 뒤.

젠지로는 후궁의 거실에서 컴퓨터 앞에 앉아 아내인 아우라가 읽어 주는 밀약 문서의 내용을 입력하고 있었다.

계절은 돌고 돌아 지금은 일본으로 치면 봄에 해당하는 시기였다.

남대륙 서부의 이 시기는 일반적으로 '우기'로 불리고 있었다. 그 이름대로 이 시기는 한 달에 반 이상 비구름에 덮여 있었고, 열흘 이상 계속 비가 내리는 것도 드문 일이 아니었다.

그것도 일본의 장마처럼 추적추적 내리는 귀여운 것이 아니라, 조금 약한 태풍처럼 주륵주륵 내리는 것이었다.

당연히 홍수도 빈발하는 곤혹스러운 날씨였지만, 이 시기의 비가 카파 왕국의 녹음을 키우고 풍부한 물의 은혜를 대지에 남겨주고 있었기 때문에 꼭 나쁜 것만은 아니었다.

그리고 오늘도 그런 우기의 예외가 아니어서 아침부터 강한 비가 내리고 있었다.

호우가 그치지 않고 쏟아지는데다 바람의 방향도 나빠서 창문을 꼭 닫아 놓았다.

덕분에 아직 한낮인데도 실내는 조명이 없으면 바로 앞의 키보드가 잘 보이지 않을 정도로 어두웠다. 물론 지금은 LED 스탠드라이트를 켜 놓았기 때문에 어둡지는 않았지만, 그 때문에 벌써 밤인 것 같은 착각이 들었다.

"……의 경우는, 쌍왕국은 카파 왕국에 벌칙으로 금화 3천 닢을 지급할 것. 이상이에요. 어떻게, 잘 들렸어요? 뭐하면 한 번 더 읽을까?"

빨간 임신복 드레스 모습으로 소파에 편안하게 앉아 손에 든 용피지를 읽고 있던 아우라는 남편의 등에 대고 그렇게 말을 건넸다.

젠지로는 아내에게 등을 향한 채 딸각딸각 키보드를 울리며 한 박자 늦게 대답했다.

"……아니, 괜찮아. 전부 입력한 것 같아. 혹시 잘못된 게 있는지 이쪽에서 읽을 테니까 확인해 주겠어?"

"알았어요."

아내의 대답을 등으로 들은 젠지로는 의자 위에 고쳐 앉고는 컴퓨터의 디스플레이에 떠 있는, 오늘 자신이 입력한 문장을 읽어 내려갔다.

"그럼 시작할게.

1. 젠지로 카파(갑)는 이후 아우라 카파(을) 이외의 사람과는 아이를 갖지 않는다.

2. 쌍왕국은 (을)의 직계에 대해서는 일절 간섭하지 않는다.

3. 카파 왕국이 1을 깨고 (갑)이 (을) 이외의 사람과 아이를 만들었

을 경우, 雙王國은 그 아이(병)의 혈통마법 적성을 조사할 권리를 갖는다.

4. (병)에게 '부여마법'의 소양이 인정되는 경우, (병)은 15세부터 3년간, 雙王國에서 유학한다.

5. 유학 중 雙王國이 그자에게 망명을 강요한 경우, 카파 왕국은 도중에라도 (병)을 자국으로 소환할 수 있다.

6. 3년의 유학 기간을 마친 뒤 (병)이 자발적으로 雙王國으로의 망명을 희망할 경우, 카파 왕국은 그것을 막아서는 안 된다.

7. (병)은 귀국 후 雙王國에서 배운 지식을 카파 왕가 안에서만 펼칠 권리를 가진다.

8. 雙王國이 2를 깨고 (을)의 직계에 간섭하려 한 경우……"

젠지로는 디스플레이에 표시된 일본어 문장을 술술 읽어 내려갔다.

간단하게 말하면 그 조문의 내용은 '젠지로의 2세 제한'과 '雙王國의 카파 왕국에 대한 간섭 제한'에 대해 양국이 각자의 입장을 반영해서 조건을 덧붙인 형태였다.

살펴본 느낌으로는 아우라가 상당히 애써서 밀어붙인 내용이 되었다고 젠지로는 생각했다.

젠지로가 아우라 이외의 사람과 아이를 만들어서는 안 된다고 명기되어 있지만, 그 조약이 깨졌을 경우의 조항이 꼼꼼하게 설정된 걸 보면, 사실상 이 조문이 지켜질 가능성은 낮다고 상대편도 인정하고 있다는 느낌이 들었다.

실제로 조항 대부분은 '젠지로가 아우라 이외의 여인에게 낳게 한 '부여마법'을 사용할 수 있는 아이'를 어떻게 처리할 것인가에 할애되어 있었다.

젠지로로서는 현재 아우라 이외의 여자와 아이를 가질 생각은 없었고, 아우라와 만든 아이에게는 아무런 제한 사항이 없다는 시점에서 개인적인 불만은 없었다.

그러나 의문이 남지 않는 건 아니었다. 전부 해서 10항밖에 없는 그 밀약문은 현대의 면밀한 조약 문서에 익숙한 젠지로에게는 상당히 엉성하게 느껴졌다.

"응? 왜 그래, 젠지로? 뭔가 의문점이라도 있어요?"

소파의 등받이에서 조금 몸을 일으키고 이쪽으로 웃는 얼굴을 향하는 아내의 얼굴을 본 젠지로는 근거도 없이 확신했다.

(그래. 아마 아우라도 쌍왕국 측도 일부러 조약문에 '적당한 해석'이 가능한 여지를 남겨둔 것이겠지.)

자기가 한 번 훑어본 것만으로 '엉성하다'고 느낀 밀약 문서의 빈틈을 아우라나 쌍왕국의 중추부가 반년 이상 교섭을 벌이면서도 눈치채지 못했을 거라고는 생각할 수 없었다.

그렇게 결론을 내린 젠지로였지만, 실은 그건 이쪽 세계의 왕족이라는 존재를 조금 과대평가한 것이었다.

아우라나 쌍왕국의 중추부가 젠지로보다 훨씬 교섭에 익숙한 머리 좋은 사람이라는 것은 틀림없는 사실이었지만, 원래 문화 풍습상, 이쪽 세계에는 현대의 선진국처럼 세부까지 공을 들인 계약을 주고받는 풍습이 없었다.

　장래에 생길 수 있는 모든 가능성을 고려해서 이쪽에 불리한 해석이 될 여지가 없도록 앞질러 손을 봐 둔다, 그런 젠지로의 생각은 근본적으로 이단이라 할 수 있었다.

　(뭐, 괜찮을까. 안 되면 아우라나 파비오 비서관이 도중에 막겠지.)

　"응, 잠깐 기다려. 조금 자세하게 듣고 싶은 부분이 있는데."

　그렇게 생각한 젠지로는 한마디 해 놓고 프린터에 종이가 남아 있는지를 확인한 후 지금 읽은 밀약문을 출력했다.

　"웃챠."

　일본어로 적힌 밀약문을 손에 든 젠지로는 아우라 옆에 앉았다.

　배가 커다래진 아우라는 몸을 앞으로 숙이는 자세를 취할 수 없었다.

　젠지로는 등받이에 몸을 기댄 아내가 자세를 바꾸지 않아도 되게끔 현지의 문자가 적힌 용피지와 지금 출력한 복사 용지를 아우라의 얼굴 앞에 내밀고 자신의 의견을 말했다.

　"봐, 우선 가장 마음에 걸리는 건 이곳인데. 장래에 2와 3이 충돌할 때는 말이야……"

　예상 밖으로 꼼꼼하게 지적해 오는 남편의 말에 몸이 무거운 아내는 조금 놀라면서도 정중하게 대응했다.

　"흠, 그건 당연히 2가……"

　하지만 아우라의 설명을 들어도 납득이 가지 않은 젠지로는 그 뒤로도 물고 늘어졌다.

"하지만 명기하고 있지 않은 한, 강변하려고 하면……"

"확실히 그건 당신 말이 맞지만……"

그 뒤 두 사람은 시녀 한 사람이 저녁식사를 알리러 올 때까지 이마를 맞대고 밀약 문서의 내용 조정을 계속한 것이었다.

---◆---

다음 날 오후.

점심 식사를 마친 젠지로는 왕궁 복도를 아우라와 나란히 걷고 있었다.

바닥에 둔롱의 가죽을 댄 천 구두를 신고 있었지만, 왠지 조금 전부터 스펀지 위를 걷고 있는 것처럼 발밑이 쑥쑥 빠지는 것 같아 안정되지 않았다.

몸이 무거운 아내에게 손을 빌려준다는 명목으로 옆에서 걷는 아우라와 손을 잡고 있는 젠지로였지만, 오히려 그 잡고 있는 손의 감촉에 의지해 어떻게든 평정심을 유지하고 있는 형편이었다.

남편의 심리상태를 이해하고 있는 것이리라. 아우라는 정기적으로 잡고 있는 손에 꽉 힘을 주며 이쪽을 격려해 주었다. 고마운 반면 자신이 조금 한심했다.

(하지만 이런 상황에서 긴장하지 않는 것도 이상하겠지. 이렇게까지 긴장하기는 예전에 선배가 "이번 계약은 네가 주도해라."라고 말했을 때 이후로 처음이야.)

무의식중에 젠지로는 마음속에서 그런 핑계를 댔다.

그때에 비교하면 맡겨진 임무는 미미한 것이지만, 그 일에 걸려 있는 것은 훨씬 거대했다.

할 수만 있다면 이 자리에서 크게 심호흡을 하고 긴장을 풀고 싶은 마음이었다.

이 자리에 있는 것이 자신과 아우라뿐이었다면 틀림없이 그렇게 했을 것이다. 하지만 유감스럽게도 이 자리에 있는 것은 젠지로와 아우라 둘만이 아니었다.

아무리 왕궁 내부라고 해도 여왕과 국서가 모인 자리다.

나란히 걷는 젠지로와 아우라 앞에 네 명, 뒤에 네 명, 합계 8명의 병사가 앞뒤를 에워싸고 있었다.

병사들의 무장은 흰 가죽 갑옷과 지나치게 장식이 많은 단창처럼, 의식용의 색채가 강한 것이었지만, 가죽 갑옷의 방어력도, 단창의 날도 모두 진짜였다.

창끝의 번쩍임이 눈에 들어온 젠지로는 오싹하고 등줄기를 떨었다.

그들은 자신을 호위하는 거라고 머리로는 알고 있었지만, 사람을 죽일 수 있는 도구를 가진 사람들이 앞뒤를 둘러싸고 있으면 안정을 할 수 없는 법이다.

(뭐, 이것도 나와 아우라의 지위를 생각하면 굉장히 적은 호위일 테지만.)

이렇게 왕궁 깊숙한 곳이 아니라 젠지로가 '바깥'에서 활동하게 되면, 최소한 이 10배 이상은 끌고 다니게 될 것이었다. 실제로 왕궁에서 아우라의 대리로서 공식 식전에 출석했을 때는 이것의 5배를 넘는 호위에 주변을 에워싸였던 젠지로였다.

젠지로가 그런 것을 생각하고 있는 사이에 앞에서 걷던 병사들이 문 앞에서 발을 멈췄다.

단창을 수직으로 들고 직립 부동의 자세를 취한 병사들이 양 옆을 지키는 문 앞에서, 젠지로와 아우라도 걸음을 멈췄다.

"…………"

자연스럽게 젠지로는 곁에 선 아우라 쪽을 향했다. 시선이 마주친 순간, 작게 끄덕인 아내에게 똑같이 작게 *끄덕여* 보인 젠지로는 그만 자신의 손으로 문을 열고 싶은 충동을 억누르고 좌우에 늘어선 병사들에게 짧게 고했다.

"열어라."

"옛!"

젠지로의 명을 받고 한 사람의 병사가 문을 천천히 열었다.

주위에 들키지 않도록 가늘게 심호흡을 한 젠지로는 의식적으로 느릿한 발걸음을 옮기며 그 문을 통과했다.

"처음 뵙겠습니다, 젠지로 님. 저는 샤로와·지르벨 쌍왕국의 외교관 모레노 미리텔로라고 합니다. 젠지로 님의 존안을 뵐 기회를 갖게 돼 황공하기 그지없습니다."

테이블 저쪽에서 조아리며 머리를 숙이는 중년 남자에게 젠지로는 의자 위에서 점잖게 끄덕이고 짧게 대답했다.

"젠지로다. 카파 왕국의 국왕, 아우라 폐하의 남편이다."

대외적으로 이름을 댈 때, 젠지로는 반드시 이런 식으로 말했다. 한 사람의 왕족으로서가 아니라, 여왕 아우라의 반려로서 자신이 이 자리에 있는 것이다. 라는 의사표현이었다.

　그런 젠지로의 의도를 아는지 모르는지, 대면하고 앉은 쌍왕국의 외교관은 조아리는 표정으로 다시 한 번 머리를 숙였다.

　"그러면, 서방님의 소개도 끝났으니 본론으로 들어갈까. 시간이 별로 없는 관계로."

　라고 말문을 튼 것은 젠지로 옆에 앉아 있는 아우라였다.

　큰 배가 걸리적거리지 않도록 의자 등받이에 몸을 기댄 조금 흐트러진 모습이었지만 그런 자세임에도 아우라의 말에서는 일방적으로 명령하는 것에 익숙한 사람 특유의 강한 박력이 느껴졌다.

　"예, 알겠습니다."

　정중한 말과 함께 다시 한 번 머리를 숙이는 외교관에게 아우라는 최근에 약간 라인이 둥글어져서 신경이 쓰이는 자신의 턱에 손을 대고,

　"음, 그러면 표면적인 용건과 진짜 용건. 어느 쪽부터 정리하겠나?"

　라고 물었다.

　"옛, 그러면 간단하게 끝날 표면적인 용건부터 먼저 정리하도록 하겠습니다. 두 분 폐하가 의뢰하신 '반지'가 도착했습니다."

　여왕의 말에 중년의 외교관은 그렇게 말하고 보라색의 두꺼운 천으로 감싼 반지 두 개를 테이블 위에 놓았다.

　금색 링 위에 브릴리언트 컷 다이아몬드가 세 개 나란히 장식된 커

플링.

'보통 눈'으로는 아무것도 변한 것이 없어 보이겠지만, 이 1년 가까이 옥타비아 부인의 수업을 받아 마력시인능력에 눈뜬 지금의 젠지로에게는 반지에서 솟아오르는 마력의 빛이 보였다.

자신과 아우라의 몸에서 나오는 마력광에 비교하면 미미한 것이었지만, 생물이 아닌 단순한 물체가 마력을 띠고 있는 것을 본 것은 처음이었다.

마법 도구화를 부탁한 결혼반지의 전달. 이것이 오늘 젠지로와 아우라가 함께 쌍왕국의 외교관과 회담의 자리를 마련한 '표면적인' 용건이었다. 평소에 '아우라의 대리'라는 형태가 아니면 후궁을 나오는 일이 없는 젠지로가 주위의 의심을 사지 않고 아우라와 이 자리에 얼굴을 내밀기 위해서는 이러한 표면적인 이유가 필요했던 것이다.

흥미진진하게 반지를 보고 있던 젠지로에게 외교관은 반지의 마법 도구로서 효과에 대해 설명했다.

"아우라 폐하의 반지에는 '발화'의 마법이, 젠지로 님의 반지에는 '물 만들기'의 마법이 들어있습니다. 발화는 '프란체스코 왕자', 물 만들기는 '마르가리타 공주'가 작업한 명품입니다."

그 말에 반응을 보인 것은 아우라였다.

"호오, 프란체스코 전하와 마르가리타 전하의 손을 번거롭게 해 드렸다니, 황공할 뿐이다. 나중에 답례장을 쓸 테니 두 분 전하께 전해 주시게."

프란체스코 왕자와 마르가리타 왕녀. 둘 다 샤로와 왕가 직계의 이름 높은 '부여마법' 술사들이었다. 비밀 외교에서 대립하고 있는 상대라고 의뢰받은 마법 도구 제작에 소홀할 정도로 바보들은 아닌 모양이다.

"옛, 책임지고 전하겠습니다."

외교관의 그 말을 끝으로 표면적인 용건인 반지 전달이 완료되었다.

여기서부터가 본방이다.

"그러면 시간도 그리 많지 않으니 본론에 들어가고자 합니다. 이쪽이 이번 '조약'의 정식 문서입니다. 지금 다시 한 번 검토하시고 이해하셨다면 이 자리에서 사인해주시기 바랍니다."

그렇게 말하고 외교관은 황록색 용피지를 테이블 위에 펼쳤다.

밀약 문서라고는 해도 역시 정식 외교 서면인 만큼 놀라울 정도로 고급 용지를 사용하고 있었다. 상당히 흰색에 가까운 담록색 지면에 검은 문자가 적혀 있었다.

이쪽 세계의 문자에 대해서는 아직 중학교 1학년의 영어 실력 정도 독해력밖에 없는 젠지로였지만, 그 젠지로에게도 이 용피지의 문자가 굉장히 훌륭한 '달필'이라고 부를 만한 것임을 알 수 있었다.

내민 조약 문서를 앞에 놓고 먼저 입을 연 것은 아우라였다.

"유감이지만 서방님은 아직 우리가 사용하고 있는 문자를 읽지 못하시네. 전문을 읽어 주게."

"아아, 그러셨지요. 실례했습니다. 그러면 외람되지만"

외교관은 젠지로와 아우라 앞에 내민 용피지의 항목을 하나씩 손가락으로 가리키며 읽어 나갔다.

"그러면 시작하겠습니다.

1. 젠지로 카파(갑)은 이후 아우라 카파(을) 이외의 사람과는 아이를 갖지 않는다.

2. 쌍왕국은 (을)의 직계에 대해서는 일절 간섭하지 않는다.

3. 카파 왕국이 1을 깨고 (갑)이 (을) 이외의 사람과 아이를 가졌을 경우, 쌍왕국은 그 아이(병)의 혈통마법 적성을 조사할 권리를······"

전력을 다해 무표정을 가장하며, 놓치는 부분이 없도록 귀에 신경을 집중시키고 있는 젠지로였지만, 지금까지 들려온 문장에 이상한 점은 없었다.

읽어 내려가던 외교관의 목소리에 작은 변화가 나타난 것은 마지막 부분이었다.

"······칙으로서 금화 3천 닢을 지불할 것"

젠지로가 어젯밤 아우라에게 들은 문장은 거기서 끝났다. 그러나 한 항목씩 손가락을 가리키며 읽던 외교관이 가리킨 용피지에는 그 아래에 아직 문장이 있었다.

외교관은 아주 잠깐 침묵한 후, 볼을 움찔 경련시키며 그 아래의 항목을 가리키고 읽었다.

"추가 항목. 2와 3이 모순을 일으킨 경우, 2가 우선된다. ······이상입니다."

이것은 어젯밤 젠지로가 아우라에게 제언한 항목이었다.

2항과 3항의 모순. 간단하게 말하면 장래에 아우라와 젠지로의 직계와 젠지로와 측실의 방계 자손끼리 혼인을 맺을 경우, 거기서 태어난 아이에게 쌍왕국이 간섭할 권리가 있는가? 라는 문제였다.

2항에 따르면 그 아이는 직계인 아우라의 핏줄을 이었으므로 쌍왕국이 간섭할 권리가 없는 것이 된다. 그러나 3항을 따르면 그 아이는 조약위반으로 태어난 측실의 핏줄이기 때문에 쌍왕국에는 간섭의 권리가 있는 것이 된다.

그들의 아이 세대에는 관계가 없는 얘기겠지만 빠르면 손자들의 세대, 늦어도 그다음 세대 정도에서는 현실감을 띠는 얘기가 될 것이다.

놀란 젠지로가 곁눈으로 아우라를 보자 아우라는 작게 웃고 살짝 끄덕여 보였다.

어젯밤 밀약문의 이런저런 빈틈을 지적한 젠지로였지만, 오늘 조인이 예정대로 진행된다고 들어서 자신의 의견은 반영되지 않았을 거라고 멋대로 지레짐작했었다.

(오전 중에 사전 교섭을 해서 이 항목을 덧붙여 준 건가. ……당해낼 수가 없네. 우리 마누라한테는.)

새삼스럽게 아내의 행동력에 반한 젠지로였지만 아우라도 내심 비슷한 감상을 남편에게 품고 있었다.

상식적으로 생각하면 2항이 3항에 우선하는 것이 보통이다. 하지만 어젯밤 젠지로가 염려했던 것처럼 명문화되어 있지 않으면 상대가 우기고 나올 수도 있는 얘기였다.

지금처럼 양국의 세력이 거의 대등한 동안에는 쌍왕국도 그런 강변은 해 오지 않겠지만, 미래의 일은 알 수 없었다. 생각하고 싶지 않지만, 만약 미래에 카파 왕국의 국력이 쌍왕국에 크게 밀리는 시대가 온다면, 3항을 내세워 직계 왕족에게 간섭해 올 가능성도 있었다.

다소 과장하여 말하자면 미래의 카파 왕국을 위협할 화근을 젠지로의 제안으로 사전에 꺾어버렸다고 할 수 있었다. 이것은 어쩌면 굉장히 중요한 공적일지도 몰랐다.

이 일이 밀약인 만큼 원칙적으로 이 조문은 아우라 혼자 작성에 참여한 것으로 되어 있기 때문에 젠지로의 공적이 겉으로 드러나는 일은 없을 것이다.

(그러니까 나만은 기억해 두자. 후세에 생길지도 모르는 우리나라의 근심거리를 막아준 그 공적을.)

아우라는 잉크병에 담근 용골필로 밀약문 아래에 자신의 이름을 쓰며 속으로 그렇게 맹세하는 것이었다.

◆

무사히 밀약 문서에 서명을 마친 젠지로와 아우라가 후궁으로 돌아온 것은 저녁 무렵의 일이었다.

후궁의 거실에 돌아온 젠지로와 아우라는 재빨리 정장을 벗어 던지고 펑퍼짐한 실내복으로 갈아입었다.

"도와드리겠습니다."

"그래, 부탁해."

이제 아우라는 옷을 갈아입을 때 거의 시녀의 도움을 받아야
했다.

두 시녀의 손으로 겹겹이 입고 있던 드레스가 벗겨지고 대신 임부
복 드레스라기보다 네글리제에 가까운 얇은 드레스만을 몸에 걸친 아
우라는 커다란 배를 주체할 수가 없다는 듯 곧바로 소파에 그 몸을
던졌다.

"후우……"

몸을 소파에 묻은 아우라의 입에서 커다란 한숨이 새어 나왔다.

천하의 아우라도 오늘은 피곤했다. 오전 중에 조약문의 최종 조정
을 마치고 오후에 조인.

체격이 좋은데다가 전사로서의 훈련도 착실히 받아 온 아우라의
체력은 일반적인 여인과는 비교되지 않는 수준이었지만, 그래도 무거
운 몸으로 이 나라의 미래를 좌우할 밀약의 조정과 조인을 치러내는
건 대단한 부담이었을 것이다.

한편, 여전히 시녀들 앞에서 옷을 갈아입는 것에 저항감을 갖고 있
는 젠지로는 혼자 침실에서 티셔츠와 청바지로 갈아입고 거실로 돌아
왔다.

"고생 많았어, 아우라. 자, 코코아."

그리고 젠지로는 머그컵에 코코아 파우더를 두 스푼 넣고 전기 주
전자에서 끓인 물을 부어 막 만든 뜨거운 코코아를 아우라 앞에 놓
았다.

자기 몫으로는 홍차였다. 뜨거운 물을 담은 찻잔에 티백을 참방참

방 담가 좋은 색으로 우러난 홍차에 흑설탕을 듬뿍 넣고, 레몬 비슷한 산미가 있는 과일을 얇게 썬 것을 넣어서 완성.

홍차는 스트레이트로 마시는 경우가 많은 젠지로였지만, 오늘처럼 피곤할 때는 충분히 달고 새콤한 홍차가 마시고 싶어졌다.

"아아, 고마워."

코코아가 든 머그컵을 손에 든 아우라는 그 거품이 인 달달한 액체를 홀짝이며 안도의 한숨을 뱉었다.

평소에는 아우라 옆에 앉는 일이 많은 젠지로였지만, 오늘은 마주보고 이야기하고 싶은 것이 있는지, 테이블을 사이에 두고 건너편 소파에 앉았다.

동시에 그때까지 옆에서 대기하고 있던 시녀들이 나란히 절을 하고 물러갔다.

여전히 시녀가 같은 방에 있으면 불편해하는 젠지로에 대한 배려였다.

"일단 쌍왕국과 관련된 분쟁은 이걸로 일단락됐다고 생각해도 될까?"

시녀들이 나가는 걸 확인하고 그렇게 말문을 연 젠지로에게 아우라는 머그컵을 테이블 위에 돌려놓고 한 번 끄덕였다.

"응. 이걸로, 적어도 당신이 측실을 맞이하는 사태가 일어나지 않는 한, 쌍왕국은 아무 말도 하지 않겠지."

그 아우라의 말에 젠지로는 조금 떨떠름한 표정을 지어 보였다.

"그래, 밀약 문서를 봤을 때부터 그렇게 되리라고 생각하긴 했지만.

그런데 내 측실 문제는 아직 말이 많은 거야?"

애써 창피함을 무릅쓰고 연회 등지에서 '나는 아우라에게 푹 빠졌다'고 어필해 왔건만, 그 몸을 내던진 노력도 소용없었던 것일까.

풀이 죽으려 하는 젠지로에게 아우라는 작게 웃으면서 고개를 가로젓고는,

"아니, 그쪽도 현시점에서는 소강상태에요. 당신의 활동이 효과가 있었나봐. 적극적으로 측실을 들이밀려고 하는 자들은 쑥 들어갔어. 지금은 이 아이의 유모로 누굴 보낼 것인가가 최대의 관심거리지."

그렇게 말하고 자신의 커다란 배를 사랑스럽게 쓰다듬었다.

"그렇다면."

기세를 탄 젠지로가 무언가를 말하려고 했지만, 그보다 먼저 아우라가 한 번 고개를 가로저었다.

"아니, 하고 싶은 말은 알겠지만 그건 안 돼요. 안일한 생각은 버리는 게 좋아. 확실히 일반적이라면 나와의 사이에 아이 3, 4명 정도만 만들어도 별소리 없겠지만. 하지만 알다시피 현재 이 나라에는 왕족이 나와 당신밖에 없어. 대국이면서 이런 상태는 지극히 비정상적이에요. 구체적인 예를 들자면 쌍왕국의 샤로와 왕가는 23명, 지르벨 왕가는 19명의 왕족을 데리고 있지."

이쪽 세계에서 왕족은 즉 혈통마법의 보유자다. 왕족이 적다는 것은 분명히 국력의 저하를 의미했다. 왕족의 수를 늘릴 필요가 있다는 귀족들의 의견에는 아우라도 심정적으로는 어떻든 도리상으로는 전면적으로 찬성이었다.

그 도리를 이해하면서도 아직도 역시 미련이 있는 것인지, 젠지로는 여전히 끈질기게 의견을 말했다.

"그러니까 그건…… 나와 아우라가 노력한다, 거냐?"

그 무모하다고밖에 할 수 없는 의견에 아우라는 쓴웃음과 놀라움이 뒤섞인 표정으로 조금 익살스럽게 일부러 두려움에 떠는 모양을 가장하며 대답했다.

"날 죽일 셈이야? 정무를 관장하고 있는 내게 몇 명이나 아이를 낳게 할 생각이에요?"

"내가 태어난 세계에서는 아주 옛날, 여군주로 전란기 대국의 경영을 맡으면서도 남편과의 사이에 15명인가 16명의 아이를 낳은, 여제로 불리는 사람도 있는데."

"……그 여자 진짜 사람 맞아? 고대 용족의 피라도 섞여 있는 것 아니야?"

아우라는 눈썹 사이에 주름을 모으고 신빙성 없는 얘기를 들었다는 듯이 고개를 갸웃했다.

천하의 여왕 아우라에게도 오스트리아의 여제 마리아 테레지아의 일화는 현실감 없는 얘기로 들리는 모양이었다.

유럽 역사의 지식 따위 고등학교 세계사 수준에 머물러 있는 젠지로는 그 이상 자세한 설명을 할 수 없었기에 이야기는 거기서 끊겼다.

"…………"

"…………"

뭔가 좋은 화제가 없을까 생각하던 젠지로는 문득 바지 주머니에 들어 있는 반지를 떠올렸다.

"아, 맞다. 저기, 아우라. 왼손 줘 볼래?"

노골적인 화제 돌리기였지만, 젠지로가 이 측실 문제만큼은 진심으로 싫어한다는 것을 알고 있는 아우라는 일부러 그 서투른 화제 전환에 맞춰 주었다. 언젠가는 서방님의 본의가 아닌 형태로 결과가 나오겠지만, 지금은 조금 에둘러 돌아가는 편이 나을 것이다.

"응? 아아, 그거라면, 당신 반지를 먼저 나한테 건네줘요. 모처럼이니까 다시 한 번 '그 의식'을 하고 싶어."

그렇게 활짝 웃으며 아우라는 손바닥을 위로 향해 오른손을 내밀었다.

"응. 알았어."

젠지로는 자기의 결혼반지를 아우라의 오른손 바닥에 올려놓고, 마주 앉은 소파에서 일어나 아우라 앞으로 다가갔다.

"아, 아우라는 그대로 있어도 돼."

자신도 일어서려고 하는 아우라를 손으로 제지하고 소파에 앉아 있는 아우라 앞에 무릎을 꿇은 젠지로는 아우라의 왼손을 잡고 그 약지에 반지를 끼우려고 했다.

"거긴 무리야. 지금은 손가락이 부어 있으니까. 새끼손가락에 해 줘요."

"아, 응. 미안."

임신 중인 아우라의 손은 전체적으로 부어서 평소보다 두터워져 있었다. 원래는 왼쪽 약지에 딱 맞는 반지가 지금은 아무리 해도 들어

갈 것 같지 않았다.

조금 모양새가 안 나지만, 아내의 새끼손가락에 결혼반지를 끼우려고 몸을 앞으로 기울인 젠지로의 귀에 아우라의 속삭이는 음성이 들렸다.

"뭐야, 아무 말도 해주지 않는 거예요? 그날 밤에 해 줬던 말. 그걸 다시 들을 수 있을 거라고 기대했는데."

그 말에 젠지로는 움찔하고 움직임을 멈췄다.

그날 밤, 이라는 것은 젠지로와 아우라가 처음으로 몸을 섞은 밤의 일이다. 낮에 결혼식을 마치고 첫날밤을 맞이한 침실에서 젠지로는 아우라에게 이 반지를 선물했던 것이다.

원래대로라면 결혼식에서 신부님이 묻게 되어 있는 '서약의 말'을 자신의 입으로 읊으며.

"젠지로······"

"아니, 하지만 그건, 그, 일생에 단 한 번이라고나 할까······"

수줍어서 횡설수설하는 남편에게 아우라는 콧소리를 내며 일부러 슬퍼하는 것 같은 시선을 향했다.

"하아, 슬퍼. 모처럼 한 번 더 기회가 왔는데, 들려주지 않는다니. 후우······"

왼손을 꾹 쥐고 반지를 끼지 않으려고 하는 아내의 태도에 이건 이쪽이 타협할 수밖에 없다고 젠지로는 생각했다.

"하아····· 후우······"

크게 심호흡을 하고 창피함을 일시적으로 물리친 후, 젠지로는 한

껏 엄숙한 목소리로 말하기 시작했다.

"건강할 때도 아플 때도, 기쁠 때도 슬플 때도, 풍족할 때도 가난할 때도, 당신을 사랑하고 당신을 존경하며 당신을 위로하고 당신을 도우며, 이 목숨이 다할 때까지 진심을 다할 것을 맹세하며, 그 증거로서 이 반지를 보냅니다."

"…………"

아우라는 말없이 입가에 웃음을 떠올리며 왼손을 폈다.

아우라의 새끼손가락에 3개의 다이아몬드가 나란히 박힌 두툼한 옐로우 골드 반지가 끼워졌다.

사랑의 증거. 서약의 증표. 새끼손가락에 끼워진 차가운 금속의 감촉에서 아우라는 분명히 남편의 따뜻한 애정을 느꼈다.

잠시 왼쪽 새끼손가락에 낀 결혼반지를 바라보며 사랑스럽다는 듯이 웃고 있던 아우라는, 이윽고 자신 앞에서 무릎을 꿇은 자세의 남편을 향해 작은 목소리로 말했다.

"젠지로, 일어나요."

"응?"

"일어나요."

"으, 응."

소파 앞에서 무릎을 꿇고 아우라를 올려다보고 있던 젠지로는 고개를 갸웃하면서도 순순히 그 자리에서 일어났다.

이번엔 아우라가 젠지로를 올려다보는 모양이 됐다.

아우라는 소파에 앉은 채 자기 앞에 선 남편의 왼손을 살며시 잡고 서약의 말을 돌려주었다.

"건강할 때도 아플 때도, 기쁠 때도 슬플 때도, 풍족할 때도 가난할 때도, 당신을 사랑하고 당신을 존경하며 당신을 위로하고 당신을 도우며, 이 목숨이 다할 때까지 진심을 다할 것을 맹세하며, 그 증거로서 이 반지를 보냅니다."

그렇게 말하고 젠지로의 왼손 약지에 자신의 새끼손가락에 낀 반지와 한 쌍인 반지를 끼웠다.

"아우라……"

놀란 젠지로는 이쪽을 올려다보는 아내를 멍하니 내려다보았다.

내려다보는 젠지로. 올려다보는 아우라. 두 사람의 시선이 얽혔다.

첫날밤, 이 반지를 받았을 때, 아우라는 맹세의 말을 돌려주지 않았다. 젠지로는 처음 접하는 풍습에 놀라 해주지 않았다고 생각한 모양이었지만, 사실은 달랐다. 할 수 없었던 것이 아니라 하지 않았던 것이다.

서약의 말 같은 건 그저 형식일 뿐이라는 걸 알고는 있었지만, 그래도 여왕으로서의 처지가 한 남자에게 '이 한목숨이 다할 때까지 진심을 다하는 것'을 허용하지 않았다. 남편의 부탁이라면 웬만한 것은 가능한 한 들어줄 생각이었다. 그러나 그 우선순위는 어디까지나 국가

다음, 왕가 다음일 뿐이었다.

만약 젠지로의 존재가 왕국에 있어서 마이너스가 된다고 판단될 때는 버릴 수도 있었다. 그런 각오를 한 뒤에 이 결혼을 추진했던 것이다. 그런데.

(이젠, 무리야. 적어도 젠지로가 이대로 지금의 젠지로로 있어 주는 한, 나는 이 사람을 버릴 수 없어.)

아우라는 자신의 그런 속마음을 깨달았다.

물론 젠지로가 지위나 권력에 빠져 전혀 다른 인격이 되어 버린다면 이야기는 달라지겠지만, 그렇지 않는 한 '냉철하고 올바른 판단'은 내릴 수 없다고, 아우라는 확신했다.

젠지로의 약지에 반지를 끼운 아우라는 앞에 선 남편을 맞이하듯이 살며시 양 손을 위로 올렸다.

의도를 알아챈 젠지로는 소파에 앉은 아내에게 위에서부터 감싸듯이 살짝 몸을 기울였다.

"……음."

"……으음."

조용히 포개진 두 사람의 입술. 젠지로에게 있어서 두 번째이고, 아우라에게 있어서는 첫 번째인 '서약의 입맞춤'.

그것은 서약의 입맞춤이라고 부르기에는 조금 오래 계속되었다.

[에필로그] 왕자 탄생

세월은 흐른다.

찌뿌둥하긴 하지만 비교적 시원한 우기가 지나가자 남대륙 서부는 가장 가혹한 계절을 맞이했다.

일본의 춘하추동에 억지로 대입을 시킨다면 '여름'에 해당하는 3개월. 그중에서도 마지막 한 달은 낮에는 40도가 넘는 것이 당연하고 밤에도 35도를 밑도는 법이 없는 날이 계속됐다. 그 가혹한 계절을 젠지로가 맛보는 건 두 번째였다.

그것은 즉 젠지로가 이쪽 세계에 온 지 꼬박 1년이 지났다는 것을 의미했지만, 지금의 젠지로에게 그런 감회에 젖을 여유는 없었다.

"………."

흉악한 태양빛과 살인적인 열기를 조금이라도 차단하기 위해 나무문을 닫아건 후궁의 거실을, 편한 실내복 차림의 젠지로는 조금 전부터 계속 땀투성이가 되어 동면을 앞둔 곰처럼 우왕좌왕 의미도 없이 돌아다니고 있었다.

"젠지로 님, 땀을……"

옆에 대기하고 있던 흑발의 시녀가 그 모습을 보다 못해 냉장고에서 차가운 수건을 꺼내 젠지로에게 내밀었다.

"아…… 아아. 그렇군."

그 말을 듣고 처음으로 자신이 땀을 흘리고 있다는 것을 깨달은 젠지로는 시녀의 손에서 수건을 받아 들고 거칠게 얼굴과 목덜미를 닦았다.

답례 한 마디 없는 그 퉁명스러운 태도는 평소의 젠지로에 비춰 보면 상당히 '답지 않은' 것이었지만, 사정을 이해하고 있는 시녀들은 오히려 안쓰러운 시선을 주인에게 향했다.

"젠지로 님. 조금, 앉아서 쉬시는 편이……"

그에 그치지 않고, 신분을 감안하면 그다지 바람직한 행동이 아니라는 것을 알면서도 젊은 시녀 중 하나가 그렇게 염려의 말을 건넸다.

"그래."

그럴까, 하고 젠지로가 긍정하려던 그때였다.

"으으으윽……!"

옆의 침실에서 온 힘을 다해 배에 힘을 주는 애처의 목소리가 들려왔다.

"앗!"

젠지로는 무의식중에 움찔 몸을 떨고 숨을 삼켰다. 그리고 땀범벅이 된 얼굴을 흔들며 부정하는 대답을 했다.

"아니, 역시 이대로가 좋아. 앉아 있어도 편하지 않을 것 같아."

여왕 아우라의 출산 당일.

아버지들 대부분이 그렇듯 걱정으로 애태우는 것 외에는 할 수 있는 게 없었던 젠지로는 40도를 넘는 실내 온도를 알아채지도 못한 채 그저 우왕좌왕 실내를 돌아다닐 뿐이었다.

"실례합니다, 더운물을 가져왔습니다!"

"천 추가입니다!"

김이 오르는 대야나 엄청난 양의 깨끗한 천을 든 시녀들이 잰걸음으로 침실 쪽으로 사라졌다.

그 분주한 모습을 젠지로는 그저 말없이 지켜보고 있었다. 할 수 있는 건 아무것도 없었다.

열린 침실 문에서 시원한 공기가 거실로 흘러나왔다.

얼음 선풍기를 쌩쌩 돌린 효과였다. 출산의 와중에 있는 아우라에게 직접 찬 바람을 쏘이는 멍청한 짓은 하지 않았지만, 문을 닫아건 침실 안에 얼음을 놓고 그 얼음에 계속 선풍기 바람을 향하도록 해서 실내 온도를 가능한 한 낮추고 있었다.

'임부는 몸을 차게 해서는 안 된다'고 보통 말하지만, 40도가 넘는 실내 온도를 고려하면 이 쪽이 더 몸에 좋으리라.

아무리 체력이 좋은 아우라라고 해도 40도가 넘는 열기 속에서 긴 시간에 걸친 출산은 심신이 죄다 소모되고 말 것이었다.

게다가 얼음 선풍기를 최대한 가동했다고 해도 실내 온도는 그다지 내려가지 않았다. 기껏해야 3도 정도일 것이었다.

그 불과 3도 정도 낮은 공기를 '시원하다'고 느낄 정도로 거실의 열기가 굉장했을 뿐이다.

"젠장, 망했어. 다음 출산 때까지는 무슨 수를 써서라도 침실 에어

컨 설치에 성공하지 않으면."

정처 없이 거실의 양탄자 위를 돌아다니면서 젠지로는 아무에게도 들리지 않을 작은 목소리로 그렇게 중얼거렸다.

아무리 봐도 15평은 되는 침실의 넓이와 현대 일본의 가옥과는 비교도 되지 않을 만큼 틈새가 많은 창과 문 상태를 생각하면 기대만큼 실내온도를 낮추기는 어려울지도 몰랐지만, 있는 것과 없는 것의 차이는 클 것이다.

"아아, 하지만 그보다 우선은 내가 '순간이동'의 마법을 체득하는 쪽이 더 급하지. 내가 '순간이동'을 사용할 수 있었으면 지금쯤 지르벨 법왕가 사람을 이 자리에 데려다 놨을 테니까."

매일 계속된 훈련으로 간단한 마법의 발동은 이미 몇 번인가 성공한 젠지로였지만, 아우라처럼 '순간이동'의 마법을 자유자재로 구사할 수 있게 되기까지는 아직 시간이 더 필요했다.

에어컨의 설치가 됐건 '순간이동' 마법의 습득이 됐건 죄다 미래의 얘기였고, 현재 상황에서 젠지로가 할 수 있는 건 거의 없었다.

모자의 생명에 지장이 생기는 상황이 되면 아우라에게 '치유의 비석'을 사용하도록 명령하는 것이 젠지로의 유일한 역할이었지만, 가능하면 그런 사태가 되는 건 바라지 않았다.

"하아……"

벌써 몇 번째인지 모를 한숨이 나왔다.

"젠지로 님, 물을."

계속 땀을 흘리고 있던 젠지로를 걱정한 시녀가 냉장고에서 끓여 식힌 물이 든 주전자를 꺼내 컵에 따라 젠지로에게 내밀었다.

"아, 고마워."

단숨에 컵의 냉수를 비운 젠지로는 온몸에서 다시 땀이 솟아나는 것을 느꼈다. 조금 전에 시녀 한 명이 건네준 타월로 얼굴과 목덜미의 땀을 닦고 조금 평정심을 되찾은 젠지로는 문득 생각난 듯이 뒤늦게나마 시녀들에게 염려의 말을 건넸다.

"여러분도 컨디션에 신경 쓰도록. 냉장고의 물이나 타월은 얼마든지 써도 좋으니까."

"네. 감사합니다."

"신경 써 주셔서 고맙습니다."

오늘 처음으로 젠지로의 입에서 나온 시녀들을 위로하는 말이었다. 시녀들의 얼굴이 자연스럽게 활짝 피었지만, 젠지로는 그것을 알아챌 만큼의 여유는 되찾지 못했다.

다시 신경질적으로 방 안을 돌아다니기 시작한다.

멈춰 서서 침실로 이어지는 문을 응시한다.

무의식중에 머리를 긁는다.

한숨을 쉰다.

그리고 다시 걷기 시작한다.

냉수를 들이켜 조금 되찾았던 평정심이 순식간에 사라졌다.

"아아, 젠장. 아직이냐, 아직인 거냐……."

결국, 젠지로의 안절부절못하는 거동은 침실에서 건강한 아기 울음소리가 울려 퍼져 나온 그 순간까지 계속됐다.

여왕 아우라, 무사히 첫 아이 출산.

미셸 의사의 허락을 받고 젠지로가 침실에 들어가자 사랑하는 아내 아우라는 침대 위에서 핼쑥해진 얼굴에 최고의 미소를 띠고 있었다.

아우라가 지금 누워 있는 것은 원래 이 방에 있던 특대 사이즈 침대가 아니라, 임신 후 아우라와 젠지로가 다른 침대에서 자기 위해 나중에 들여놓은 작은 사이즈의 침대였다. 평소에는 젠지로가 자던 침대다.

침대가 너무 크면 미셸 의사나 보조 역할의 시녀들이 침대 밖에 선 채로 간병할 수 없었기 때문에, 일부러 이쪽을 출산용 침대로 선택한 것이었다.

"아우라!"

"젠지로인가……"

잰걸음으로 침대 쪽으로 다가온 젠지로에게 아우라는 살짝 베개에서 머리를 들어 올리고 이쪽을 향해 미소를 지었다. 갈색 얼굴도 붉은색 머리도, 땀으로 흠뻑 젖어 있는 그 모습은 언제나 생기가 넘치던 모습과는 전혀 겹쳐지지 않았다.

"가만 있어. 무리해서 이쪽을 보지 않아도 되니까."

머리맡으로 다가온 젠지로가 황급히 그렇게 저지하고 싶을 정도로 아우라는 녹초가 된 낯빛을 하고 있었다. 그러나 그 녹초가 된 얼굴에 떠오른 것은 회심의 미소였다.

"응. 알았어요. 하지만 괜찮아. 봐, 나도 아이도 무사해."

슬쩍 눈을 옆으로 향한 아우라의 시선을 쫓아 젠지로는 아우라가 누운 침대를 사이에 두고 맞은편에 선 시녀 쪽으로 눈길을 향했다.

풍채가 좋은 중년의 시녀는 그 품에 붉은 고급 천으로 감싼 아기를 안고 있었다.

"저게……?"

"응. 나의, 우리의 아이야."

"내 아이……"

젠지로는 풍채 좋은 시녀가 품에 안고 있는 아기의 얼굴을 조심조심 들여다보았다.

젠지로와도 면식이 있는 시녀는 둥근 얼굴에 붙임성 있는 미소를 띠며 들여다보는 젠지로에게 잘 보이게끔 품에 안은 아기를 조금 이쪽을 향해 보였다.

"보십시오, 젠지로 님. 이렇게 건강한 남자아이예요."

"그런가, 아들인가."

젠지로는 침대를 빙 돌아 아기를 안은 시녀 옆으로 다가왔다. 새삼스럽게 시녀의 품에 안긴 자신의 아이를 보았다.

"눈매는 나를 닮았지?"

"네. 하지만 입매는 어느 쪽이냐고 하면 젠지로 님을 닮은 것 같습니다."

"피부색은 딱 나와 서방님의 중간이구나. 카파 왕국 사람의 아이 치고는 색이 옅어."

아우라와 아기를 안은 중년의 시녀가 말끝마다 그런 얘기를 하고 있었지만, 솔직히 젠지로는 전혀 수긍할 수 없었다.

이 눈도 뜨지 못하고 축 늘어진 털 없는 원숭이 같은 생물이 정말 자신과 아우라를 닮았다고 말하고 있는 것인가? 피부색도 새빨개서 자신이나 아우라 중 누구와도 닮아 보이지 않았다.

그리고 무엇보다 지금의 젠지로의 '눈'에는 그런 외견상의 특징보다 좀 더 신경 쓰이는 점이 있었다.

'굉장해. 이 마력량, 아우라보다 많아. 어쩌면 내 두 배 이상 되는 거 아냐?'

옥타비아 부인의 마법 수업을 1년 가까이 성실하게 받아 온 지금의 젠지로는 마법사의 기초 중의 기초인 '마력시인능력'에 눈떠 있었다. 그런 젠지로의 눈에는 아이의 몸에서 뿜어 나오는 눈부실 정도로 압도적인 마력량이 보였다.

마력량이라는 것은 태어날 때 이미 결정되는 것이기 때문에, 갓 태어난 이 아기가 어른 왕족 이상의 마력을 가지고 있다고 해도 전혀 이상한 일이 아니었다. 그러나 이렇게 사람의 아기인지 원숭이의 아이인지 알 수 없는 축 늘어진 작은 생물체가 이 정도로 엄청난 마력을 내뿜고 있다니, 뭐라 말하기 어려운 위화감이 느껴지는 것이었다.

젠지로는 조심조심 시녀가 안고 있는 자신의 아이에게 손을 뻗었다.

아기의 새빨간 손에 오른손의 검지를 살짝 대려고 한 그때, 갓 태어난 아기는 젠지로의 검지를 그 작은 손으로 꼭 쥐었다.

"앗!? 우왓, 잡았어!"

손가락을 잡았다.

그것만으로 왠지 감동이 느껴지는 건, 이 작은 손의 주인이 핏줄이 이어진 내 아이이기 때문일까?

"굉장해. 이렇게나 작은데 손가락이 다섯 개 다 있어……"

"없으면 큰일이죠. 자라면서 손가락이 생기는 건 아니니까요."

전혀 목을 가누지 못하는 아기에게 부담이 가지 않도록, 익숙한 동작으로 아기를 안고 있는 중년의 시녀는 웃으면서 그렇게 말했다.

이제 막 태어난 자기 자식을 보며 마치 아이와 같은 반응을 보이는 남편에게 여왕 아우라는 침대에 누운 채 웃어 보였다.

"후훗, 귀엽지?"

"……응. 굉장히. 최고로 귀여워."

조금 전까지만 해도 '원숭이 같다'는 등 무례한 감상을 품고 있었던 것도 잊고, 젠지로는 자신의 손가락을 잡은 작은 아기에게서 눈을 떼지 못한 채 몇 번이나 끄덕였다.

"응애, 응애, 응애."

"어머, 착하지, 착하지."

금세 울음을 터뜨린 아기를 달래듯이 중년의 시녀는 흔들흔들 품에 안은 아기를 얼렀다.

젠지로가 아기에게 잡혀 있던 손가락을 빼낸 타이밍에 옆에서 미셸 의사가 말을 걸어왔다.

"젠지로 님, 우선 축하드립니다. 보시는 바와 같이 폐하도 왕자님 도 무사히 출산을 마치셨습니다."

그 말에 젠지로는 소중한 아내와 아이의 생명을 지켜 준 이 노의사 에게 아직 예를 표하지 않았음을 떠올렸다. 당황한 젠지로는 튕기듯 이 방향을 바꿨다.

"아아, 고맙습니다, 미셸. 당신 덕분에 아우라도 이 아이도 무사히 출산을 끝낼 수 있었습니다. 뭐라고 감사를 드려야 할지."

왕족으로서의 처지를 잊고 완전한 존댓말로 굽신굽신 머리를 숙이 는 젠지로에게 순간 눈을 크게 뜨고 놀라움을 드러낸 미셸 의사였지 만, 일단 지금은 신경 쓰지 않기로 한 모양이었다.

"아니요, 과분한 말씀입니다."

노의사는 금세 평소와 같은 온화한 미소를 떠올리며 그렇게 말 했다.

"여하튼 아우라 폐하는 출산으로 상당히 체력을 소모하셨습니다. 오늘은 무리하게 침대에서 일어나시지 않는 것을 권해드리겠습니다. 볼일이 있으실 때는 반드시 시녀 두 명 이상의 부축을 받도록 하십 시오."

"응, 알았어."

주치의의 말에 여왕 아우라는 침대 위에서 그렇게 짧게 대답했다.

큰일을 끝낸 아내와 의사가 그런 대화를 나누고 있는 옆에서 젠지로는 아기를 안은 나이 많은 시녀에게 머뭇머뭇 말을 걸었다.

"저, 저기, 나도 안아 보고 싶… 은데…… 괜찮을까?"

막 아버지가 된 남자의 말에 순간 놀란 것처럼 눈을 크게 뜬 시녀였지만, 다음 순간에는 빙긋 웃으며 크게 끄덕여 보였다.

"네, 물론이고말고요. 하지만 조심해 주셔야 해요. 아직 목을 가누지는 못하니까, 이 부분을 받치는 걸 절대로 잊지 않도록 해 주세요."

"응, 알았어. 어이쿠, 이렇게?"

어색한 동작으로 막 태어난 자신의 아이를 양팔에 받아 안았다.

"우와아아……"

그 믿을 수 없을 만큼 작고 부드러운 감촉이 젠지로의 양 팔에 전해졌다. 오체만족인 것이 기적으로 여겨질 정도로 작은 그것은, 손에 안기자 분명하게 그 '생명'의 파동을 이쪽에 전하고 있었다.

"후훗, 잘 됐구나. 벌써 아빠가 안아 주셨네."

서투른 손놀림으로 자신의 아이를 안은 남편에게 침대 위에서 미소를 던진 여왕은 땀에 젖은 머리를 조금 들어 올리고 좌우에 늘어선 시녀들에게 시선을 향했다.

"몸을 일으키고 싶다. 부축해 줘."

"네. 아, 하지만, 미셸 님?"

허가를 구하듯이 이쪽으로 시선을 향하는 젊은 시녀에게 초로의 의사는 조금 생각한 후 작게 고개를 끄덕였다.

"괜찮겠지요. 짧은 시간이라면, 침대 위에서 상체를 일으키는 정도는 문제없을 거라고 판단합니다."

의사의 허가를 얻은 시녀들은 지체 없이 여왕의 명령을 실행했다.

"그러면 아우라 폐하, 손을 실례하겠습니다."

"등에 손을 돌리겠사오니 체중을 실으십시오."

"뒤쪽, 실례하겠습니다. 쿠션을 넣겠사오니 일어나신 다음에 헤드보드에 몸을 기대십시오."

능숙하게 두 명의 시녀가 아우라의 상체를 침대에서 일으키는 사이에 또 한 명의 시녀가 침대의 헤드보드에 커다란 쿠션을 댔다.

"후우……"

마치 인형처럼 시녀들의 손을 빌려 몸을 일으킨 아우라는 쿠션을 댄 헤드보드에 상반신을 기대고 크게 숨을 토했다.

흠뻑 젖은 얼굴과 목덜미에서 구슬이 된 땀이 흘러내려 쇄골과 가슴의 골짜기 쪽으로 흘러들어 갔다.

"폐하, 몸을 닦아 드리겠습니다."

"응, 부탁해."

정성스럽게 차가운 수건으로 여왕의 옥체를 닦는 젊은 시녀에게 아우라는 주인에게 목덜미를 내맡긴 기분 좋은 고양이처럼 눈을 가늘게 뜨고 답례의 말을 했다.

혹서의 열기와 출산의 고통으로 뜨거워진 몸에 물을 꼭 짠 차가운 수건의 감촉이 기분 좋은지, 아우라는 시녀들의 손에 그 몸을 맡겼다.

젠지로는 양손에 아이를 꼭 안은 채 만일의 사고가 없도록 세심한 주의를 기울이면서 침대 옆에 놓인 의자에 앉았다.

"……끝났네."

갑자기 건넨 남편의 말에 땀을 다 닦은 아우라는 그쪽으로 고개를 향하고 작게 끄덕여 보였다.

"응, 일단은."

출산을 막 마친 아내와 갓 태어난 자신의 아이를 그 팔에 안은 남편의 대화.

"…………"

"…………"

분위기를 파악한 의사와 시녀들은 서로 미리 짠 것처럼 다 같이 입을 다물고 막 탄생한 3인 가족에게 방해가 되지 않도록 말없이 벽 쪽으로 이동했다.

그런 그들의 배려를 아는지 모르는지 여왕은 그 자리에 부모·자식 간의 세 명만이 존재하는 듯한 태도로 말을 이었다.

"처음엔 왕으로서의 의무감이 앞섰던 임신과 출산이었는데, 실제

내 아이를 이 눈으로 보고 손에 안아 보니…… 뭐랄까, 그런 표면적인 도리 따위는 날아가 버렸어."

그렇게 중얼거리는 아우라의 시선은 남편의 품 안에서 잠든 작은 아기에게 고정되어 있었다.

젠지로도 품 안에 안은 아기에게 시선을 떨어뜨리고 억누를 수 없는 웃음으로 동의를 표했다.

여왕과 그 반려. 금슬 좋은 이 부부가 서로의 얼굴도 제대로 보지 않고 그저 그 시선을 갓 태어난 아이에게만 쏟아붓고 있었다.

"응. 귀엽지?"

"응. 어떻게 할 수 없을 만큼, 귀여워요. 왕족의 아이가 반드시 유모와 젖형제 사이에서 자라야 할 필요성을 난 뼈저리게 이해했어."

자신의 손으로 키우게 된다면 찰싹 달라붙어 응석을 받아주느라 왕족으로서의 교육을 소홀히 해버릴 것 같았다.

그렇게 자백하는 아우라와 시선을 맞춘 젠지로는 뿜어내듯이 웃었다.

"정말. 나도 엄격하게 사랑의 매를 들면서 키울 수 있겠냐고 물으면 자신이 없네."

자기 자식이라는 게 이렇게 사랑스러운 것일 줄은 상상도 하지 못했다.

"그러고 보니, 이 아이의 이름은 어떻게 할 거예요?"

"응? 그건 아우라가 짓는 것 아니었어? 난 이 나라의 사람 이름에 대해 잘 모르는데."

갑자기 그런 얘기를 던진 아우라에게 젠지로는 살짝 갸웃하며 대답했다.

"으응, 물론 나도 이름을 지어줄 거지만, 양친이 다른 나라 출신이라면 아이에게 각자 모국풍의 이름을 하나씩 선물하는 풍습이 있어. 단, 혈통마법의 유출 문제 때문에 이름을 두 개 가지는 왕족은 거의 드문 존재지만."

그런 아우라의 말에 젠지로는 과연, 하고 수긍했다.

"흐음, 그렇구나. 그러면 나도 생각해 볼까."

그걸 알았더라면 컴퓨터에 전자 작명 사전이라도 저장해 올 걸 그랬다. 젠지로는 조금 후회했다. 하지만 괜찮다. 내 아이에게 어울리는 이름 정도는 자기 머리로 생각해 낼 테다.

그런 남편의 의지가 들여다보인 것인지, 아우라는 베개 위에서 쿡쿡 웃었다.

"큭큭, 그래. 서로 지혜를 짜내 좋은 이름을 지어 줘요."

그러나 웃으면서 얘기를 한 탓인지 그 말끝이 조금 갈라지고 사이에 거친 숨이 섞였다. 그것을 재빨리 알아챈 젠지로는 사랑하는 아내에게 걱정스러운 시선을 향했다.

"응. 생각해 둘게. 하지만 아우라는 지금은 쉬어. 너무 오래 그 자세로 있는 건 좋지 않다고 의사도 말했잖아."

젠지로의 말에 벽 쪽에 물러나 있던 초로의 의사도 끄덕이며 동의를 표하고 있었다. 낮은 지위 때문에 아무 말도 하지는 못했지만, 주위의 시녀들도 확연히 걱정스러운 시선을 아우라에게 향하고 있었다.

그런 모습에 쓴웃음을 지은 여왕은 작게 어깨를 으쓱했다.

"알았어, 알았어. 하지만 조금만, 아주 조금은 괜찮지 않아? 조금만 더 오래, 그 아이를 보고 있고 싶어. 잠들면 확실하게 꿈에서 볼수 있도록…… 말이에요."

"어휴…… 알았어. 하지만 아주 조금만이야."

누구보다 아우라의 마음을 이해할 수 있는 젠지로는 그렇게 쓴웃음이 섞인 허락을 했다.

"음, 알고 있어."

웃는 얼굴로 얌전하게 대답하며 순순히 긍정하는 여왕.

그러나 결국 그 약속은 지켜질 리 없었으니.

자신의 아이를 안은 아버지와 그 두 사람을 침대 위에서 지켜보는 어머니, 지켜보던 미셸 의사가 닥터 스톱을 걸 때까지 질리지도 않고 갓 태어난 아이를 바라보았던 것이었다.

[부록] 주인과 시녀의 간접교류^{공동개발}

바네사는 카파 왕가의 후궁에서 일하는 시녀다.

시녀라고는 해도 '왕궁의 시녀'라면 연상되는 세련된 용모를 가진 귀여운 아가씨는 아니다.

허리나 엉덩이에 뒤룩뒤룩 관록의 지방이 축적된 중년 여인이다.

당연한 얘기지만 후궁이라는 폐쇄된 공간을 젊고 아름다운 처녀들 만으로 유지할 수는 없는 노릇이었다.

시녀장 아만다를 비롯한 각 부문 책임자들은 나이를 먹은 그 분야 전문가들의 집합이었다.

외모도 고려된 다수의 젊은 노동력과 능력이 중시된 소수의 숙련 지도자. 바네사는 그 소수의 숙련 지도자 중 한 사람인 것이다.

'후궁 직속 조리 책임자.' 그것이 현재 바네사의 직책이었다.

그러나 '조리 책임자'라고는 해도 정식 궁정 요리사는 아니었다.

정식 궁정 요리사는 왕궁에서 일하는 남자들이었고, 후궁에서 생활하는 여왕 아우라나 젠지로의 식사도 기본적으로는 그들이 만들었다.

물론 그렇다고 해도 현실적으로는 매일 세 번씩 왕궁의 요리사가 젠지로와 아우라의 식사를 만들고 그걸 시녀들이 후궁까지 운반해 오는 건 너무 비효율적인 일이었다.

그래서 주식인 빵 굽기나 기술이 필요한 메인 디쉬 같은 건 왕궁의 궁정 요리사가 만들었지만 간단한 것은 바네사 일행이 후궁의 주방에서 만드는 일이 많았다.

후궁의 주방은 규모만큼은 작았지만, 왕궁 주방에 뒤지지 않을 만큼의 설비가 갖춰져 있었고, 바네사의 요리 실력도 궁정 요리사들과 비교해도 그렇게 뒤떨어지지 않았다.

하지만 남성 사회를 중심으로 돌아가는 카파 왕국의 관습은 요리의 세계에서도 예외가 아니었기 때문에, 여자인 바네사가 정식 궁정 요리사가 될 가능성은 없었다.

그러한 사정에 의해 후궁 전속 시녀 '조리 책임자' 바네사는 사실상 후궁의 요리장으로 매일 그 실력을 발휘하고 있었다.

"자, 그러면 너희가 좋아하는 과자 만들기 시간이다. 힘차게 시작한다!"

"네엣!"

뒤룩뒤룩 살찐 허리에 양손의 주먹을 얹고 커다랗게 외치는 바네사의 말에 오늘 주방 담당으로 배치된 세 명의 젊은 시녀들은 입을 모아 기운 좋게 대답했다.

각 부문의 담당자들은 각각 업무가 고정되어 있었던 것에 반해 실제 노동력인 젊은 시녀들은 일정 기간씩 모든 부문을 빠짐없이 돌아가며 일하는 로테이션 시스템이었다.

이것은 젊은 시녀들이 시녀로서의 기술을 충분히 몸에 익혀 만약의 경우 결원이나 어딘가 특정 부분에 긴급하게 많은 인원이 필요할 때 다른 부서에서 원조할 수 있게 하기 위함이었다(실제로 한 달에 한 번 '욕실 대청소'나 우기가 끝날 무렵의 '정원 전면 손질' 등은 후궁 시녀가 총출동하는 대형 업무였다).

척하면 척인 시녀들의 대답에 바네사는 둥글둥글한 얼굴에 가득 웃음을 띠고는 짝, 하고 양손을 마주쳤다.

"좋아, 그럼 냉큼 시작할까!"

바네사의 말투나 행동거지는 솔직히 '후궁 시녀'로서는 다소 격에 떨어지는 것이었다. 정확히 말하면 '품위'가 없었다.

물론 젠지로나 아우라 앞에 나설 때는 그 뚱뚱한 몸을 봐서는 상상할 수도 없을 만큼 다소곳한 태도를 보였지만, 이렇게 윗사람의 시선이 닿지 않는 곳에서 일에 종사하고 있을 때의 바네사는 시장통에 있는 식당 여주인 같은 모습이었다.

젊은 시녀 중에서도 괜찮은 집안 출신인 아가씨는 바네사를 조금 피하는 경향이 있을 정도였다.

그러나 오늘 주방에 배치된 세 명에 관해서는 그런 걱정도 필요 없을 터였다.

오늘의 주방 담당은 페, 돌로레스, 레테. 통칭 '문제아 3인방'이었던 것이다.

바네사는 낭랑한 목소리로 젊은 시녀들에게 지시를 날렸다.

"페, 화덕을 부탁한다. 장작을 지펴서 딱 좋은 열기로 조절하는 거야!"

"네!"

"돌로레스는 테이블 위에서 가루를 체에 쳐 다오!"

"네, 알겠습니다."

"레테는 나와 함께 달걀 거품을 낸다. 노른자는 내가 할 테니까 흰자를 거품 내 다오."

"와, 제일 어려운 일에 당첨됐어!"

바네사의 지시를 받은 젊은 시녀들은 흩어져서 움직였다.

체에 내린 밀가루, 약간 거품이 날 정도까지 휘저은 노른자와 메렝게(뿔이 설 정도로 거품을 낸 흰자), 그리고 가루로 부순 소다. 그 밖에도 테이블 위에는 질 좋은 식물성 기름이나 흑설탕과 같은 재료가 놓여 있었다.

그런 재료를 보면 바네사 일행이 지금 만들려고 하는 것이 무엇인지 대충 짐작이 가는 사람이 있을지 모르겠다.

그녀들이 지금 만들고 있는 것은 '카스텔라'였다.

물론 원래 카파 왕국에 '카스텔라'라는 과자는 없었다. 말할 필요도 없이 레시피의 출처는 젠지로다.

이세계에 올 때 과자나 술안주 레시피를 닥치는 대로 저장해서 가져온 것이다.

그렇게 해서 가져온 과자의 레시피 중에 80퍼센트 정도는 이쪽 세계에서 재현할 수 없었지만. 이유는 지극히 간단, 저쪽 세계의 양과자 태반은 우유나 버터 같은 유제품을 사용하고 있기 때문이었다.

가축 대부분이 용류——대형 파충류인 이곳 카파 왕국에는 젖을 짤 수 있는 가축이라는 것이 없었다. 북대륙에는 산양이나 소 같은 가축이 있다고 하니 비싼 돈을 들이면 수입하는 것도 불가능한 얘기는 아니지만, '젠지로 한 사람의 호사스러운 생활을 위해 그렇게까지 돈을 들일 가치가 있는가?'라고 묻는다면 솔직히 의문이 남았다.

게다가 카파 왕국 사람은 오늘날까지 몇백 년 동안 유제품을 입에 대지 않고 살아온 인종이었다. 버터나 치즈를 만든다고 해도 처음엔 기피의 대상이 될 것이다. 실제로 젠지로가 아우라에게 그 얘기를 했을 때 아우라도 '동물의 젖을 사람이 먹는다고……?'라며 탐탁지 않은 표정으로 고개를 갸웃했었다.

그런 사정으로, 현재 이쪽 세계에서 재현할 수 있는 식품은 유제품을 사용하지 않는 것에 한정되어 있었다.

그런 유제품을 사용하지 않는 과자 중의 하나가 지금 바네사 일행이 만들고 있는 '카스텔라'였다.

물론 세상에는 '밀크 카스텔라'나 '버터 카스텔라'처럼 유제품을 듬뿍 사용한 카스텔라도 있지만, 젠지로의 레시피 목록에 들어 있던 카스텔라 레시피에는 유제품이 포함되어 있지 않았다.

달걀, 강력분, 설탕, 굵은 설탕, 샐러드유. 레시피에 적혀 있는 재료는 이것뿐이다.

그러나 현재 바네사 일행이 만들고 있는 '카스텔라'는 이 레시피를 그대로 따른 것이 아니었다.

샐러드유라고 부를 정도로 정제도가 높은 기름이 없어서 가능한 한 냄새가 없는 식물성 기름으로 대용하고, 그래도 기름 냄새가 강하기 때문에 향을 내기 위해 젠지로가 가져온 브랜디를 조금 첨가한다.

게다가 레시피에는 메렝게만으로 부풀린다고 되어 있었지만, 지금까지 제대로 부풀지 않는 일이 많았기 때문에 천연 소다(중탄산소다석 분말)를 베이킹 파우더 삼아 추가.

그런 방법과 재료의 차이가 최종적으로는 맛과 모양에 집약되어 레시피가 지향하는 그것과는 '다른 것'으로 완성되곤 한다.

'다른 것'이라고는 해도 궁정 요리사에 맞먹는 실력을 가진 바네사가 시행착오를 거듭하며 완성해 낸 개량 레시피였다. 은은하게 브랜디 향기가 풍기며 아주 살짝 알콜 기운을 남기는 그 맛은 사람에 따라서는 원래의 레시피대로 만든 카스텔라보다 맛있다고 느낄지도 몰랐다.

"흐응 흐응 흐흥♪"

바네사는 구리로 만든 커다란 볼을 굵은 왼팔로 끌어안고 오른손에 든 거품기로 기분 좋게 휙휙 대량의 노른자를 휘저었다.

'달걀을 휘젓는다'는 조리법 자체는 원래부터 존재했기 때문에 익숙했다.

게다가 노른자의 거품 정도를 손의 촉감으로 판단하면서 시선은 젊은 시녀들을 향하고 전체적인 지시를 내리고 있었다.

"자, 슬슬 메렝게를 만들 거야. 레테, 그쪽은 어떠냐?"

볼 옆에 놓아두었던 흑설탕을 익숙한 손놀림으로 노른자가 들어 있는 볼에 부으면서 바네사는 옆에서 흰자가 든 볼에 거품기를 담그고 얼굴이 벌겋게 메렝게 만들기에 전념하는 가슴이 크고 눈이 처진 시녀에게 말을 걸었다.

"네에~ 이제 조금만 더 하면 돼요~"

처진 눈의 시녀——레테는 이 짧은 시간에 완전히 녹초가 된 목소리로 그렇게 상사의 물음에 대답했다.

거품이 일 정도로만 가볍게 휘저으면 되는 노른자와는 달리, 거품기를 들어올릴 때 단단해진 흰자가 뿔처럼 뾰족하게 설 때까지 거품을 내지 않으면 안 되는 흰자——메렝게 만들기는 중노동이었다.

화덕 앞에서 폭포처럼 땀을 흘리고 있는 페도, 엄청난 양의 밀가루를 체에 치느라 얼굴까지 가루를 뒤집어쓴 돌로레스도 저도 모르게 룸메이트에게 동정의 시선을 향할 정도였다.

그래도 레테는 몸이 흔들리지 않게 조심하면서 거품기를 움직여 씩씩하게 책무를 다했다.

"좋아, 다 되면 바로 이쪽으로 가져오너라. 페, 화덕의 상태는 어떠냐?"

"괜찮아요, 아무 때라도 사용할 수 있어요!"

화덕 앞에서 얼굴과 앞치마가 재로 더럽혀진 작은 몸집의 소녀는 밝은 표정으로 작은 주먹을 들어 올려 보였다.

"좋~아, 그러면 본격적으로 준비에 들어가자. 돌로레스, 밀가루는 다 체에 내렸겠지? 좋아, 그럼 틀에 기름을 바르고 바닥에 깔 것을 적당히 골라라."

"네? 제가 골라도 되나요?"

바네사의 지명을 받은 장신의 시녀는 평소엔 약간 올라가 있는 눈꼬리를 내리고 만면에 웃음을 떠올렸다.

원래 레시피에는 굵은 설탕이라고 돼 있지만, 바네사는 지금까지 이런저런 시도를 거듭하면서 잘게 부순 견과류나 말린 과일을 얇게 썬 것 등을 대신 넣곤 했다.

말하자면 카스텔라의 맛을 결정하는 가장 큰 포인트를 맡은 것이었다. 돌로레스가 기뻐하는 것도 무리는 아니었다.

"아~, 돌로레스 좋겠다!"

"돌로레스 짱, 굵은 설탕으로 하자, 굵은 설탕이 제일 맛있어!"

즉각 화덕 앞의 페와 메렝게 만들기에 여념이 없던 레테가 입을 모아 소리를 냈다.

그도 그럴 것이, 이렇게 만들어진 과자는 가장 잘 만들어진 일부분을 젠지로와 아우라에게 바친 다음에 나머지는 주방의 시녀들이 '적당히 처리'하는 것이 허용되어 있기 때문이었다. 즉, 시녀들에게는 남의 일이 아니었다.

그런 시끌벅적한 시녀들을 바네사는 노른자가 든 볼에 식물성 기름을 조금씩 넣으면서 꾸짖었다.

"예끼, 너희들. 손이 멈췄잖아. 작업에 집중하거라. 돌로레스도 얼른 정하고. 시녀가 고민하느라 주인님에게 낼 과자가 늦는 일이 생기면 시녀들이 싸잡혀 욕을 먹게 되잖니."

시녀장인 아만다나 청소 담당 책임자인 이네스와 비교하면 시끄럽

게 잔소리를 하는 일이 적은 바네사였지만, 조리 책임자로서 조여야
할 때는 알고 있었다.

"네~에!"

"죄송합니다, 바네사 님."

"죄송합니다~."

조리 책임자의 질책에 문제아 3인방은 나란히 고개를 숙이는 것이
었다.

그로부터 약 1시간 후.

주방에는 달콤한 냄새가 가득 차 있었다.

냄새의 발원지는 말할 필요도 없이 방금 갓 구워낸 카스텔라였다.

금속제 틀에서 꺼낸 갓 구운 카스텔라에 바네사는 익숙한 손놀림
으로 빵칼을 넣었다.

그 모습을 문제아 3인방은 의자에서 테이블 쪽으로 몸이 쏟아질
것처럼 물끄러미 응시하고 있었다.

"…………"

"…………"

"…………"

사흘 동안 먹이를 먹지 못하다가 간신히 사냥감을 발견한 육식 용
에 버금가는 시선을 카스텔라로 향한 문제아 3인방의 눈초리를 아랑
곳 않고, 바네사는 3개의 카스텔라를 솜씨 좋게 균등하게 잘랐다.

"좋~아, 그럼 이쪽의 여기부터 여기까지……, 이쪽의 이것과 이것

정도면 될까."

　그렇게 바네사는 자른 카스텔라 중에서 완성도가 높은 부분을 골라내 은 쟁반에 나눠 담았다.

　아무래도 원시적인 장작 화덕의 비애인지, 바네사의 실력으로도 일정하게 구워지지 않는 건 어쩔 수가 없었다. 그래서 이렇게 처음부터 어느 정도는 실패하는 것을 전제로 많은 양을 구워서 완성된 것 중에서 특히 잘 구워진 부분만을 주인들에게 올리고 있는 것이었다.

　바네사가 젠지로 용으로 담은 은 쟁반을 긴장감이 없는 처진 눈으로 응시하고 있던 레테가 평소에는 좀처럼 들을 수 없는 진지한 말투로 지적했다.

　"아, 바네사 님, 거기 그 부분, 윗부분 모양이 비뚤어졌어요~. 젠지로 님에게 올리지 않는 게 좋지 않을까요?"

　그렇게 말하며 레테가 가리킨 카스텔라는 '가장 촘촘하게 굵은 설탕이 뿌려진 부분'이었다.

　레테의 말에 영향을 받은 것인지 이어서 돌로레스와 페도 자신들의 욕망을 주인에 대한 배려심으로 위장한 말을 입에 담았다.

　"바네사 님, 잘 보세요. 그 부분에 작은 밀가루 알갱이가 있어요. 그걸 젠지로 님께 내는 것은 주방을 맡은 시녀로서 간과할 수 없는 일이라고 생각합니다만."

　무리해서 냉정한 얼굴을 만들고 그렇게 지적하는 돌로레스가 가리키고 있는 것은 가장 때깔 좋게 구워진 부분이었고,

　"바네사 님, 바네사 님. 그거, 쟁반의 가장 끝 부분에 거기요! 자른

모양이 조금 기울어져 있어요! 그건 제가 책임지고 처분하겠습니다!"

의자 위에서 튀어 오를 것 같은 기세로 그렇게 말하고 페가 찍은 곳은 다른 카스텔라보다 약간 두껍게 잘린 한 조각이었다.

"…………"

욕망에 충실한 '문제아 3인방'을 바네사는 웬일로 말없이 반쯤 뜬 눈으로 응시했다.

아, 위험해. 라고 그녀들이 눈치를 챘을 때는 이미 늦었다.

"하아아아……!"

말없이 단단하게 쥔 주먹에 뜨거운 입김을 분 바네사는,

"이, 멍충이들!"

"악!"

"아얏!"

"힉!?"

세 시녀의 정수리에 연속해서 그 뜨거운 주먹을 내리치는 것이었다.

———————◆———————

그 후, 거실에 있는 젠지로에게 선별한 카스텔라를 가지고 간 3인방, 페, 돌로레스, 레테는 주방으로 돌아왔다.

"다녀왔습니다!"

"카스텔라, 젠지로 님에게 올리고 왔습니다."

"젠지로 님, '맛있다'고, 말씀하셨어요~. 바네사 님에게도 '늘 고맙다'고."

기운차게 말하는 그 모습에서 바네사에게 알밤을 먹은 대미지는 이미 찾아볼 수 없었다.

하긴 그렇게 정신적으로 터프하고 재생이 빠른 그녀들이었기에, 바네사도 거리낌 없이 알밤을 먹였던 것이지만, 그 부분의 인과관계를 본인들은 알지 못했다.

바네사는 조리 테이블의 의자에 앉은 채 명랑한 미소로 젊은 시녀들을 맞이했다.

"그래, 수고들 했다. 지금 차를 끓일 테니 휴식할까. 자, 맘에 드는 것으로 하나씩 고르거라."

"얏호!"

"고맙습니다, 잘 먹겠습니다!"

"와아! 뭘로 할까~ 뭘로 할까~"

문제아 3인방은 기쁨에 겨워서 테이블에 앉아 남은 카스텔라 중에서 가장 마음에 드는 한 조각을 온 몸과 마음을 다해 고르고 있었다.

카스텔라는 많이 있었지만 다른 부서에서 일하는 시녀들에게도 나눠주지 않으면 원망을 들었기 때문에, 그녀들이 가질 수 있는 것은 어디까지나 한 명당 한 조각뿐이었다.

세 명의 시녀들이 카스텔라를 자신의 접시에 담았을 때, 4인분의 차를 끓인 바네사는 김이 오르는 컵을 자신과 젊은 시녀들 앞에 놓았다.

카스텔라 접시도 찻잔도 모두 목제였다. 도자기나 유리가 없는 이 나라에서는 식기는 기본적으로 금속제 아니면 목제였다.

"자, 여기 차. 뜨거우니까 데지 않도록 조심하거라."

"고맙습니다, 바네사 님!"

"와~아. 페 짱, 설탕 좀."

"잠깐, 레테. 모처럼 카스텔라를 먹는데 차에 그렇게 설탕을 넣으면 혀가 마비돼서 카스텔라의 달콤함을 느끼지 못할 거야."

"돌로레스, 레테한테 그런 말은 소용없어. 레테는 아무 데나 설탕을 듬뿍 넣는 애니까."

"에헤헤……"

화기애애한 분위기 속에서 다과 시간이 흘러갔다.

상사인 바네사가 앞에 있는데도 기가 죽는 일도 없이 차와 과자를 만끽하고 있는 페 일행의 담력은 대단하다고 해야 할지도 몰랐다.

규율과 상하관계를 중시하는 아만다 시녀장이 보면 '돼먹지 못했다'며 한탄할 광경이었지만, 바네사는 상사 중에서는 가장 규율에 느슨한 사람이었다.

오히려 이런 화기애애한 분위기를 좋아했다.

"그러고 보니 돌로레스, 네가 가져온 종이는 또 예의 그것이냐?"

자기 몫의 카스텔라를 다 먹은 바네사는 목제 컵에 든 차로 달달해진 입안을 헹구고 맞은편에서 아직 깨작깨작 카스텔라를 음미하고 있는 키 큰 시녀에게 그렇게 말을 건넸다.

"아, 네. 그렇습니다. 젠지로 님께서 주신 '다음 레시피'입니다."

상사의 물음에 돌로레스는 입에서 목제 포크를 떼고 재빨리 입 안의 카스텔라를 삼킨 후 그렇게 대답했다.

젠지로는 틈이 생기면 컴퓨터의 레시피 모음을 이쪽 세계의 문자로 번역해서 주방 담당 시녀들에게 건네고 있었던 것이다.

물론 시녀들에게 건네기 전에 아우라의 체크를 받고 있기 때문에 의미가 통하지 않는 큰 오류는 없었다.

"에헤헤, 이번엔 어떤 걸까? 기대돼!"

수많은 시녀 중에서도 아마도 가장 이세계의 과자에 매료된 레테는 원래 처져 있는 눈을 웃는 얼굴로 더욱 느슨하게 무너뜨리며, 이미 의식을 미지의 과자로 향하고 있었다.

물론 레테 정도는 아니라도 '레시피의 재현'을 기대하고 있는 것은 페와 돌로레스도 마찬가지였다.

"너만 믿어, 레테."

"얘, 페. 뭘 다른 사람 일인 것처럼 말하는 거야. 요리 실력은 확실히 레테가 제일 좋지만 그렇다고 해서 레테한테만 맡길 수는 없잖아. 너랑 나랑 같이 노력해야지."

원님 덕에 나팔 불겠다는 심보를 당당히 내비치는 작은 몸집의 동료에게 장신의 시녀는 왼손에 목제 컵을 든 채 오른쪽 팔꿈치를 먹였다.

"아야! 좀 그만둬, 돌로레스의 몸은 온몸에 살이 없는 만큼 찌르면 아프단 말이야."

"시끄러, 너도 남 말 할 처지가 아닐 텐데, 꼬맹아."

"누가 꼬맹이야, 이 거인 여자!"

"좀, 페 짱도 돌로레스 짱도 예의가 없어~. 모처럼 맛있는 걸 먹고 있으니까 조용히 하자~."

변함없이 사이좋게 다투는 페와 돌로레스에게 레테는 당혹하고 화난 듯이 소리를 높였다.

페와 돌로레스의 다툼이 진짜 싸움이 아니라는 것을 누구보다도 잘 알고 있는 레테였지만, 좋아하는 다과 시간에 소란을 피우는 건 역시 민폐로 생각됐다.

그런 '문제아 3인방'을 쓴웃음을 섞어 나무라면서 바네사는 말했다.

"자, 그 정도로 해 두어라. 내 관용에도 한도란 게 있으니까 말이다. 그건 그렇고 너희, 그 레시피에 언제 도전할 생각이냐?"

당연하지만 통상적인 업무가 있는 날은 새로운 과자 만들기에 시간을 뺄 여유 따위 있을 리 없었다. 세 번의 식사와 낮의 과자 만들기만으로도 벅찼다.

"언제라니요……"

"그야 물론."

"사흘 뒤에 할 생각이에요. 분명 그날은 젠지로 님도 아우라 폐하도 낮엔 일 때문에, 밤엔 연회에 참석하시느라 후궁에서는 아침만 드시는 것으로 기억하고 있어요."

금세 싸움을 멈추고 얼굴을 마주 본 페와 돌로레스는 그렇게 외운 것처럼 술술 말했다.

어쨌거나 후궁에서 일하는 시녀인 그녀들은 기본적으로 공표된 주인들의 예정을 전부 머릿속에 집어넣고 있었다.

그녀들의 대답이 만족스러웠는지, 크게 끄덕인 바네사였지만, 곧바로 심술궂은 웃음을 지으며 덧붙였다.

"확실히 그건 틀림없지. 단 그날 연회에는 나도 왕궁 총요리장의 부탁으로 가게 됐단다. 아무래도 젠지로 님이 전에 '내 음식 취향은 후궁의 주방 담당자가 가장 잘 알고 있다'고 말씀하셨던 것 같아."

뭐, 명예로운 일이지, 라며 바네사는 뚱뚱한 몸을 흔들어대며 웃었다.

"에에엣?"

과장스럽게 놀라는 소리를 내는 페.

"바네사 님, 안 계시는 거예요?"

예상외의 말에 곤란하다는 듯이 고개를 갸우뚱하는 돌로레스.

"에~ 그럼 새로운 과자, 못 만들어?"

그리고 우는 얼굴로 보일 정도로 눈썹 사이에 주름을 모으고 슬픈 표정을 짓는 레테.

그건 그렇다. 아무리 레테가 젊은 시녀 중에서는 가장 빼어난 요리 실력을 자랑한다 해도, 그건 '요리를 잘하는 시녀'라는 틀을 뛰어넘는 것이 아니었다.

'시녀의 껍질을 깨고 나온 요리사'인 바네사와는 비교도 되지 않았다.

당연히 지금까지 젠지로가 건넨 레시피의 재현은 전부 바네사의 주도로 이루어져 왔다.

"그, 그럼 7일 후 낮은 어떠세요? 7일 후는 연회는 없지만, 낮엔 젠지로 님도 아우라 폐하도 안 계실 예정이니까요. 3일 후와 비교하면 짧은 시간이지만 그래도……"

재빨리 머릿속의 예정표를 뒤져 대안을 제시하는 돌로레스였지만, 바네사는 조금은 일부러 지어낸 것 같은 표정으로 어깨를 으쓱했다.

"그야, 너희가 그걸로 좋다고 하면 난 상관없단다. 7일 후라도. 그러면 그 레시피 종이는 카리나에게 건네 두는 편이 좋지 않겠니?"

카리나. 그것은 그녀들의 동료인 젊은 시녀의 이름이었다.

그런 바네사의 말을 듣고 세 명은 동시에 깨달았다.

"앗!?"

"맞아, 7일 후는 안 돼."

"5일 뒤면 우리, 부서를 옮긴다구!"

젊은 시녀들의 정기적인 부서 이동.

그건 이미 5일 후로 다가와 있었다. 그 사실을 깨달은 3인은 동시에 머리를 감쌌다.

즉, 신작 레시피에 도전하는 것이 3일 후라면 그녀들의 영역이었지만, 7일 후라면 그건 그녀들 다음에 주방에 배치되는 시녀들의 영역이 되는 셈이다.

그런 젊은 시녀들을 보고 있던 바네사는 연기가 섞인 동작으로 어깨를 으쓱하고 과장되게 고개를 옆으로 저었다.

"아깝게 됐구나. 이번 새로운 레시피를 처음으로 완성한 팀에게는 내 권한으로 다음 한 달 동안의 개인적 냉장고 사용권을 상으로 내릴 생각이었는데 말이다."

거실에 떡하니 자리 잡고 있는 커다란 5도어 냉장고는 물론 젠지로의 소유였지만, 조리 책임자인 바네사는 야채 저장실을 중심으로 한 전체의 3분의 1정도를 스스로 판단해서 자유롭게 사용해도 좋다는 허가를 받고 있었다.

그런 바네사의 말에 문제아 3인방은 동시에 활기를 되찾았다.

카파 왕국은 아직도 더운 계절이었다. 젠지로는 그녀들에게도 냉장고 안의 차가운 타월이나 주전자의 냉수, 나아가 제빙실의 얼음을 어느 정도 자유롭게 쓰도록 허가해 주었지만, 후궁에는 시녀가 몇 십 명이나 있었다.

차가운 타월은 고사하고 냉수나 얼음은 누구나가 자유롭게 이용할 수 있는 것이 아니었다.

그런 그녀들에게 있어서 지극히 제한된 일부 공간만이라고 냉장고를 사적으로 사용할 수 있는 권리는 엄청나게 매력적이었다.

"…………!"

"앗…………"

"…………"

페, 돌로레스, 레테 3인은 눈과 눈으로 서로의 의사를 확인하고는,

"바네사 님!"

"맡겨 주십시오!"

"3일 후에 저희끼리 이 레시피를 완성해 보이겠습니다!"

호흡을 맞춰 힘찬 선언을 하는 것이었다.

◆

3일 후 낮.

페, 돌로레스, 레테의 '문제아 3인방'은 자신들 외에 아무도 없는 조용한 후궁 주방에 집합해 있었다.

물론 세 명 모두 시녀복 위에 긴 앞치마를 두른 조리 작업복 차림이었다.

단발의 페는 평소와 같은 머리 모양이었지만 장발의 돌로레스와 레테는 그 긴 머리를 뒤에서 하나로 묶어 요리에 방해되지 않게끔 말아 올렸다.

"우리만의 힘으로 레시피를 재현해 보이겠다"고 한 그녀들의 선언.

아마도 바네사는 처음부터 그 방향으로 이야기를 유도할 생각이었을 것이다.

"알겠다. 애써 보려무나. 식재료는 마련해 둘 테니까. 자유롭게 사용해도 좋아."라고 대답하는 조리 책임자의 얼굴에는 '계획대로'라는 의미의 웃음이 떠올라 있었다.

젊은 시녀들만으로 신작 과자 만들기에 도전한다. 본인들은 그런 의식이 없는 모양이었지만, 이것은 대단히 괜찮은 주방 훈련이다.

그렇게 해서 젊은 시녀들이 요리 실력을 키워 준다면, 지도감독도 겸하고 있는 바네사로서는 만만세를 외칠 일이었다.

"좋~아, 그럼 시작하자!"

레테는 풍만한 가슴 앞에서 짝, 하고 박수를 치고 개시를 선언했다.

"알았어. 오늘의 리더는 너야, 레테. 나와 페는 원칙적으로 네 말을 따를 테니까, 지시를 부탁해."

"부탁해, 리더."

룸메이트인 동료 두 사람의 말에 레테는 팔을 걷어붙이는 시늉을 하며 팔을 꺾어 보이고 대답했다.

"응, 노력할게. 둘 다 레시피는 머릿속에 들어 있겠지."

"물론이야. 이 사흘간 지겨울 만큼 읽었으니까."

레테가 확인차 물은 질문에 돌로레스는 3일 전과 비교하면 접히고 지저분해져서 약간 흐느적거리는 몇 장의 복사용지를 흔들며 대답했다.

"나, 나도 괜찮… 아?"

어째선지 말끝이 의문문인 페의 대답에는 다소 불안감이 있었지만, 이 자리에까지 온 이상 어쩔 도리는 없었다.

"쫌~ 페 짱, 믿고 있거든. 그럼 맨 처음은 '파이 반죽'을 만드는 것부터 시작하자!"

드물게 날카로운 말투로 레테는 그렇게 말하고 스스로 앞장서 나아가 작업대 위에 정렬한 식재료에 손을 뻗었다.

'파이 반죽'이라는 말에서 알 수 있는 것처럼 젠지로가 준 새로운 레시피는 '파이'였다.

그러나 정식 파이는 아니다. 정통 파이 반죽이라는 건 반죽 사이에 버터를 넣어 몇 겹이나 접어서 만들 필요가 있었기 때문에, 유제품이 없는 카파 왕국에서는 아무리 애써도 만들 수가 없었다.

젠지로가 이번에 번역한 레시피는 버터 대신에 식물성 기름을 사용하는 '저칼로리 파이'였다.

최근에 유행하는 다이어트 후식의 일종인데, 유제품을 손에 넣을 수 없는 이쪽 세계에서는 고마운 메뉴였다.

"읏차, 읏차……"

곧바로 레테는 레시피에서 읽은 대로 밀가루에 소금을 약간 넣고 물로 반죽했다.

처음엔 실패하는 게 당연하다는 생각으로, 일단 3명 모두가 각각 파이 반죽 만들기에 도전했다.

반죽을 치댄다는 행위는 다른 과자나 빵 만들기에서도 들어가는 덕에, 3명의 시녀가 모두 나름대로 익숙한 손놀림으로 파이 반죽을 만들고 있었다.

그러나 그 손놀림만을 봐도 역시 일목요연하게 레테의 솜씨가 뛰어났다.

"아, 페 짱 그거 너무 치댄 거 아냐? 조금 보슬보슬할 정도가 좋다고, 레시피에 쓰여 있었잖아~?"

"뭐? 정말? 벌써 찐득하게 치댔는데?"

"바보네. 레시피를 제대로 읽지 않으니까 그렇게 되는 거야."

자기 작업을 하면서도 동료의 실수를 지적하는 여유가 있는 부분이, 역시 레테의 조리 실력이 상당한 것임을 보여 주고 있었다.

"응, 이런 느낌일까~? 페 짱이랑 돌로레스 짱도 다 됐어? 다 됐으면 다음은 반죽 겉에 기름을 칠하고 접어서 평평하게 미는 거야. 그리고 다시 표면에 기름을 바르고 접어서 밀고, 이걸 세 번 반복해."

"알았어!"

"우왓, 이거 중노동이잖아. 내 실력으로는 온몸에 기름이 덕지덕지 묻는 걸 각오하는 편이 좋겠어."

이마에 배는 땀을 옆에 준비한 손수건으로 닦으며 돌로레스는 그렇게 한숨 섞인 목소리를 냈다.

시간을 낭비하지 않기 위해 이미 화덕에 불을 지펴놓은 주방은 열기가 자욱하게 피어 더웠다.

"땀받이가 필요하겠어!"

"응, 이대로는 위험해."

"모처럼의 과자가 짭짤해지고 말 거야."

허겁지겁 이마에 땀받이용 천을 두른 3명의 시녀는 다시 기합을 넣고 파이 반죽 만들기를 계속했다.

몇십 분 뒤.

조리대 위에는 세 개의 파이 반죽이 늘어서 있었다.

"좋~아. 완성~. 이제 안에 뭘 넣을까야. 난 역시 살구 설탕 절임으로 할까~?"

동그랗게 말아 올린 머리에서 흘러내린 몇 가닥의 머리카락을 뺨에 붙인 채 레테는 힘빠진 미소를 지었다.

"난, 그래, 무난하게 디저트 바나나로 해 볼까나?"

"난…… 음~ 아무것도 넣지 않는 것도 돼? 되지? 설탕을 녹인 기름을 겉에 잔뜩 발라 구워 볼래."

동시에 돌로레스와 페도 각각 자신이 만든 파이 반죽에 무엇을 넣을지 생각했다.

이러쿵저러쿵해도 단 것을 좋아하는 젊은 여자들이었다. 상사의 눈이 없는 상황이기도 해서 떠들썩하게 수다를 떨면서 3명은 각각 자신이 좋아하는 고물을 넣은 파이의 모양을 다듬었다.

"좋아, 완성!"

양손을 들고 만면에 웃음을 띤 레테에게 페는 고개를 갸웃하며 의문을 던졌다.

"아, 그런데 얼마나 구우면 되는 거야? 이런 건 항상 바네사 님이 하셨지?"

온도 조절 기능 따위 있을 리 없는 장작 화덕에서 감각에 의지해 무언가를 굽기 위해서는 농담이 아니라 숙련된 기술이 필요했다.

레테의 요리 실력이 젊은 시녀 중에서는 손에 꼽을 정도라고는 해도, 이것만큼은 어쩔 도리가 없었다.

하지만 그런 페의 불안을 날려버리듯이 불경한 웃음을 떠올린 것은 돌로레스였다.

"후훗, 그 점에서 빈틈은 없어. 봐, 어제 젠지로 님께 빌려 놨지!"

그렇게 말하고 돌로레스는 시녀복 주머니에서 반으로 접힌 검은 '휴대용 게임기'를 꺼내 보였다.

요즘 쉬는 시간에는 휴대용 게임에 푹 빠져 지내고 있는 돌로레스는 완전히 익숙한 손놀림으로 휴대용 게임기를 열고 능숙하게 조작했다.

"분명히 여기를 이렇게 하면…… 자, 나왔다, 시계야!"

게임을 하는 사이에 어느 틈엔가 아라비아 숫자 읽는 법을 마스터한 그녀들은 나아가 60초, 60분, 24시간이라는 이세계 방식의 시계를 보는 법까지 깨우치고 있었다(카트 레이스 게임의 타임 어택으로 배운 모양이었다).

"레시피에는 200도에서 40분 가열하라고 적혀 있었지? 이걸로 굽는 시간은 우리도 정확하게 잴 수가 있어."

빈약한 가슴을 펴고 자만하듯이 말하는 돌로레스에게 레테는 힘없이 웃으며 짝짝, 박수를 쳤다.

"와~, 돌로레스 짱, 대~단해! 이거라면 시간은 문제없겠어. 하지만 온도는 어떻게 해? 시간이 정확해도 화덕의 화력을 조절하지 못하면 소용없지 않아~? 200도란 건 얼마나 뜨거운 걸 말하는 걸까~?"

"웃……"

주저하는 돌로레스에게 지체 없이 페가 공격했다.

"뭐야, 빈틈 있잖아. 흥, 돌로레스가 그렇지."

"뭐, 뭐 어때! 이걸로 적어도 시간을 틀릴 일은 없으니까, 충분히 도움이 되잖아!"

페의 놀리는 말에 얼굴이 빨개지며 반론하는 돌로레스였지만, 실제로 그 주장은 틀리지 않았다.

온도라는 또 하나의 불확정 요소가 남아있다고는 해도, 시간이라는 요소를 확정할 수 있는 메리트는 결코 무시할 수 없었다.

게다가 시계가 있으면 한 번 실패한 시간에 다음 도전 때에 조율하기 쉬웠다.

가령 처음에 40분 동안 구웠는데 부족했다면 이번엔 45분으로 하면 된다. 그에 비해 시계 없이 같은 일을 하려 든다면, 신체 감각에 의지해서 '아까보다 조금 오래 굽는다'는 판단을 해야 한다.

그것이 얼마나 곤란한 일인지는 쉽게 상상할 수 있다.

"쯤~, 페 짱도 돌로레스 짱도 싸움은 나중에 하고, 화덕에 넣자~."

레테는 그 포동포동한 얼굴을 뾰로통하게 부풀려 요만큼도 무섭지 않은 표정을 짓는 것이었다.

40분 뒤.

조리대 위에는 막 화덕에서 끄집어낸 '파이 비슷한 것'이 세 개 늘어서 있었다.

'파이 비슷한 것'이다. 실수로라도 '파이'라고 하지는 못했다. 적어도 겉이 구석구석까지 까맣게 빛날 정도로 탄 그것을 '파이'라고 부르는 건 과자의 역사를 수놓아 온 역대 파티셰들에 대한 모독이 될 것이었다.

"……하아."

"새까맣네……"

어깨가 축 처지는 룸메이트들을 아랑곳하지 않고 레테는 혼자 평소처럼 두루뭉실한 표정으로 칼을 꺼내 들고는 그 '파이 비슷한 것'에 칼날을 넣었다.

아직 뜨거운 김이 나는 그것을 쓱쓱 잘라 나누고 다음으로는 칼끝으로 탄 부분을 도려냈다.

그렇게 해서 어떻게든 먹을 수 있는 부분을 건져낸 레테는 그것들을 나무 접시에 담았다.

"그러면, 일단 시식해 보자~."

"으……그, 그래."

"맨 처음 것을 먹는 건 꽤 용기가 필요한 일이네, 이거."

3명은 그다지 식욕을 불러오지 않는 그 '파이 비슷한 것'에 반쯤은 의무감으로 손을 뻗었다.

"…………"

"…………"

"…………"

말없는 시식 타임이 결코 행복하지 못하다는 건, 그녀들의 떫은 표정을 보면 알 수 있었다.

"돌로레스, 돌로레스가 만든 이거. 전혀 바나나의 단맛이 없어. 핑장히, 먹기 힘들어."

"미안하네. 이 레테가 만든 살구잼 넣은 건 반대로 너무 달아. 너, 여기에 설탕을 더 넣었지!"

"페 짱이 만든 건 너무 딱딱해~. 이건 이로 씹는 건 고사하고 손으로 쪼개기도 어렵겠어!"

세 시녀는 각각 동료가 만든 과자에 가차없는 지적을 했다.

원칙적으로 자기가 만든 것을 자기가 평가하지는 않았다. 그렇게 해봤자 자기평가라는 건 객관성에서 벗어나기 때문이다.

"좋아, 그럼 이 반성을 살려서 두 번째, 가 보자!"

한 차례 '파이 비슷한 것'의 시식을 끝낸 시점에서 레테는 위가 안정되는 것을 기다리지도 않고 그렇게 기운차게 말했다.

"그래. 재료는 아직 많이 있으니까!"

"다음은 어떻게든 조금 식욕이 생기는 걸 만들고 싶네……"

그런 레테에 이끌려 가듯이 페와 돌로레스도 의자에서 일어났다.

만들고, 굽고, 시식. 해가 떨어질 때까지 그것을 몇 번이나 몇 번이나 반복.

그렇게 '문제아 3인방'의 오늘 하루는 저물고 있었던 것이었다.

———————◆———————

다음 날 오후.

후궁 주방에서는 페, 돌로레스, 레테의 3인방이 허리에 손을 얹고 이쪽을 향해 웃고 있는 바네사 조리 책임자 앞에서 긴장한 얼굴을 하고 있었다.

조금 전에 젠지로에게 점심식사를 막 올린 주방은 시간 여유가 조금 난 참이었다.

"좋아, 그러면 어제의 성과를 보도록 할까."

"넷!"

바네사의 말에 기운차게 입을 모아 대답한 3인은 곧장 어제의 성과를 보여주기 위해 움직이기 시작했다.

페가 화덕의 화력을 조절하는 동안 레테가 파이 반죽을 만들었다. 동시에 돌로레스는 휴대용 게임기의 시계를 보이는 위치에 놓고, 질 좋은 흑설탕과 시나몬을 섞어 파이에 뿌릴 특제 감미료를 만들고 있었다.

파이 속은 넣지 않기로 했다.

어제 하루로는 일반적인 애플파이나 호박파이처럼 안에 재료를 넣는 타입의 파이를 제대로 만들 수 없었다.

반죽이 얇은 건지, 속 재료의 수분에 바닥이 뚫려 버렸다. 바닥이 뚫리지 않도록 신경을 쓰면 반대로 딱딱해서 씹을 수 없게 되었다. 게다가 속 재료를 바꿀 때마다 최적의 화력과 굽는 시간이 달라지는 것도 성가신 일이었다.

결국, 최종적으로 그녀들이 선택한 것은 지금 만들고 있는, 사람 손가락 두 개를 붙인 정도의 크기와 모양에 안에는 아무것도 넣지 않고 파이 반죽만 사용한 과자였다.

일부러 고슬고슬할 정도로 대충 섞어 치댄 뒤 장방형으로 자른 파이 반죽에 전체적으로 기름을 바르고 흑설탕과 시나몬을 듬뿍 뿌린 후 화덕에서 굽는 것이다.

오늘은 어제와는 달리 젠지로가 후궁에서 세 끼 식사를 하기에 비는 시간이 거의 없었다. 찬스는 한 번 뿐이었다.

"좋아, 반죽 완성이야, 페 짱."

"이쪽도 문제없어. 지금이라도 구울 수 있어!"

"좋아, 그럼 레테. 그걸 화덕 안에 넣어. 나는 시간을 잴게."

열심히 과자 만들기에 열정을 쏟는 젊은 시녀들을 바네사는 어린 아이들을 보듯이 부드럽고 온화한 미소를 지으며 지켜보았다.

"좋아, 굽기 시작!"

"오케이. 굽는 시간은 지금부터 45분이야! 페."

"괜찮아. 화덕 온도는 절대로 일정하게 유지할 테니까."

화덕에서 달달하고 고소한 냄새가 풍겨 나오기 시작한 건 그로부터 잠시 시간이 흐른 뒤의 일이었다.

"…………"

"…………"

"…………"

3명의 젊은 시녀가 긴장한 표정으로 이쪽을 보고 있는 가운데, 바네사 조리 책임자는 여유로운 표정을 무너뜨리지 않고 눈앞의 접시에 담긴 '파이'에 손을 가져갔다.

"흠. 레시피에 적혀 있던 것과는 무척 다른 것 같구나."

"그, 그건……!"

반사적으로 핑계가 섞인 설명을 시작하려고 하는 돌로레스를 시선만으로 저지한 바네사는 말을 이었다.

"하지만 일단 모양과 냄새는 합격점이구나. 다음은 맛과 식감이겠지."

그렇게 말하고 바네사는 입을 크게 벌려 그 사각형 판 모양의 파이를 덥석 물었다.

"음…… 흐음……"

바네사가 갓 구운 파이를 씹는 바삭거리는 소리만이 조용한 주방에 울려 퍼졌다.

이윽고 한 장의 파이를 다 먹은 바네사는 입을 열었다.

"응. 괜찮네. 역시 레테야. 잘해냈구나."

"고, 고맙습니다!"

칭찬의 말에 희색을 떠올리는 레테 일행이었지만, 그 기쁨에 물을 끼얹듯이 바네사는 표정을 확 바꿨다.

"하지만 아직 개선의 여지는 있어. 이왕이면 반죽 단계에서 칼집을 넣으면 좀 더 바삭하고 먹기 쉬울 게야. 나아가서 그걸 가늘게 잘라 땋는 모양으로 만들면 재미있을지도 모르지. 애초에 기름을 바르고 설탕을 뿌려 구울 거라면 처음부터 기름으로 튀긴 다음에 설탕과 시나몬을 뿌리는 편이 맛있지 않겠니? 적어도 이 상태로 젠지로 님이나 아우라 폐하 앞에 올릴 수는 없을 것 같구나."

그녀들은 어깨를 축 늘어뜨리고 고개를 수그렸다.

실패인가.

최선을 다한다 해도 그것이 결실을 이룬다는 보장이 없는 것이 '일'의 세계였다.

"그래도, 아주 열심히 해 줬구나. 이 다음은 카리나 반 아이들과 내가 완성시키기로 할까."

"에엣!? 그, 그럼 냉장고는……"

"페, 그만둬!"

저도 모르게 페는 화를 담아 소리를 높였다. 옆에서 돌로레스가 손을 잡아당겨 저지했지만, 페의 표정은 변하지 않았다.

여기까지 완성한 건 자신들인데 마지막 완성 부분만 담당한 뒷 반에게 '냉장고의 사용권'을 빼앗기는 건 참을 수 없었다.

상사에 대한 태도로서는 실격이라고 해도 좋을 뾰로퉁한 얼굴을 보이는 왜소한 소녀에게, 바네사는 쓴웃음을 보이며,

"알고 있단다. 아무리 그래도 냉장고 사용권을 카리나 반에 넘겨주면 너희들의 체면이 서지 않는다는 정도는."

그렇게 말하고, 엄마가 아이에게 하는 것처럼 그 두터운 손바닥으로 툭툭 페의 작은 머리를 쓰다듬었다.

"그러면!"

울다 웃으면 엉덩이에 뿔 난다. 그렇게 말하고 싶을 정도로 순식간에 희색만면이 된 페에게 바네사는,

"그렇다고 해도 너희가 약속대로 완성을 시키지는 못했다는 것도

사실이니까. 이번엔 그러니까…… 반 성공이라는 걸로 해 둘까. 남은 반은 이걸 완성할 카리나 반의 몫으로. 그러니까 후임 카리나 반이 이 레시피를 젠지로 님에게 올릴 수 있을 만큼 완성하면, 그때 너희와 카리나 반 아이들 6명 모두에게 한 달만 냉장고 일부를 자유롭게 사용할 수 있는 허가를 주마. 그걸로 됐겠지?"

"네엣!!"

"네!!"

"네~♪"

웃는 얼굴의 3명이 복창했다.

바네사도 지지 않을 만큼 명랑한 얼굴로 짝, 하고 손뼉을 쳤다.

"좋아, 그러면 이 건은 이걸로 끝. 이제 나는 젠지로 님께 가서 오늘의 과자에 대해 리퀘스트가 없는지 여쭤보고 올 테니까. 그 사이에 너희는 도구를 정리하고 다음 준비를 해 놓거라."

"알겠습니다."

"네, 알겠습니다."

"알았습니다."

바네사는 웃는 얼굴로 '부탁하마'라고 다짐을 주고는 주방을 나갔다.

남겨진 문제아 3인방은 명령을 받은 대로 파이 만들기로 더러워진 작업대와 조리도구 등을 닦고 정리정돈을 하면서 즐겁게 대화를 나눴다.

"얘, 얘. 그렇게 결정됐으니까, 일이 끝나고 나서 카리나 반 애들한테 이 과자 만드는 법을 알려줄까?"

밀가루로 지저분해진 작업대를 작은 빗자루로 쓸면서 페는 그렇게 두 사람의 룸메이트에게 제안했다.

볼을 대야에 담그고 닦고 있던 돌로레스는 조금 생각한 다음에 그 작은 룸메이트의 제안에 고개를 끄덕였다.

"그러네. 확실히, 그렇게 하는 편이 좋을지도. 난 그 기계로 시간을 재는 방법을 가르쳐 둘게. 최종적으로는 체감으로 굽는 시간을 잴 수 있게끔 돼야 하겠지만, 처음엔 시계가 없으면 꽤 힘드니까."

"맞아. 카리나 짱 애들이 너무 시간을 지체하면 그만큼 우리가 냉장고를 사용할 수 있는 시기가 늦어질 테니까~. 나도 찬성~"

커다란 빗자루로 바닥에 쏟아진 밀가루를 쓸고 있던 레테도 그렇게 말하고 동의했다.

이렇게 되면 다른 반의 젊은 시녀들도 운명 공동체다. 한시라도 빨리 냉장고의 은혜를 받기 위해서는 그녀들과 기꺼이 협력해야 한다.

"좋았어, 그렇게 정했으니까 빨리 일을 마치고 카리나네 애들을 잡으러 가자!"

"그래. 그 애들 지금 욕실 담당이었지?"

"카리나 짱 반에 확실히 키샤 짱도 있었지? 나, 방이 어딘지 알고 있어."

평소에는 거의 교류하지 않는 다른 반과 자발적으로 교류하고 서로의 지혜를 나누며 같은 목표를 향해 노력한다.

그렇게 함으로써 젊은 시녀들 전체의 친목이 도모되고 요리 실력도 는다. 그런 바네사의 의도가 어쩐지 당사자들은 전혀 눈치채지 못하는 가운데, 결실을 볼 분위기였다.

이상적인 기둥서방 생활 ❷

초판 1쇄 발행 2013년 11월 30일
초판 4쇄 발행 2019년 10월 15일

저자 와타나베 츠네히코

발행인 원종우
발행처 (주)이미지프레임

주소 (13814) 경기도 과천시 뒷골1로 6, 3층
영업부 02-3667-2653 **편집부** 02-3667-2654 **팩스** 02-3667-2655
메일 edit01@imageframe.kr **웹** vnovel.co.kr

ISBN 978-89-6052-287-9 02830 **(세트)** 978-89-6052-269-5

이계의 마술사

글 히로 텐키 / 그림 miogrobin / 번역 아르셀
46판 / 356p / 7,000원

무적의 발명소녀가 종횡무진으로 뛰어다닌다!

사이좋은 형제와 소꿉친구의 영향으로 기계 만지기와
무도(武道)를 즐기며, 조금 장난기 넘치는(?) 여고생 츠즈키
사쿠야는 캠프장으로 향하던 산길에서 갑자기 고풍스러운
드레스를 입은 공주님을 만나게 된다.
말도 안 되는 사태에 사태에 말려들어 타고나 활동력과
발명력을 바탕으로 위기를 빠져나가는 사이에 어느 황제가
다스리는 나라가 불온한 움직임을 보이기 시작하는데…….

왕립육군 로빈중대

글 납자루 / 그림 노가미 타케시
46판 / 356p / 7,000원

소위의 계급장이 검은색인 이유는 전장에서 가장 많이
죽어나가는 장교계급이기 때문이지…

육군 사관학교를 막 졸업한 낸시 C. 콜필드 소위는
외국주둔부대인 17사단 E중대. 속칭 「로빈중대」에 배속된다.
부대에 익숙해질 무렵, 드론치 제국이 선전포고를 하고
국경을 넘어온다는 소식이 들려왔다.

열악한 환경 속에서 제국의 침략에 맞서 싸우는 그녀들에게
꿈과 희망이란 있는가!?

어느 날, 폭탄이 떨어져서

글 후루하시 히데유키 / 그림 히가 유카리
46판 / 240p / 7,000원

다양한 시간선(時間線)위에서 펼쳐지는 매혹적인
보이 밋 걸(Boy Meet Girl) 일곱 편

▶소꿉친구였던 여자아이가 충격적인 고백과 함께 찾아온다.
▷여자친구가 갑자기 정신만 과거로 돌아가 버린다.
▷옆집 여자아이가 죽었다. 하지만 계속 나의 곁에 있다.
▷오래된 도서관을 지키는 토트 신님은 무엇을 기다리는가.
▷영혼만 존재하는 급우는 누구의 마음을 담고 있는 것인가.
▷10년 전과 통하는 창문. 그곳에서 본 여학생은 이미 죽었다.
▷60년의 시간을 넘어 영원으로 들어가는 사랑 이야기.

미래/커피 그녀의 사랑

글 치토세 아야 / 그림 아마가이타로
46판 / 360p / 7,000원

어느 날, 고등학생 미나토 료타로가 집에 돌아오니
난생 처음보는 여자애가 있었다.
유키네라는 이름의 소녀(가슴 없음)은
미래에서 찾아온 료타로의 딸이며, 과거로 온 이유는

아빠의 결혼을 막기 위해서라는데……!?

조금 신기하고 가슴 따뜻해지는,
제6회 GA문고대상 장려상 수상작

마법소녀 육성계획

글 엔도 아사리 / 그림 마루이노
46판 / 292p / 7,000원

꿈과 희망의 RPG 「마법소녀 육성계획」에 어서 오세요!

마법소녀는 인간을 뛰어넘는 신체능력과 아름다운 외모를
갖추고 있으며, 각각 특정 지역을 할당받아 그 지역 사람들을
돕는 것을 임무로 하여 활동한다.

그러던 중 지방의 항만도시인 N시에서 마력고갈을 이유로
들며 마법소녀의 숫자를 줄이려고 일종의 선발 경쟁을
시작한다. 하지만 누군가에 의해 규칙이 왜곡되어 점점
이상한 방식으로 변질되어가는데…….